はなれがたいけもの　ふわふわなほん

八《や》十《そ》庭《にわ》たづ

Cover Illustration
佐《さ》々《さ》木《き》久《く》美《み》子《こ》

この物語はフィクションであり、
実際の人物・団体・事件等とは、いっさい関係ありません。

君とはじめる第一歩 7
もうすぐ会えるね 45
おんなじにおい 161
おまけのふわふわ 245

CHARACTER

ユドハ

ディリヤを愛する金狼族最強のオス。国王代理。姿を消したディリヤを六年間ずっと探し求めていた。怖い顔をしているが、お世話好きで良いイクパパ

ディリヤ

元・敵国の兵士。強く、厳しく、優しい男。金狼族の王を暗殺するために差し向けられて、当時兄王の影武者をしていたユドハに抱かれ、彼の子供を身ごもる。卓越した身体能力を持つ赤目赤毛のアスリフ族の出身

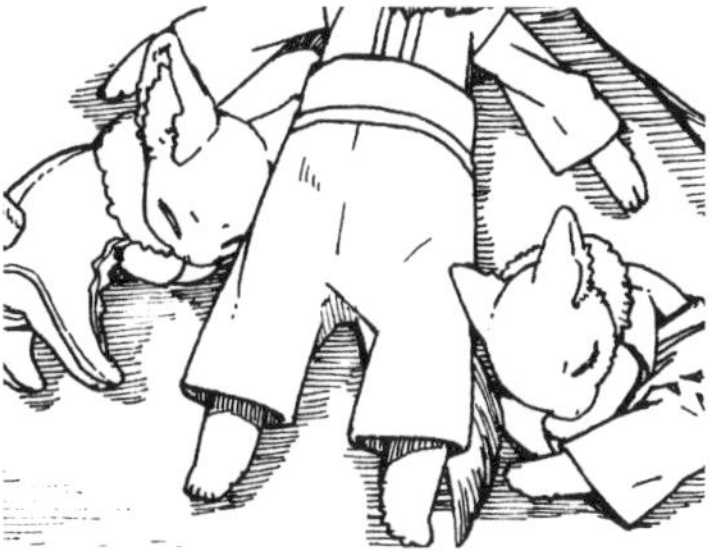

ララ&ジジ

アシュの弟で双子。まだ赤ちゃん

アシュ

ユドハとディリヤの間に生まれた、勇敢な狼の仔。苺色の艶がある、ふわふわの金の毛並み。りっぱなもふもふを目指して、日々成長中！

エドナ

ユドハの姉で、金狼族の姫。美しく、芯のある女性

コウラン

一家が父のように慕う老師。面白くて心温かな賢人

ユジュ

狼と人間の間に生まれ、冷酷な扱いを受けて育ったが、アシュに助けられて一家の養い子になった

ライコウとフーハク

子供たちの護衛官。ライコウは経験豊富な手練れ。フーハクは若手で一番腕が立つ陽気な狼

イノリメとトマリメ

ディリヤと子供たちの世話係の侍女。美しい雌狼たちの裏の姿は、情報収集に長けた軍人

アーロン

有能な家令。眼鏡に白髪交じりの髭の五十路の狼。長い髭が子供たちに大人気

君とはじめる第一歩

ウルカ国の王都ヒラから馬車で七日ほど西へ進み、森を抜けると湖水地方と呼ばれる地域が広がる。

自然豊かで、一年を通して気候も安定しており、なだらかな丘陵地の中腹には小さな村がある。のどかな田舎《いなか》の村で、村の中心には教会と広場があり、商店や民家が連なる。村の中央を流れる川を越え、村外れの静かな丘に出ると、田園風景のなかに、ぽつりぽつりと小さな家が点在する。どの家も木と煉瓦《れんが》を組み合わせた造りで、三角の煙突屋根だ。

夕暮れ時、丘の麓《ふもと》の家の玄関から、狼獣人《おおかみ》の女性が出てきた。

その女性は幼児を腕に抱いてあやしている。

「こんにちは、ぼうや」

女性は、丘の上へ続く道を見上げていたディリヤに声をかけてきた。

「…………」

ディリヤは頭を下げて一礼し、ゆっくりと立ち去ろうと踵《きびす》を返す。

「待ちなさい。……あなた、行くところないんじゃないの？」

二言目にはそう声をかけていた。

その時、風が強く吹き、ディリヤが目深《まぶか》にかぶっていた外套《がいとう》のフードが後ろへ落ちた。目も醒《さ》めるような赤毛と赤眼、この辺りではちょっと見かけないような整った顔立ちの人間の姿が露《あら》わになる。てっきり子供の狼獣人だと思っていた彼女は人間だと分かるなり大きく目を瞠《みは》った。

「すみません、怪しい者ではありません。失礼します」

ディリヤはフードを被りなおし、再び背を向けようとした。

「待ちなさい。こんな時間に子供が独りで歩いていたら危ないわ。親はいないの？」

「……いません」

「そう、じゃあ風が冷たいから、うちで生姜湯《しょうがゆ》でも飲んでいきなさい」

「……いえ」

「飲んでいきなさい」

「…………」

「飲んでいくの」

「人間が他人の家に上がり込むのは……。もし、俺が悪人なら……」

「ふふっ、面白い子ね。あなたみたいな子供なら、メス狼の私でもひと噛《か》みでイチコロよ」

いたずらっぽく微笑《ほほえ》むなりディリヤを手招き、自宅の玄関扉を開けた。

これが、おとなりさんになるスーラとの出会いだった。


ひと目見て分かった。この人間の子供は身重だ。ディリヤは腹を隠していたけれど、到底、その妊娠は隠し通せるものではなかった。

隠し通せる時期を過ぎていた。

スーラも二年前に娘を一人産んだところだ。狼と人間の差はあれども分かることはある。歩き方も、立ち方も、顔色も、呼吸の仕方も、すべてがそうだった。随分とつらそうで、よくもまぁこの丘をここまで歩いてきたものだと感心した。

だが、スーラはあえて妊娠を口にしなかった。指摘すればこの子は逃げてしまう。そんな気がしたからだ。すこしでも引き止めなければと考え、思いつきで自宅へ招いた。

「私はスーラ。この子は娘のニーラ。もうすぐ旦那のシャリフが仕事から帰ってくるわ。あ、上着はそこの壁のところに引っ掛けてね」

竈《かまど》で煮炊きをしていた夕飯の鍋を横に移動させ、左腕にニーラを抱いたまま右手で薬缶《やかん》を火にかけ、お湯を沸かす。

「ディリヤです」

そう名乗ったディリヤは、声や表情こそ落ち着いているのに所在なさげだった。

他人との距離感が測れないのか、強引に茶に誘われて困っているのか、スーラが「お座りなさいな」と声をかけるまで玄関口に突っ立っていた。

「ぁあーぅ！」

スーラの腕からニーラが身を乗り出し、ディリヤへ両手を伸ばす。

「こぉら、だめよ。お客さんなんだから、お行儀良くしてなさい」

「ぁあぃ、おめめ、……お花、まっかの！」

「そうね、赤いおめめが昨日見たお花みたいに真っ赤ね。きれいねぇ」

「たてぁみ！」

「鬣《たてがみ》も真っ赤できれいねぇ」

スーラが戸棚から湯呑みを出す間もニーラは喃語《なんご》で話し続け、ディリヤの眼を見たい、髪に触りたいと訴《うった》え続けた。

「さっきまで黄昏《たそがれ》泣きしてたのに、ニーラったらごきげんになってるわ。ディリヤちゃん、あなたの髪の色が好きなのね。さぁ、召し上がれ」

湯呑みにたっぷり生姜の砂糖煮を入れて湯を注ぎ、ディリヤの前に置く。

ディリヤは頭を下げて両手で湯呑みを持ち、けれども口を付けることなくじっとしている。

警戒心が強く、常に緊張していて、心がピンと張り詰めている。一人でこんな田舎の村までやって来るのだから相当思い詰めているに違いない。

それに、この子は子供なのに、どこか血腥《ちなまぐさ》い。どこにも血はついていないのに生き方に染みついている。目つきは荒《すさ》んでいて、感情が見てとれない。まるで戦争から帰ってきたばかりの頃のシャリフのようだ。

ほんの一年足らず前まで、ウルカと人間の国は戦争をしていた。ウルカは幼年兵を使うことはなかったが、人間の国は兵士が足らず、子供や傭兵《ようへい》や奴隷《どれい》を導入していたと聞く。ディリヤもきっとその一人だ。

だが、本能と勘で敵味方を区別する幼いニーラが脅えていない。それが、スーラがディリヤを信じる自信の一つになっていた。

「ここはね、カマンダル村って言うの。王都の水瓶《みずがめ》って呼ばれていてね、近くにたくさん湖や川があるのよ」

「はい」

「この辺りには観光で？」

「いえ」

「ところで、ちょっとあの窓を見てもらえる？」

スーラは丘の上を向いている窓を指さした。

「はい」

ディリヤは顔を巡らせて窓の向こうを見やる。

「その窓から見えるあの丘の上の家、長いこと空き家で持ち主もいないからあなたが住みなさい。村長さんには私から話を通してあげるから」

「は、……え？」

「あなた、行くところないんでしょう？　それで、ここに住んでみたいなって思ってやって来たか、ここまで行く当てもなく彷徨《さまよ》ってきたか、そんなとこでしょう」

「……はい」

「この村は人間の国とも近いからね、ちょっと船で行けばリルニック、その向こうはゴーネ。この村を通る水道沿いに進めば王都ヒラへも到着する。そういうのもあって、昔から人間がよくやってくるのよ。戦争はあったけど、私個人としては人間がみんな悪人だとは思っていないの。……とはいえ、時期が悪いわね。この国で人間がうろつくのは、いまはまだ賢明ではないわ」

「それでも、この国にいたくて……」

「大事な人でも？」

「いいえ。……ただ、とても大切なことを教えてくれた人と同じ場所で生活したくて、ここまで来ました」

「そう。じゃあやっぱりあの丘の上の家に住みなさい」

「いえ、でも……」

「住むところないんでしょう？」

「はい」

「ないなら、あそこに住みなさい」

「…………」

「住みたくないとは言わせないんだから。……住む場所を探してずっと旅してきたんでしょう？　あなた、賢《かしこ》そうだし、私の提案がとっても魅力的なのは分かるはずよ」

もうこれ以上、旅はやめなさい。

ここに決めなさい。

これ以上は、あなたの体がもたない。もう、とっくの昔にあなたの体は旅に耐えられる状態ではなく、栄養をとって、よく休んで、巣穴で産むための準備を整えるべき段階に入っている。

「じゃあ、明日は朝一番で村長さんの家に行きましょうね。村長さんに話を通せば住めるから」

「……あの家の、家賃と、持ち主は……」

「持ち主はいないのよ。家賃もかからないわよ。ずっと前に老夫婦が暮らしてたんだけど、あったかい南のほうへ引っ越していったわ。ご近所のよしみで私は管理だけ請け負ってるの。でも、そのあと戦争がひどくなって新しく家が必要になる人もいなくて、ずっと空き家だったの」

「…………」

「あら、たくさん喋《しゃべ》っちゃってごめんなさいね。まぁたいへん、もうすっかり日が暮れちゃったわね。お夕飯も食べていって、今晩はうちに泊まっていきなさいね」

「いえ、そこまで世話になるのは……」

「こんな時間に外に出て、野犬に食べられたらどうするの」

「……大丈夫です」

「大丈夫じゃありません」

「ただいま、スーラ、ニーラ。……お客さんか？……お、おぉお……人間……っ」

夫のシャリフが仕事から帰ってきた。

玄関を開けるなりディリヤを見つけて狼狽《うろた》えたものの、我が妻がまたなにかお節介を始めたな？　とすぐに察して「まずは晩メシ食うか」と闊達《かったつ》に笑った。

そのあとは「あぁぃ、おめめの子……帰っちゃゃ……」とニーラの引き留めに遭い、「風呂で温まってこい！」とシャリフに一番風呂に押しやられ、「ディリヤちゃんのおふとんはここよ」と家で一番温かい寝床を差し出された。

話が早い。

突風のような勢いで話が進んだ。

翌朝、ディリヤは、家人に迷惑にならない時間に起きればいいというのは理解しつつも、いつ起きればそうであるのかが分からず、夜通しほとんど眠らず寝床でじっとしていた。夜が明けていくらか経った頃、スーラとシャリフが起きる気配があり、それにあわせてようやくディリヤも寝床を出た。

「手伝います」

「座ってろ」

「座ってなさい」

ディリヤが声をかけると二人そろって食卓の椅子を指さした。

昨夜、ディリヤが風呂に入っている間に妊娠のことをスーラから聞かされたシャリフは、ただただ難しい顔になった。

シャリフは従軍経験があり、先の戦争にもいっている。それもあってスーラよりも人間に警戒心があったが、ディリヤがまだ十代だと分かると、途端に小動物を見るような目になって涙ぐみ始め、ディリヤが風呂から上がる頃には、スーラとの間でディリヤに対する意思と振る舞いが統一されていた。

「さぁ、ディリヤちゃん、朝ごはんにしましょ」

朝食の支度《したく》が整った頃、ニーラを起こして四人で朝食を摂《と》り、シャリフは仕事へ、スーラはニーラの世話を焼きながら家事をざっと片付けた。他人の家を訪ねてもおかしくない時間になるとニーラの手を引くスーラにつれられてディリヤは村長の家へ向かった。

きっと、人間が住むなんて許されない。

断られる。

ディリヤはそう思っていたのに、あれよあれよという間に村長に話が通ってしまった。

「そういうわけですから、村長さん。あの家にはこの子に住んでもらおうと思います」

「丘の上の家？　ああ、はいはい、スーラさんがずっと管理してたあの空き家ね。長いこと空き家だったもんねぇ」

「手入れはしてますけど、やっぱり家は人が住まないとどんどん朽《く》ちていくでしょう？」

「そうだよねぇ、馴染みの家が朽ちていくのは見るに忍びないもんねぇ。スーラさんが住まわせても大丈夫だと思ってうちに話を持ってきたんでしょ？　いいよいいよ。住んでもらおうよ。次のおやすみの日の朝市か、教会の集まりの日にでもその子つれておいで。そこで顔を繋いでおけばひとまずみんなもいきなり文句を言うことはないよ。いやしかしまだ子供じゃないの。一人で大丈夫かい？　このへんは夜盗《やとう》も恐ろしい獣も出ないのんびりしたところだけど、野犬やら中型の肉食動物が出るし、泥棒もたまにいるからね、気を付けるんだよ。この村はすぐに街道に出られるから、旅の路銀《ろぎん》をちょっと……って不埒《ふらち》な輩《やから》が寄ってきたりするんだ。怖い思いをしたらすぐに逃げなさい。戦って殺されちゃったらそれこそ馬鹿を見るからね。物盗《ものと》りで済むなら済ませちゃいなさい、命をとられるよりずっとマシだ」

村長はディリヤを見やり、「人間の子がこんな田舎にねぇ……よく頑張って歩いてきたねぇ」とうんうんと頷《うなず》き、「これ持っておかえりよ」とディリヤに焼きたてのパンを持たせて送り出した。

「ね、大丈夫だったでしょ？」

「……ほんとに、いいんですか」

「いいのよ。さぁ、家に戻りましょう。もうちょっと歩ける？　ちょっと広場で休憩する？　知らない人の家にお邪魔するのって気を遣うから」

「大丈夫です」

布に包まれたパンを持つ手がじんわりと温かい。

なにもかもが初めての感覚で、ディリヤは不思議な気持ちだった。

スーラの家に戻ってくると、「ちょっとたくさん歩いたからニーラを休憩させるわね」と、お茶の時間が始まった。

スーラはディリヤに気遣わせないようにディリヤの体調を気遣ってくれていた。

ディリヤは、いつこの腹のことについて口にすべきか機会を見つけられずにいたし、下手に口にして、もっとスーラに気遣わせてしまうのも申し訳なくて、このまま黙っていようかと考えていた。

ディリヤがもらったばかりのパンをお茶請《う》けに食べようと差し出すと、「じゃあ、あったかいうちにいただいちゃいましょう。ちょっと待ってね、無花果《いちぢく》のジャムとヤマモモのジャム、それからミルクのジャム、胡桃《くるみ》の飴がけとチーズも出して、あ、そうだ、ちょっと早いけどお昼ご飯にしちゃいましょう。塩漬け豚肉の燻製を焼いて、卵も焼いて。スープはなににしようかしらね。お野菜のスープがいいわね」

「いえ、昼までいただくつもりは……」

「じゃあなにを食べるの？」

「携行用のパンを持ってます」

「そう、でもうちの家にいるかぎりは温かいご飯を食べてもらいますからね」

「…………」

「苦手な匂いや食べられそうなものが分かっているなら教えてくれると助かるわ。……あ、もしかしていま食欲がない？」

「…………」

ぐぅ。腹の虫で返事をしてしまう。

「そう、よかった。じゃあ、食べましょうね。すぐ作っちゃうから、そこに座ってニーラの相手をしててちょうだい」

「……はい」

いろんな親切への断り方が分からない。

次から次に与えられて、あっという間に両手から溢《あふ》れて、その拾い方も分からない。

「さぁ、ここがディリヤちゃんの家よ」

昼食後、ゆっくりと一服してから丘の上の家へ向かった。

小さな木造の家だ。

スーラが庭の草むしりや掃除をしてくれているようで、それほどひどい有様ではなかった。

「裏には井戸と洗濯場があるわ。冬場は寒いけど、滅多に井戸が凍ることはないし、必要なら材木を集めて、防風室を作るか屋根を付ければいいわ。草刈りは適度で大丈夫よ。山羊《やぎ》でも飼えば食べてくれるけど、お世話があるからねぇ。あ、洗濯物を干す縄紐は朽ちるのが早いからいまは外してるけど、うちに余りがあるからそれを使いなさいね」

「…………」

「なぁに？　気になることがあった？」

玄関前で立ち尽くすディリヤにスーラが首を傾げ、ディリヤの視線の先に気付くとにっこり笑顔になった。

玄関の斜め前に小さなブランコと砂場があったからだ。

「前の住人のお孫さんのものよ。ブランコは補強が必要だけど、まだまだ使えるわ。これに乗るあなたの子供と、その背を押すあなた、そういう日々が始まるのね。まだ実感が湧かないでしょうけど……、あっという間なんだから。さぁ、これが鍵よ」

「…………」

鍵を握らされたディリヤは、静かに玄関扉の鍵穴に差し込む。

鍵も鍵穴も錆《さ》びておらず、するりと開く。

玄関扉を開けて、そこから中の様子を窺う。窓に日《ひ》除《よ》け布が掛けられていて薄暗いが、それを開ければ太陽が差し込むだろう。窓硝子《ガラス》にも曇り一つなく、屋内に一歩足を踏み入れれば、家じゅうのどこにも埃が積もっていないことに気付く。それはスーラがまめに拭き掃除をしているからだ。よく換気されていて湿気や黴《かび》の匂いはなく、古い木の匂いが立ち込めている。

「ここがあなたの家よ」

スーラはそう言うと自分の家に帰っていった。

一人ぽつんと取り残されたディリヤは考えた。

物事を観察して、先々を見通して計画を立て、用心深く行動することはできるが、これからを想像するのは苦手だ。

未来は苦手だ。目の前のことだけ見てきたから、先の人生を考えていなかったから、ここで自分が暮らす毎日が見えてこない。

腹のなかの子を産んで育てている自分が想像できない。

そう言えば、さっき、スーラはさりげなく当たり前のようにディリヤが腹の子を産んだ時のことを口にしていた。ああやって自然に口に出して、ディリヤが話しやすい雰囲気の下地を整えてくれたのだろう。

もう一歩、ディリヤは家のなかに踏み入った。

玄関脇に小物や靴を置く棚があり、食事を作る場所、食事を摂る場所、寛ぐ場所の三つが一つにまとまっている。台所と反対側の窓際の小机がこの家で一番日当たりの良い場所だ。

奥の扉を開くと、一本の廊下があった。古いせいかよく軋むが、脆《もろ》くはない。丈夫な床板が使われている。突き当りには井戸と洗濯場に出られる裏口、屋根裏部屋へ続く階段があり、階段下の空間は物置になっていた。寝室に使えそうな暖炉付きの部屋もあり、暖炉は風呂場と共用になっていて冬でも暖かそうだ。

スーラが言うには、この地域はドカ雪が滅多に降らないらしく、大雪対策はせずに済む。いまのところ壁に染みもなく、雨漏りはしないようだ。定期的な屋根の手入れさえ怠《おこた》らなければ雨風は充分に凌《しの》げる。隙間風こそ吹きこむが、着込めば問題ないし、暖炉もある。

暮らしやすい良い家だ。

きちんと手入れが行き届いている。

「まずは……」

暖炉の通風孔や煙突の蓋《ふた》を開けて使えるようにする。裏口や窓や隙間の補強を行い、寝床と台所を整える。鼠《ねずみ》が入らないように小さな穴も塞《ふさ》いで、鼠と虫除けの薬を置く。狼の身長に合わせた作りつけの家具は全体的に位置が高いから調整が必要だ。家屋に不備がないか屋内外から再確認して、夜盗が入りそうな場所があれば補強を……。

ディリヤは目前のすべきことを考えていく。

「ディリヤちゃん～入るわよ～、旦那も一緒に入るわね～」

帰ったと思ったスーラが断りを入れて入ってきた。

スーラは大きな荷物を頭より高い位置まで抱《かか》えている。

「あの、これは……」

「当面、お布団と食べ物とお水がいるでしょ。あと、薬缶と食器、それに石鹼《せっけん》。飲み水用の水甕《みずがめ》で使っていないきれいなのがあるから、うちのを持ってきたわ。水甕を洗うのは一苦労だからね。お布団も干してあるからふかふかよ。あぁそうそう着替えはある？」

「着替えはあります」

「ぁい！」

ニーラまでもが布物がたくさん入った籐の籠を差し出し、「おだぃどこ、ふくのよ」と荷物を運ぶ手伝いをしてくれていた。

「すみません、ニーラさん、ありがとうございます」

ニーラから籠を受けとり、台所へ置いた。

「邪魔するぞ」

仕事から早上がりしたというシャリフは右肩に大きな水甕を担ぎ、左肩には布団を担いで現れた。

「シャリフさん、すみません、こんなことになってしまって」

「気にするな」

シャリフは短く言うに留めたが、そそっとディリヤの傍らに立ち、背を曲げて「うちのかみさんは、こうと決めたら絶対にそうする。意思が固い。頑固とも言えるが……。だからまぁお節介に思うかもしれんが、悪いようにはならん」とディリヤに囁《ささや》いた。

続けて、「だがしかし娘のニーラもこれまた頑固な性格で……」と困り顔をしつつも頬をゆるめていた。

「シャリフ！　お話はあとよ！」

「分かった分かった」

「奥の部屋はまた明日以降掃除するとして、とりあえず、この居間で寝起きしなさいな。ここは毎日風通しをして、しっかりお掃除もしているからきれいよ」

スーラとシャリフが荷物を部屋の隅に置き、スーラが運び入れた荷物を解《ほど》く。

ディリヤがその荷物を運ぼうとすると、「なにしてるの、おなかのおっきい子はじっとしてなさい」と言われてしまう。

裏の井戸へ回ったシャリフは水甕になみなみと水を汲《く》んでいっぱいにすると、慣れた動作で、竈や煙突、暖炉を使える状態に整え、火を熾《おこ》してくれる。

「ぁい、りりゃたん、おざぶとん」

「はい」

居間にいたニーラに座布団を差し出されて、ディリヤはそれを絨毯の上に置く。ニーラが「ろーょ」とディリヤに着席を勧め、ディリヤが腰を下ろすと、ニーラがちょこんと膝に乗った。

「お、ちょうどいい、ニーラ、お前はそのままディリヤをそこでじっとさせてろ」

「それがあなたの役目よ、ニーラ」

「ぁーい！」

両親に仕事をもらってにこにこ顔のニーラはディリヤの髪を触ったり、引っ張ったり、狼の眼で赤い眼をじっと観察している。

二人がかりで瞬《また》く間に当面のディリヤの生活環境を整えてしまうとスーラたちが自宅へ帰る時刻になった。

「あとでお夕飯の足しを持ってくるわね」

「いえ、もう一人で大丈夫です。住処《すみか》を手配していただいて、家の片付けもこんなにしてもらって、このうえご面倒をかけるわけには……。本当にすみません。このお礼は必ずします。それに、俺は人間です。俺にかかわるとご迷惑をかけます。これ以上は……」

ディリヤは知るかぎりの丁寧な言葉を選んで頭を下げた。

「やぁね、ご近所さんになるんだから水臭いことはなし。それから、うちの旦那がお昼の休憩の時に村のお医者さんに相談してくれたんだけどね、いいお医者さんを当たってくれるって」

「お前、それじゃ分からんだろ。あのな、ディリヤ、この村の医者は元軍医殿でな。俺もよく世話になったんだ。……それで、軍医殿のほうで人間を診《み》れる医者を知らないか、ちょっとでもそういうことに詳しい産婆かなにかいないか、ツテを当たってくれるらしい。どうしようもなけりゃ、その軍医殿がいまから勉強するってよ。必死になって人間用の医学書を漁ってたよ」

「あの……」

「すまんな、お前に相談なしに他人に話して……。だが、スーラが言うには何事も早めに行動したほうが余裕を持って事に臨めるらしくてな。俺もそれには賛成だ。……安心してくれ、軍医殿はべらべらと他人に喋ったりはしない。それでだ、お前に伝えたいのは、ひとまず、この村にもお前のことを診てくれる医者がいるから安心しろってことだ。話は通しておいたから、なにかあったらすぐに先生のとこへ行くんだぞ」

「絶対に行くのよ。道は教えるから。一人で行きにくいだろうから私が付き添うし、一人で行きたいなら送っていくわ。往診もしてくれる先生だからね、この家にも来てくれるわ」

「そういうわけだ」

「くれぐれも！　くれぐれも！　屋根に上って冬支度だとか、煙突掃除だとか、重い物を持つとかしちゃだめよ。水汲みも私がするからね。もし自分でするなら水の量は水桶《みずおけ》に半分以下よ。狼の使う桶は人間の物よりもずっと大きいらしいからね」

「井戸に落ちるなよ。人間なんて隙間からでもするっと落ちるからな」

「お風呂もうちに入りにきなさい。自分で薪《まき》を割ったり、お風呂を立てたり、風呂桶を洗ったりしないのよ。足でも滑《すべ》らせたらどうするの」

「そうだそうだ。外の物干し竿の縄紐は今日新しいのを張っておいたが、まだ位置が高いなら俺に言え、高さをもっと下げる」

「しゃがんでお洗濯しちゃだめよ。シャリフ、このおうちって洗濯場に背の低い椅子ってあったかしら？」

「おう、背凭《せもた》れ付きの丸椅子を一つ置いてきた。うちで使ってるやつだ。安心しろ。椅子の点検は完璧だ。木は朽ちてもないし腐ってもいない。ディリヤが座っても問題ない」

「さすがよシャリフ。……さて、ディリヤちゃん、いいこと、あなたがするのはくれぐれも無理はせず、食べて、寝て、適度に休んで、動ける時にちょっと動く。そのことだけ。すこしずつでいいの。あなたがおなかの子を無事に産んで、あなたも無事で、あなたと赤ちゃんが暮らしていきながら、あなたたちらしい巣穴を整えていくの。そうしたら、ここはきっと素敵なおうちになるわ」

「焦るなよ。困ったことがあれば時間に関係なくいつでも頼ってこい」

「あなたが住んでくれると、この家もきっと嬉しいし、私も嬉しいわ」

「にーらも！」

きゅっ。ニーラはディリヤの脚にぎゅっとしがみつき、尻尾《しっぽ》をぱたぱたさせた。

やるべきことだけ済ませると、スーラとシャリフはニーラをつれて自宅へ戻っていった。


ディリヤは二人の後ろ姿に頭を下げ続けた。

そのくせ、心の片隅で彼らの親切の裏を探ってしまう自分が醜《みにく》いとも思った。


カマンダル村は、丘の上の空き家に住み着いた人間の子供の話題で持ち切りだった。

「丘の上の人間、こないだの広場の朝市で見た人いる？」

「見たわ。真っ赤な目と髪をしてたわ。スーラが連れてきたのよ」

「あんまり喋らなかったな。人形みたいで気味が悪かったよ」

「おとなしくて、なにを考えてるのか分からなかったなぁ」

「あの子、血腥《ちなまぐさ》い匂いがするから嫌いよ」

「人殺しの匂いだ」

市場に買い物に来ていた大人の狼たちはディリヤを毛嫌いして、不満げに尻尾を揺らしていた。

「スーラ、あなた、あの人間とお付き合いがあるけど本当に大丈夫なの？」

買い物籠を提《さ》げたスーラとニーラが通りがかり、村人たちが声をかけた。

「いい子よ。大丈夫」

「りりゃたん！　ごぁんじょうず！　おいしい！」

ニーラは自分のぽんぽんのおなかを見せて、にっこり笑った。昨日食べたディリヤのご飯がおいしかったと体で伝えているのだ。

「そういうわけよ。あの子の作ってくれるご飯はどれもとってもおいしいの。ディリヤちゃんって言うの。ディリヤちゃんはね、いろんなことにまだちょっと戸惑ってるの。見守ってあげてちょうだい」

面倒見の良いスーラがあの人間を信じてそう言うなら……と、村人たちは口を閉じたが、好んでディリヤに近付くことはなかった。

同様に、シャリフも職場で仕事仲間からひどく心配されていた。

「シャリフ、お前んところの近所の空き家に人間が住み着いたんだって？」

「住み着いたんじゃなくて、あそこに住むよう、うちのスーラが促したんだ。俺も何度もメシを一緒にしてるが、真面目でいい子だぞ。不愛想で、ちょっとなにを考えてるのか分からんところもあるが、話は通じるし、遠慮も知ってるし、物事の道理も礼儀も弁《わきま》えている」

「だが、悪い奴で、人間社会にいられず逃げてきたんだろ？」

「悪い奴なもんか。俺たちの子供だと思ってもおかしくないくらいの年齢だが、まっとうに今日まで一人で生き抜いてきた男だ」

シャリフも擁護《ようご》したが、実際にディリヤとかかわってみるまでは言葉でいくら説明しても実感が伴わない。

村人たちは警戒心が強い。けれども、村で信用のあるスーラとシャリフが面倒を見て、世話をし、信頼する人間であること、それだけを理由にディリヤを追い出しはしなかった。

それに、ディリヤの腹が大きかったこともある。

「あれは狼の仕業《しわざ》だよなぁ」

「ええ、狼の仕業よ……」

「人間はオス同士で繁殖できんからなぁ」

「スーラ、あなた、あのお腹の子の父親について知っているの？」

「いいえ、知らないわ。尋《たず》ねてもいないわね」

「どうしてよ」

「きっと複雑なのよ。聞き出すことでもないし、なにか複雑な理由があるのかもしれない。つらいことかもしれない。利口な子だから、あの子が話すべきだと判断したらきっと話すわよ」

「そういうもんかねぇ」

「あの子、きれいな顔をしてるけどメスじゃないのね」

「あんな小さい体で、これから狼の子供を産むの？」

「痩《や》せっぽちで、筋肉も毛皮もなくて……尻尾もないのに、あんなに大きなお腹で……」

「ねぇ、知ってる？　あのお腹、まだ産み月じゃないんだって」

「えぇっ、じゃあもっと大きくなるの⁉　もうあんなに大きいのに……。人間の体と釣り合いが取れてないんじゃないの？」

「華奢《きゃしゃ》な人間の体に狼の赤ん坊が入っているから見た

目がすごく目立っている気がするけど、まだまだ大きくなるそうよ」

身重のディリヤが、一人で狼の赤ん坊を産む。

それに恨み言を零《こぼ》すでもなく、スーラにつれられて朝市に姿を見せては丁寧に挨拶《あいさつ》し、食べ物や生活用品を売ってくれる狼に感謝してしっかりと金を払い、時には「この野菜はどうやって食べますか」と尋ね、教えてもらえれば頭を下げる。

元軍医殿のところで居合わせた村人が目撃したディリヤは「なにを食べれば狼の赤ん坊は生育が良くなりますか」と尋ね、いつも腹の子を気にかけ、大事にしていた。

村人たちが諸手《もろて》を挙げて歓迎していないと自覚しながらも、ディリヤは教会に出向いて顔を繋ぎ、ほかの狼に混じってなにかしら手伝い、狼のほうが「座ってできることをしなさい」と慌てる羽目になる。

心ない言葉を吐かれても言い返さない。昨日は話をしてくれたのに今日は無視されることがあっても、仕方ないと自分に言い聞かせる。じっと耐えて、敵意もなく、無害なのだと示す。

精一杯自分から馴染もうとしている。性格は不器用かもしれないが、不器用なりに頑張る姿を見せている。

ただ、スーラとシャリフは頭を悩ませていた。二人が「頼りなさい」と言ったことを頼らず、ディリヤが独りでやり抜くからだ。屋根の上に上《のぼ》ることさえ実行しそうになったから、さすがにそれはスーラが叱ったが、ディリヤは「大丈夫です、これくらい」と平然としているので「見ている私が心配だからやめてちょうだい」と言って、やめてもらった。

ほかにも、朝早くから出かけたと思ったら、街まで出て働いてきたと言い出したり、家でもできる内職をもらってきたから小銭が稼げると大きな荷物を背負って帰ってきた。

「ディリヤちゃん……！」

その時ばかりは、さすがのスーラも言葉にならない悲鳴を上げた。

大荷物を背負って道を歩いているディリヤを見かけた村の狼の何人かが、「あの子、まだ働いてるのか？」「金を稼ぎたいなら私に声かけるように言っておきなよ、スーラ。ちょっとした手仕事くらいなら回せるからさぁ」と声を上げ、ついには村の顔役まで心配するようになってしまった。

その頃には、ごく少数ではあるが、ディリヤに好意的な狼も現れ始めていた。

川沿いに住んでいる近所のおばあさんが持つ川魚を獲るための網《あみ》が破れてしまい、目も弱ってきて細かい作業で補修するのが難しいと小耳に挟んだディリヤは、「自分が直接出向いてなにかすると騒ぎになって相手にも迷惑をかけるから名前を伏せてスーラさんから渡してください」と破れた部分を補う網を自作してスーラに渡したこともある。

高熱で病院に運ばれた子供に大量の高価な薬が必要だけれど、遠くの街まで買い足しに行ったのでは間に合わないとなれば、ディリヤは自分の手持ちの薬を、「腹の重い俺が行くよりもシャリフさんが走ったほうがずっと速いから」とシャリフに託《ことづ》けたこともある。

そうやって自分にできることをしてきた結果、口さがないことを言う村人の数は減り、遠巻きながらもディリヤを見守り、スーラを経由して、「お腹の子にはご飯が必要だから」と果物や食べ物をくれるようになり、家でできる仕事を回してくれたり、教会での物々交換会や市場にディリヤが作った物を置いてくれるようになった。

大きな手の狼よりもディリヤはずっと手先が器用で

重宝された。重宝されるのはいいことだとディリヤは思った。村で役立つと思ってもらえれば、それだけ排除される理由が減り、歓迎してもらえる理由になる。生まれた子供が受け入れてもらいやすくなる。ディリヤが疎《うと》まれていては赤ん坊が可哀想だ。

ただ、狼たちとディリヤが、買い物などの決まりきった定型文以外で言葉を交わすことは滅多になかった。和やかに会話するまでは、まだ打ち解けていなかった。

「ディリヤちゃん、こんにちは。スーラよ」

「こんにちは、スーラさん。どうぞ入ってください」

ディリヤは自宅でスーラを出迎え、家のなかへ案内した。

この家で暮らし始めて一ヵ月が経つ頃には家としての体裁《ていさい》も形になり、訪ねてくるスーラをもてなせるくらいになった。スーラしかこの家を訪ねてきてくれる人がいない、というのもあるのだが、それでも、スーラを見習って、人を家に招いて接待する方法も覚えていった。

「ニーラさんは……？」

「今日はお友達の家で遊んでいるの。……あぁ、お茶は淹《い》れなくて大丈夫よ、持ってきたから」

ディリヤが茶を淹れようとすると、スーラはいつも提げている買い物籠から陶器のポットと湯呑みを二つ取り出した。

「お茶請けもあるのよ。こっちは晩ご飯の足しのお野菜ね。しっかり栄養とるのよ。ちょっとチーズも食べなさいね。それから、お肉もよ」

スーラは同じ買い物籠から次から次へと食べ物を取り出し、食卓に置いて布巾《ふきん》をかぶせる。

最初は断っていたディリヤも、次第に断ることすら心苦しくなっていき、それなら、もらったら返せばいいんだ！　と思いつき、自分で調理した時などにちょっとずつ返していた。

返すと、スーラが喜んでくれるのだ。この辺りでは見かけない珍しい料理やおいしい味付けに興味津々のスーラは、ディリヤの料理を覚えて帰り、「ちょっとした変化が生まれるのがいいのよ、定番の田舎料理だけじゃ飽きてくるしね」と家の献立に採用してくれた。シャリフも「酒がすすむ」と喜んでくれる。なにより、ディリヤがお裾分けした料理を、野菜を食べないニーラが、「りりゃたんがつくったの……？　じゃあたべる」と言って食べてくれるとスーラとシャリフが喜んだ。

自分が作ったものを誰かが食べる。

それは、ディリヤという生き物を信じて、食べ物を腹に入れてくれるということ。

従軍中も同じように作って同じように誰かが食べていた。あの時は、自分が軍のなかでうまくやっていくための処世術として調理をしていたが、いまは、してもらったことへ返したいという気持ちで作っている。

そして、スーラたちはそれを受けとってくれる。ディリヤは、それに、なんとも言えぬ気持ちになった。この気持ちに相応《ふさわ》しい言葉が見つからなかったけれど、胸の奥がじんわり温かくなった。

「ぬいぐるみを作ってたのね」

「はい。おくるみも作りました」

今日のディリヤは裁縫に精を出していた。

ぬいぐるみとおくるみ、人生で初めて接する物体と単語だったが、「そういうのがあるといいわよ」と以前スーラに教えてもらって、生まれてくる子供のためにすこしずつ作っていた。

ぬいぐるみは三角耳と尻尾の大きな狼だ。綿がしっかり詰まっていて、ふわふわだ。なかなか可愛くできている。

「ぬいぐるみの服も手縫いしたの？」

「はい、おくるみと同じ布で。俺が持ってる一番上等の生地を使いました」

この布は、元は、深緑に金の縫い取りがある豪勢な服だった。その一部を使っておくるみを縫い、切れ端でぬいぐるみの服を作った。

糸を解く時に、あの夜以来、初めてディリヤはその服を見返した。

そんなことするつもりはなかったのに、時間も忘れて一人でずっとそれを見つめていた。

おくるみとぬいぐるみにしてしまえば、それを使う時がくるまでもう二度とこの色を見ることはない。そう思うと服の表面を撫《な》でずにはいられず、胸に抱きしめてくしゃくしゃにして顔を埋めてしまいたい衝動に駆られた。

あの夜の狼がもうこの世にはいないとディリヤの耳にも届いていた。その気持ちは、言葉にならない。ひとりでに胸の奥が痞《つか》えて、息ができなくなって、なにか意味もなく叫びたくなった。なのに、声は一つも出てこなかった。

いつの間にか息をするのを忘れていたらしく、大きく肩で息を吐き、背中に冷たい汗が流れた。心臓が忙《せわ》しなく鼓動するのを感じながらも得体の知れない感情を腹の底に押しやって、なにも考えないように無心で糸をほどいた。

これは、生まれてきた子のおくるみになる。

赤ん坊が生まれた時に、一番最初に包《くる》む。

大事に、大切に、生まれたばかりの子供を守る。

これが父親の匂いだと生まれたばかりの子供に教え

られる。もうこの世にはいない父親の匂いだ。だから、ディリヤはこれに埋もれて自分の匂いを付けることはしなかった。水洗いしたほうがいいような気もするけれど、そうして匂いが薄れるのもいやだから、おくるみの裏側に新品の綿布をあてて縫った。

これだけが、生まれてくる赤ん坊が得られる父親の愛だから。

「スーラさん、これ、預かっててもらえますか」

完成したおくるみとぬいぐるみを保管用の油紙《あぶらがみ》に包んでスーラに差し出した。

「預かるのは構わないけど、どうして？　自分で持っていても問題ないわよ。生まれた時にはお産婆さんかお医者さまがおくるみにくるんでくれるから。ぬいぐるみだって自分で赤ちゃんに握らせてあげればいいわ。それまでディリヤちゃんの傍《そば》に置いていたほうがディリヤちゃんの匂いもつくし、赤ちゃんも安心するわよ」

「……いない時があるかもしれないので」

「…………」

「俺が、いない時が……」

生まれた時に、ディリヤはそれをしてあげられないかもしれない。スーラに預けておけば、きっと、生まれてくる子に渡してくれる。

「すみません、ご迷惑をおかけします。もしもの時のことはちゃんと考えています。子供のことまで迷惑をかけないように準備しています。それから、腹の子の父親について書いた紙も用意してあります。俺に万一のことがあった時はそれを読んでいただければ分かります。貴重品の保管場所も書いています。すこしだけですが稼いだ金も預けておきたくて……」

「ディリヤちゃん、その話の前に……先にこれを渡しておくわね」

ディリヤの話を途中で優しく遮《さえぎ》り、スーラは買い物籠から丸めた羊皮紙《ようひし》を取り出した。羊皮紙は、くるりと丸められて革紐で結ばれている。

「これは？」

「この家と土地の権利書です。あなたが持ってなさい」

「俺が預かるんですか？」

「いいえ、これからこの家の権利はあなたが持つの。あなたが権利者で、この家はあなたの家になるの。あなたはこの家の主《あるじ》よ」

スーラはありとあらゆる言葉でこの家はディリヤのものだと繰り返す。

権利書を受けとる気配のないディリヤに、スーラはこう続けた。

「この家の前の住人の老夫婦が南へ引っ越す時にね、この家に戻ってくることはないし、家と土地にかんするすべてを放棄《ほうき》するって決めたの。この家が誰かの役に立つならその人に譲る……って。ディリヤちゃん、これからあなたはここで子供を産んで、育てて、暮らしていくの、ここがあなたの家。大事にしなさい」

スーラはきつく握りしめたディリヤの拳を開き、権利書を掌《てのひら》に乗せ、ディリヤの手ごと握るようにぎゅっと握らせた。

「あなたのものよ」

「もらえません」

「これは責任よ。あなたがいつも口にする言葉。ここで生きていく覚悟。この家を譲り受けるに相応しい人物なのだと証明してみせなさい。いま、あなたが、この村のみんなが安心できるように振る舞っているのも、責任の最初の一歩。あなたがいつもどおりのその責任感と愛でまっすぐ生きていけば、みんな、この家があなたのものだと認める。きっとすぐに。認めるっていうことは、カマンダル村という狼の群れのなかに入っていけたということ。それもまた、あなたが望む生まれてくる子へ果たす責任の一つよ」

「…………」

「あなたの毎日を見ていたら、もうこれ以上頑張りなさいなんて言えない。ただ、この権利書を持って、この家を自分の物だと胸を張れるくらい精一杯楽しく長く生きるの。いいこと、生きるのよ。死ぬことばかり考えちゃだめ」

「…………」

「とはいえ、生まれてくる子のために万全を期したい気持ちも充分分かるわ。だから、いろんなことを考えて準備しましょうね」

「はい……」

「あらら、お茶が冷めちゃった。お台所借りるわね。温め直すわ」

台所に立ったスーラの視界の端で、ディリヤは手の中の権利書を両手で握りしめた。

この時の感情もまた言葉ではたとえられなかった。

湧き出るのとも、溢れ出るのとも、滲《にじ》み出るのとも異なる、胸の締めつけられるような優しさをディリヤは知った。


ディリヤが元気な子供を産んだ。

名前はアシュ。

ふわふわの綿毛だ。

アシュが生まれて間もなく、村の大人たちよりも先に仔狼たちがディリヤに接近した。カマンダル村はそれほど人口が多い村ではない。小さな村だから、必然的に生まれる子供の数も少なく、赤ちゃんが生まれるだけで一大事だ。仔狼たちは皆、赤ちゃんが見たくてたまらなかった。これが、ディリヤが村人たちと親しくなれたきっかけだ。生まれたてのアシュが歩み寄る機会を与えてくれた。

床上げする前から窓辺に子供たちが殺到し、スーラに「まだ遠くから見るだけよ、ディリヤちゃんをしっかり寝かせてあげなさい」とうまくあしらわれていた。

だが、想定よりも早く床上げしたディリヤがアシュを抱いていると、背伸びした仔狼たちが口吻《こうふん》の先と肉球をぴっとり窓に貼りつけて、室内を覗き見ていた。

「あかちゃん……」

「ぽわぽわの、ぱやぱや」

「いちごいろ、ぱくんってしたい」

「はぐはぐしたいね。ほっぺもすりすりしたいね」

「まだあんまり鳴かないね」

「遠吠え聞かせてあげる？」

「おへんじしてくれるかな？」

仔狼たちは尻尾と耳をそわそわさせ、瞳をきらきら輝《かがや》かせていた。

「よかったら、近くで見ますか？」

ディリヤが表へ出ると、仔狼が瞬く間に群がって、アシュにご挨拶をしてくれた。

そのなかにはもちろんニーラもいて、「にーらはね、あしゅたんがおなかのなかですくすくねんねしてるときからしってるのよ」と特にアシュが生まれたことを喜んでくれていた。

「あかちゃん、かわいいねぇ」

「ぷくぷくのふくふくねぇ」

「ちっちゃいこえで鳴くねぇ」

「でも見て、しっぽがげんき」

「ほんとだぁ。おててとあんよとしっぽがいっしょにうごうごしてる。……あ、おはなもいっしょに動いてる」

「見て、おめめが開いたよ。お星様がいっぱいキラキラしてるみたい」

「すごぉい。こっち見てにこにこしてる。こんにちは、アシュちゃん」

「かわいいねぇ」

「ディリヤちゃん、明日も見にきていい？」

「はい」

「明日の明日も？」

「明日の明日はお仕事なので……。でも、明日の明日の明日は家にいるので、来てください」

ディリヤはできるかぎり子供たちを迎え入れた。

アシュにも良い刺激になるし、なにより、家を訪ねてきてくれる人がいるというのが、まるでどこにでもある家のようで、そういう環境を得られたことを嬉しく思ったからだ。

「あかちゃんみせて！」

「ごきげんどう？」

「今日もふにゃふにゃしてる？」

連日の訪問であってもディリヤが生真面目に相手をするからか、子供たちは毎日のようにアシュを見にきて、ひとしきりかわいいかわいいと尻尾をぱたぱたさせ、お昼寝をしていれば、「しずかに……」と声を潜《ひそ》めてほかの遊びをしに出かけ、時にはアシュと一緒にひなたぼっこをしたり、ディリヤの家の庭のブランコや砂場で遊び、丘の上を転げ回って遊ぶようになった。

そんな状況に最初に気付いたのはスーラだ。

スーラは自分の娘をはじめ子供たちに、「赤ちゃんをゆっくり寝かせてあげなさい」と言ってくれていた。

「ディリヤちゃん、この子たちは来ていいって言ったら毎日来るわよ」

「うれしいです」

「そんなことしてたら、あっという間に子供たちがここに巣作りして、巣穴にしちゃうわ」

「そうなったら大変ですね」

「いまはまだアシュちゃんが小さいからおとなしくしているけど、いまに小さなけものの本性を現すわよ」

「ニーラさんもこれからもたくさん遊びにきてほしいです」

「もう、ディリヤちゃんたら……」

スーラはやれやれと肩で息をしていた。

その時、ディリヤとスーラの足もとで遊んでいた仔狼の一人が顔を上げ、ちょいちょいとディリヤのズボンの裾を引っ張った。

「ディリヤちゃん、明日はおうちにいる？」

「おやつ時なら家にいます」

「明日も来ていい？」

「もちろん、どうぞ」

子供たちはディリヤの言葉を守って、翌日はおやつ時にやってきた。

ところが、産後のディリヤは、訪ねてくる子供たちのおやつまでは気が回らず、おやつ時においでと言ったのに、「パンしかないです。みなさんパンは食べられますか？　ジャムはどうですか？」とジャムを塗ったパンとアシュ用の山羊のミルクを温めて出した。

余裕がある時は、平鍋で作れる蒸しパンを切り分けて、「すみません、皿が足りません。手でお願いします」と手を洗ってもらって手渡しで食べてもらったり、果物が手に入ればそれを出したりした。

そんな出来事が何度か続いたある日、子供たちが遊びに来た時、ディリヤは「おやつがあまりないんですが、……今日は甘い卵パンでいいですか？」と尋ねた。

「だいじょうぶ！　おやつ持ってきた！」

「にーらも！」

「わたしも！」

「ぼくも！」

みんな、おやつ持参で赤ちゃんを見に来た。

「それでね、これがね、ディリヤちゃんのおやつ。おかあさんが、ディリヤちゃんとたべなさいって」

「あかちゃんのおやつはこれ。やぎのミルクのとろとろ煮」

「おとうさんが、ディリヤちゃんにどうぞって渡しなさい、って。今日焼いたパンだよ」

それぞれの子供の親が食べ物を持たせてくれた。

昨日、ある家で子供の一人が「ディリヤちゃんのおうちで食べたおやつおいしかった～」と口を滑らせたことが発端だ。

大人の狼たちは、子供たちが赤ん坊を見に行っていることは知っていたし、スーラからも同様の話を聞いていたから、それくらいならば……と目を瞑《つむ》っていたが、まさか毎日おやつをもらっているとは知らなかったらしい。

子供たちも子供たちなりに察するところがあったらしく、赤ん坊を見たらすぐに帰っている、たまにお砂場で遊んでるけど！　と親に報告していて、おやつをもらっていることは黙っていたらしい。

ディリヤも、子供たちの三度の食事の妨《さまた》げにならない程度のおやつにしていたし、あのニーラでさえスーラに黙っていたのだからよっぽどだ。ニーラは賢いから、ニーラからスーラ、スーラからほかの子の親へ話が通じてしまうと考えたらしい。

慌てた子どもたちの親がそれぞれの子供から聞き取りをして、「ディリヤちゃんのおやつ、おいしいの」「ほっぺとろとろになっちゃう」「おいしかった！」「明日はなんだろ～？」と無邪気に話すのを耳にして、大人の狼たちは「あぁ、そんなことになってたなんて……」「申し訳ない」と子供たちにおやつや食べ物を持たせるようになり、ディリヤもお返しを子供たちに持たせ、そこからディリヤと大人の狼の交流が始まった。

交流を続けてしばらくすると、大人の狼たちがディリヤと話をしたり、子供と一緒にディリヤの家を訪れるようになった。

「りりゃたん！」

負けじとニーラもディリヤを見かけると突進して抱きつく。

ニーラがディリヤに懐いているのは最初からだったが、近頃は分かりやすく、「ディリヤちゃん、すきすき」としがみついたかと思えば、そっと遠くからディリヤを見守る日もあった。

「どうもね、ディリヤちゃんがたくさんの人と仲良くするのは嬉しいけど、ニーラが一番最初に仲良しになったのに、って気持ちもあるらしいのよ」

スーラが困り顔でディリヤに教えてくれた。

「子供心は複雑ですね」

「単純そうに見えてねぇ……」

「ちょっとニーラさんと話してきます」

アシュを抱えたディリヤは、ディリヤの家の玄関先でお友達から離れて一人で砂場の隅にしゃがみこむニーラの隣に腰を下ろした。

「ニーラさん、今日のディリヤの作ったおやつはどうでしたか？」

「おいちかったよ……」

ちょっと舌っ足らずにニーラが答えた。

ディリヤとは目を合わせず、胡坐《あぐら》を掻《か》いたディリヤの膝でうごうごするアシュの短い尻尾を撫でている。

「よかったです。……あの、まどろっこしいのが苦手なので直球でお尋ねするんですが、どうしてそんなに俺を好きって思ってくれるんですか？」

「ディリヤちゃん、おいしいにおいするからすき」

食欲旺盛なニーラがにっこり答えた。

ディリヤちゃんいいおいがするの。

おいしいごはんのにおい。

あまいミルクのにおい。

おやつのにおい。

ふかふかのお布団みたいにやさしいにおい。

だからだいすき。

おかあさんとおとうさん、両方のにおい。

まもってくれる人のにおい。

だいすきなにおい。

アシュちゃんが生まれてから、もっといいにおい。

やさしい狼のにおい。

「わかる、ディリヤちゃん、おいしいにおいするよね」

「ディリヤちゃんのごはんのにおい……、あ、よだれ垂れちゃった……」

「ほんとだ。拭いてあげる」

うっとりしているニーラの周りにほかの仔狼たちが寄り集まってきて、どの子もよだれまみれになった。

「…………」

ディリヤは言葉に詰まった。

人殺しの匂いじゃない。

血腥くない。

本能の強い幼い狼が、そう判断してくれた。

こんなにも懐いてくれた。

自分が作ったおやつを食べてくれるだけでも充分だったのに、そんなふうに言葉にしてくれた。

ディリヤの後ろに立っていたスーラが、ディリヤの背を優しく撫でた。


それから二年後。

アシュも二歳になり、生活も安定してきた。

「あら、ディリヤちゃん、背が伸びた？」

ある日、隣に立ったスーラにそう言われた。

「え？」

「いま着ているそれ、去年のズボンと上着でしょ？　両方とも丈が短くなってるわよ」

「洗濯に失敗して縮んだんだと……」

「違うわよ。ほら、ちょっとここ立ってごらんなさい」

「はい」

スーラに促されて、ディリヤは自宅の柱の前に立つ。

「出会った頃は、柱のこの傷より下だったもの。目線も私と同じくらいだったのに、ほら、いまはディリヤちゃんのほうがすこし高いでしょう？」

「ほんとに、身長が伸びてる……」

「アシュちゃんをおなかで育てて、栄養ぜんぶそっちにいっちゃってて、いろいろと無理してたけど、出産から二年経って自分の体に栄養がいくようになったのねぇ。そうねぇ、人間なら十七や十八の男の子って身長が伸び盛りなんでしょう？　お医者様が言ってたわ。その分、十九歳のいま伸びてるのねぇ」

「あの、どうやったら伸びるの止まるんでしょうか？」

「あら、伸びるのはおいや？」

「たまに、膝とか脛《すね》が痛くて……」

「成長痛」

「……せいちょうつう」

「急に伸びたから痛むのね。冷えたりするのも良くないわよ」

成長痛だとすら分からなかったことが不憫《ふびん》でならない。そもそも、一度もディリヤの口から痛いという言葉を聞いたことがない。夜な夜な一人で膝を抱えていたのかと思うと、スーラは胸が痛んだ。

「脚の使いすぎも良くないからね。もうずっと仕事も休まず働き詰めでしょう。すこしは休みなさい」

「はい」

「お返事だけはいいんだから……」

「………」

困る。服がない。いま着ているのはウルカの軍用品の質流れ品ばかりだ。もう背が伸びることはないと思い込んでいて、二年ほど前の自分の身長ぴったりぐらいで裾上げをしてしまった。糸を解いて一寸くらいなら伸ばせるが、それ以上だと買い直しになる。季節的なものもあって、今時分はあまりいい古着が手に入らない。そのくせ、値が張る。

「ディリヤちゃんのことだから、貯蓄分のお金は手を付けないし、生活費の余剰はアシュちゃんの服地や玩《おも》具《ちゃ》や本に使って自分のものに回す気はないんでしょうけど、たまには自分のことに使いなさい」

まだ子供なのだから。

欲しいものもあるだろうし、したいこともあるだろう。成長痛で脚が痛むような年頃なのに、一度も新しい布で仕立てた服を着ているのを見たことがない。

アシュの服はいつもやわらかくて上等の布を使っていて、身の丈にぴったり合うように作っているだけに、大人のスーラからしてみれば明確な差が見えてしまう。

清潔にしていて、みすぼらしいわけではないが、もうすこし自分を大事にしてあげてほしい。自分に構ってあげてほしいと思ってしまうのだ。

「ほら、足もとがちょんちょんのつんつるてんよ。うちの旦那のお古でとりあえず間に合わせなさい」

「いや、でも、あの……お金」

「古着一枚でお金とってたらご近所づきあいになんないわよ。うちの箪笥《たんす》を片付けると思ってもらってちょうだいよ。それと、教会で物々交換の日があるから、そろそろ出てみなさい。掘り出し物があるかもよ。それにね、ディリヤちゃんの作った石鹸の飾り細工は人気よ。なのに、いつも私に預けちゃうでしょ」

「俺本人が行って、ほかの人が困りませんか？」

「困んないわよ。それどころか、みんな、どうやって誘おうか、とか、いつになったら本人が来るんだ、とか、私に質問するのよ。ディリヤちゃん本人にお尋ねなさいよって言うのに、きっかけが摑《つか》めないのよ。困った狼たちね」

「……じゃあ、あの、出てみます」

「私が迎えに行くから、一緒に行きましょ。アシュちゃんも連れていってね」

「……なにからなにまで……すみません」

「ふふふ」

スーラは優しく笑ってディリヤの頭を撫でた。

こうして、ディリヤの衣食住がそろっていった。

狼の群れに馴染む、その最初の一歩を着々と踏みしめていた。

アシュが三歳の年には、降り積もる雪のなかで遊ぶアシュがディリヤの懐《ふところ》に手や口吻を入れて温まることを覚えた。

アシュが四歳の時、ディリヤは伸ばしていた赤い鬣を売った。その代金は、アシュが風邪を引いた時の薬代や新調した冬服の布代や生活費に充《あ》てることができたし、ちょっとだけ貯蓄にも回せた。

アシュが五歳の時に、ディリヤは荷運びの護衛で怪《け》我《が》をした。医者には見せず、自分で縫った。スーラとシャリフに随分と心配をかけたし、アシュに隠し通すのに苦労した。

その怪我が治ってからもディリヤとアシュとこの村の狼たちとの生活は続いていくのだと、ぼんやりそんな未来を思い描いていた。

いずれはアシュとはなればなれになる。それは今日や明日かもしれない。その覚悟だけは忘れずに、いつでもはなれられるようにディリヤは自分に言い聞かせてきた。

王都から馬車で七日ほど行った場所に、小さな村がある。森を抜けた先に田園風景が広がる、のどかな田舎の村だ。

その村の外れ、丘の上にある小さな家で、五歳になったアシュとディリヤは暮らしていた。

物干しには子供服がぱたぱたと風に吹かれてはためいている。砂場にはアシュの玩具があって、昨日も遊んだブランコにはアシュとニーラの顔に似せて作った木の板が揺れている。

家の中に入れば、食事を作る場所、食事を摂る場所、寛ぐ場所、この三つが一つにまとまっている。

台所には大人用と子供用の食器が一そろいずつ。そして、お客様用の食器。壁際には、幼いアシュが描いた絵や、アシュが摘《つ》んでくれた花で作った押し花が飾ってある。

簞笥や行李《こうり》にはアシュが赤ん坊の頃に使った服や思い出の品が詰まっていて、絨毯や壁、柱のあちこちにアシュが爪を立てて削った痕が残っている。

奥の扉を開くと、寝室にはディリヤが作った子供用の愛らしい寝床がある。洗面台には、これもディリヤが作ったアシュのための踏み台が用意されていて、アシュの牙をぴかぴかにする歯磨き道具もある。

屋根裏部屋に続く階段には、一人で上がるの禁止、とディリヤに相談、と絵と文字で記した注意書きの札を提げている。

廊下の壁の一角には、毎年、絵の具を塗った手で押したアシュの肉球はんこが律儀に並んでいる。

本当に小さな家だけれども、暮らしやすい良い家だと思う。

この家ぜんぶがディリヤの人生だ。

朝、ディリヤは夜明けとともに起床して、外の井戸で洗濯を始める。陽が昇る頃には洗濯物を干し終えて、台所の竈で火を熾し、お湯を沸かして、朝食と弁当の支度をする。

竈の火で部屋が暖まり、朝食の支度が整うすこし前になると奥の寝室へ向かう。

「おはようございます、朝です。起きてください」

ディリヤは寝室に声をかける。

いつもと同じ朝。

いつもと同じ掛け声。

けれども、この日はちょっと違った。

アシュとディリヤの二人きりの生活は、この日で終わった。

もうすぐ会えるね

第一章

ウルカ国、王都ヒラ。

トリウィア宮の狼の群れは今日も平和だった。

夏らしさは息を潜め、秋の気配が見え隠れする時節、ディリヤの腹では双子が元気に育っている。

近い将来、ララとジジという愛称で呼ばれることになる双子だ。

ディリヤは腹筋がしっかりあるおかげで腹が前に出ないせいか、一見すると妊娠しているようには見えないが、服を脱げばやはり多少は目立つようになってきた。

狼の子供に人間の腹は窮屈《きゅうくつ》だろう。そう思うと申し訳ない気もしたが、成長そのものはとても順調で、ディリヤの体調も悪くなかった。


先月などは、ディリヤとユドハとアシュの三人で初めて街へおでかけをした。

大きな橋を渡って川沿いの景色を眺《なが》め、腹が空《す》けば買い食いをして、家族の休日を満喫した。

すっかり一日楽しんだアシュは、夕暮れ時にユドハに背負われて家路についた。

すこし重い話だが、双子を産んだあとの万が一を考えて、ユドハに遺書も託《たく》した。

傍近くで自分を支えてくれる人がいるというのは、本当にありがたいことだ。隣にユドハがいるというだけでディリヤの心は軽くなり、夜も深く眠ることができるし、食事もいつもより美味《おい》しく感じる。

近頃は、ユドハとともに寝床に入った夜には、寝物語の代わりに生まれてくる双子の名前を相談している。この時間が思いのほかに幸せで、眠る前のディリヤのささやかな楽しみだった。

しかしながら、二人とも名前の候補はいくつも思いつくのだが、決めきれずにいた。候補に挙げた名前はどれも美しい響きに聞こえるし、探して選べばもっと良い名前があるような気もする。アシュにも相談してみよう、というところで毎夜の語らいは終わるのだが、それもまたディリヤは楽しくて、嬉しかった。

なにせ、明日も、明後日《あさって》も、ずっと、この楽しみと喜びと幸せが続くのだ。

一つ一つは取るに足らないことかもしれないが、その一つ一つを家族と分かち合える毎日はかけがえない。

そうしてユドハがもたらしてくれる平穏な日々は、ディリヤに秋の始まりを感じとる余裕さえ与えてくれた。

冷え込む朝、寝床でディリヤがユドハの太腿《ふともも》の間に足を挟んで暖《だん》をとると、眠るユドハがすこし眉根を寄せて、けれども無意識にディリヤを抱き寄せて尻尾と体で温めてくれる。

夏に落ちた食欲が戻るようにとユドハが心を砕いて食事を支度させてくれて、食卓には秋の味覚がふんだんに上る。食欲旺盛な大きな狼と小さな狼につられてディリヤもたくさん食べられる。

夏の終わりの秋草の匂いなどはどこか懐かしさを覚え、すっかり秋めいた庭に出て散歩をして、素足で踏む地面のやわらかさや湿り気を帯びた土の冷たさを味わう。

同じ巣穴で暮らす狼たちも夏毛から冬毛に換毛《かんもう》を始め、庭を駆けまわる小さな狼を抱きしめれば、夏よりいっそうふかふかと弾む。

窓辺に腰かけて頬に受ける秋風、膝には遊び疲れて眠るかわいい狼。陽射《ひざ》しはまだどこか眩《まぶ》しいのに、陽が傾くのは日増しに早くなる。

高い空の夕暮れ。夜風の冷たさ。星の位置。風呂の湯が冷める速さ。秋の初めに鳴き声を聞かせてくれる虫。月の美しさ。

また、明日の朝になれば、ユドハの隣で目を醒ます。その時の寝床の温かさ。ユドハのにおい。尻尾の感触。頬に毛皮が触れた時に自分の頬がゆるむ面映《おもは》ゆさ。

ユドハの傍で季節が一つ移り変わるのを堪能した。

一つの季節をユドハとともに過ごせた。

出会った時は、この先、一生縁が交わることのないと思っていた人だった。

諦《あきら》めていた幸せだった。

ぜんぶ自分の腕の内側にある。

ディリヤはいまこの瞬間が愛おしい。

幸せとはなにかと問われればいまも返答に詰まるし、生憎《あいにく》と言葉にできるような明確な答えを持ち合わせていない。

それでも、いまが幸せかと問われれば、幸せだと断言できる。

たった一人の男の存在が、自分のなかでこんなにも大きな存在になっている。頼りにしてしまっている。

もし、これから先に訪れる近い将来、腹の子を産む時に自分が死んだとしても、子供たちを託せる男がいる。自分一人の責任で生きなくていい。それはディリヤの心になによりも安寧《あんねい》を与え、幸せを感じる心の余裕を与えた。

だが、ディリヤが幸せだからといって、ディリヤ以外の世界中のみんなが幸せだと思うのはお門違いだ。

近頃、アシュが落ちこみ気味だった。

ふとした瞬間に、その天真爛漫《てんしんらんまん》な表情に翳《かげ》りを見せる。ディリヤが事情を尋ねても、ユドハがそれとなく訊いても、アシュは首を横に振るばかりで話してくれない。

体の具合が悪い様子ではない。怪我をした気配もない。子供とはいえ、気分の落ちる日もあるだろう。雨が降ってお庭遊びができないだけでもアシュにはとても悲しい出来事だ。

一日、二日程度の気分のムラならあまり深入りせずに見守るのだが、三日経っても、四日経っても、楽しそうに遊んでいたかと思うと、ふとした瞬間、物思いに耽《ふけ》り、物憂げな表情で黙りこむことが増えた。

「アシュ、どうしました？」

「……なんでもないの……」

「でも、アシュが泣いています」

しくしく、しゅんしゅん。アシュは尻尾を丸めて小さくなり、部屋の隅で泣いていた。

いつもなら、泣く時はディリヤの懐までやって来てディリヤにだっこしてもらってから泣く。

「ディリヤのだっこでは泣けませんか？」

「……きょうは、そういう気分じゃないの……」

「そうですか」

部屋の隅で蹲《うずくま》るアシュの隣に両膝をつき、アシュの丸い頭を覗きこむ。

「こっち見ちゃいや」

「すみません」

「…………」

「ディリヤは向こうへ行ってましょうか？」

「……ん」

「分かりました」

そっと立ち上がり、アシュから距離を取る。

隣の部屋に入りかけたところでアシュが「行っちゃやだ」というので引き返して、さっきと同じ場所に膝をつく。

「あんまり近くにきちゃいや」

でもちょっとだけ傍にいて。

複雑な心境を言葉にするアシュの尻尾はディリヤの

腕に絡《から》んでいる。

「アシュ、もし気が向いたらディリヤとお話ししませんか？」

「しない」

「ディリヤは大人ですから、もしかしたら子供のアシュが悩んでいることを解決できるかもしれません」

「…………」

「ディリヤではなくユドハとお話ししてみますか？」

「……ちがう」

「ディリヤとユドハ以外がいいですか？」

「おはなし、したくない」

「はい」

ディリヤはアシュの意見を聞き入れ、尻尾の先を撫で梳《す》くに留める。

するとアシュは床の上で尻尾を一度だけ波打たせてディリヤの手を追い払った。


どうやらディリヤから触れるのも禁止らしい。

ディリヤはその場でじっと動かず、アシュの傍を離れずにいた。

気が向いたら話してくれるだろう。

いつもなら、こちらからあれこれと話しかけたり、上手く誘導して聞き出したりするが、それは、常にディリヤやユドハという親がいるからできることだ。

大人がアシュの気持ちを慮《おもんぱか》って話を聞き出したり、アシュの希望に沿うように物事を運んだりするのは簡単だ。時にはそうしてアシュの気持ちを汲むことも必要かもしれないが、自分の気持ちは素直に自分の言葉で表現できたほうがいい。

ディリヤはずっと傍にいることができないかもしれないから、アシュはアシュの気持ちを自分で表現できたほうがいい。

自分の思いや自分のしたいことを他人に察してもら

うのではなく自分自身で伝える努力をしなくてはならない。

おなかがすいた。ごはんをください。

おなかがいたい。たすけてください。

自分で自分を伝えることは大切だ。

ディリヤ自身は言葉を使って感情を表現することが不得手で、言葉を発するまでに斟酌《しんしゃく》を重ねる傾向にあるが、アシュにはそうなってほしくない。

ディリヤはその場にしっかり腰を落ち着けて胡坐を掻き、アシュと背中合わせになる。

アシュのちいさな体温を感じる距離で、ぼんやり庭の景色を眺めた。

大きな風が吹きつけると、秋の匂いとともに室内に落ち葉が舞いこんでくる。思い悩んでいるアシュには申し訳ないが、穏やかな良い日だと思う。他人の気配も、話し声も、足音もなく、辺りは静まり返っていて、自然の奏《かな》でる音だけが心を撫でていく。

「……おともだちに、会いたいの……」

アシュがぽそりと漏らした。

蚊《か》の鳴くような声だ。

ぎゅっと丸まって縮こまったまま自分のおなかに向けて話すように呟《つぶや》いた。

「ニーラちゃんとダリヤちゃん、イヨルちゃん、ダヌシュちゃんと、アストラちゃん……」

「…………」

「おともだちにあいたい……」

ほとほと、ぽとぽと。目の周りの毛皮を涙で濡らしてアシュが訴えた。


ウルカの王城で暮らす前、ディリヤとアシュは湖水地方の村で暮らしていた。そこでは、徒歩圏内にアシュの友達が全員いた。

多産な金狼族《きんろうぞく》とはいえ、地方の小さな村だから子供の数もそう多くない。アシュと仲良く遊んでいた同世代は五人ほどだ。生まれた瞬間から一緒にいるので、友達というよりも幼《おさな》馴《な》染《じみ》や兄弟姉妹といった関係性に近い。

先日、アシュの幼馴染たちから手紙が届いた。

アシュが村の幼馴染たちに手紙を書き、宛名書きはディリヤが行い、ユドハが送る手配をした。

先頃、その手紙の返事が届いたのだ。

現住所が王城内のトリウィア宮だと記すのは憚《はばか》られるので、手紙のやりとりは間に人を挟み、居住地も城外の住所にしていた。

すこし時間はかかったが、無事、アシュの手紙は五人の幼馴染のもとへ届き、幼馴染からの手紙もアシュのもとへやってきた。

それ以降、王都ヒラと湖水地方で何度も手紙の往復があった。

手紙が届くたび、アシュは飛び跳ねて喜んだ。

アシュが折り紙や切り紙、湖水地方では目にしない花の種や良い香りの葉っぱ、きれいな石を送れば、向こうからは、押し花やおえかき、肉球のはんこ、蛇や蟬《せみ》の脱け殻、植物の種など、湖水地方を想い起こさせる品が同封されてきた。

手紙の相手にはまだ文字を書けない年齢の子もいるから、それぞれの持っている意思疎通《そつう》の手段で手紙を書いてくれた。

アシュは楽しそうに返事を書いていたが、書けば書くほど思いは募《つの》り、ついには幼馴染たちに会いたくなってしまったのだろう。

「おともだちに、会いたい……」

静かに涙して、消え入りそうな声で囁く。

声に出してしまうと余計に会いたくなってしまったらしく、すっかり塞《ふさ》ぎこんだ様子だった。

「アシュの落ちこんでいる原因が分かったのか？」

「お友達と会いたいらしい」

アシュの気持ちを聞いた翌日の早朝、ディリヤとユドハは寝床で話をしていた。

ディリヤは大きなクッションを胸に抱えて寝転び、頬杖をついたユドハはディリヤのほうを向いて横臥《おうが》している。

「友達か……」

「うん」

尻尾がディリヤの背中に乗せられる。

秋口の朝は肌寒さを覚える。ユドハの尻尾もすこし表面温度が低い。暑いよりは寒いほうが好きなディリヤは、尻尾の冷たさが心地好《よ》くもあり、尻尾がじわりと自分の体温に馴染んでいくのもまた心地好かった。

「大人の都合でアシュにはつらい思いをさせてしまったな」

「生まれてからずっとあの村で育ったしな」

アシュの幼馴染はみんな村で暮らしていて、王城には同年代の友達がいない。

クシナダ派の一件が片付き、家族全員の身辺の安全が確保され、ようやく落ち着いたと思ったらディリヤが悪阻《つわり》で寝込み、今日に至る。

まずは家族としての基盤を固めて、それからすこしずつアシュがびっくりしない速さで同年代の友達を作る機会を設けて……、そう考えていた。

「そろそろ、こちらでも新しくアシュの友達が作れる環境を用意しようか」

「それもいいかもしれない」

「だが、新しい友達よりも、まずは昔からの馴染みと会うほうが先だろうな」

「アシュもそのほうが嬉しいとは思う。でも、気軽に遊びに行ける距離じゃないのが問題だ」

「毎日会うのは難しいが、アシュが会いたいと望むかぎりはその願いを叶えてやりたいと思う」

「どうやって？」

ディリヤは抱き抱えていたクッションをユドハの顔に放り投げる。

「そうだな……、城と村の中間地点に適当な屋敷がある。そこまで相手方に出向いてもらうのはどうだ？　もちろん、こちらで馬車を仕立てて村へ迎えに行かせるし、道中に護衛もつけよう。子供と保護者で何名くらいだ？」

放り投げられたクッションをユドハは片手で摑み、ディリヤに放り返す。

「子供は、……一番小さい子が来るなら最低でも五人。大人は、五人それぞれの親御さんが必ず一名は付き添ってもらうようにする。手紙を書いて、最終的に何人になるか確定してもらう」

ディリヤはそのクッションを両手で捉《とら》えて、またユドハに投げ返す。

「あぁ、そうしてくれ」

ユドハは尻尾でそれを摑み、器用にディリヤへ投げ返す。

「アンタの立場とか、そういうのはどう説明する？　ぜんぶ話す必要はないと思うけど、アシュにかんすることで必要以上の嘘はつきたくないし、世話になった人たちを騙《だま》すようなこともできるだけしたくない」

ディリヤはクッションを両手で受け止め、懐できつく抱きしめた。

「そこは俺に任せてくれるか？」

「任せていいのか？」

「あぁ」

「じゃあ頼む」

ディリヤは腕に抱えたクッションごとユドハの胸に飛びこむ。

ユドハは慌てて両腕と尻尾でディリヤを抱きとめて、「腹に子がいるのに、そんなに元気に動いて大丈夫か？」と心配する。

「俺の金色のけものは心配性だ」

「俺の可愛いけものがお転婆《てんば》で困る」

ユドハはディリヤを強く抱きしめ、やれやれと肩で息を吐く。

「アンタは日に日に心配性に磨きがかかってく」

「お前が日に日に無防備になっていくからだ」

「そうか？」

「そうだ」

「……へんなかんじ」


ディリヤは零れるような吐息で微笑み、ユドハの胸に頬を押し当て、目を細める。

子を孕《はら》んでからのディリヤはディリヤが思うよりも無防備で、どこかぼんやりとしていて、ユドハは気が気でないらしい。

ディリヤには自覚がないが、確かに、自分がどこか腑抜《ふぬ》けているような気もする。

不思議な感覚だ。ユドハがいろんなことを補ってくれると全身全霊で信じきってしまっていて、いつもなら自分が気を付けることにも「まぁユドハがいるからいいか」と頼ってしまっている。

ディリヤのその無防備さに呼応するように、ユドハは毎日せっせとディリヤの世話を焼いてくれる。風呂場で滑らないようにと一日も空くことなく一緒に入って手助けしてくれるし、体が冷えてはいけないと寝床で温めてくれるし、三度の食事にも気を遣ってくれるし、食べるのが億劫《おっくう》な日があれば甲斐甲斐《かいがい》しく口もとへ運んでくれるし、ともすれば着替えすらもディリヤは自分でしなくていい。もちろん、アシュのことも抜かりなく世話を焼いてくれていて、日々、「子育てとは、こうもままならぬものなのか……」と奮闘中だ。

おかげで近頃のディリヤはユドハの巣穴でぐうたら怠惰《たいだ》を極めていた。

「肥えて太って、余計な肉がつきそうだ……」

「是非ともそうなってくれ」

夏の暑さと食欲不振でディリヤが弱っていくのを目《ま》の当たりにしていただけに、ユドハはディリヤにもっと肉をつけさせたかった。

「これが幸せ太り……」

「お前の安らかな日々を守るのはこの俺の責務だ」

ユドハの大事なメスが出産に備えて大切な時期を過ごしているのだ。ユドハの腕のなかの生き物がなに一つとして不便を感じてはいけない。腹を空かせたり、ひもじい思いをしたり、痩せ細ってやつれていくなどは言語道断だ。それは金狼族のオス狼の沽券《こけん》にかかわる。

なによりディリヤを愛する男として、この世のありとあらゆる不都合や不便や不条理から遠ざけてやりたいと思うのが男のサガだ。

だが、ディリヤはディリヤ自身が縄張りを持って一人で生きていける男だ。そういう強い生き物を己の傍に置いていつまでもずっと離さずにいることはなかなかに難しい。

ユドハは常にディリヤが惚《ほ》れ続けるような男であらねばと思うし、そう思い行動することがユドハの人生の張り合いでもあった。

「またなんか考えてる」

ディリヤはユドハの鼻先に唇を寄せる。

「どうやってお前を俺の縄張りで囲い込もうか思案していた」

「もう囲い込まれてるのに？」

「もっと囲い込んで巣穴の奥に引きずり込むためだ」

「食べても美味《うま》くないぞ」

「なにを言う、お前はどこもかしこも美味いぞ」

ユドハは悪い顔でぺろりと舌なめずりする。

「悪い狼の顔だ」

「お前だけの男の顔だ」

金の毛並みと赤毛がくちゃくちゃに混じるほど額をすり合わせて笑う。

ひとしきり笑って、寝床でじゃれて、また笑って、

「ほら、そろそろ寝床から出て準備をしないと朝議《ちょうぎ》に遅れる」とディリヤが急《せ》かしてユドハを寝床から追い立てる。

ディリヤはユドハの後ろへ回り、鬣を梳いて身支度を整え、一分の隙もない国王代理に仕立ててあげた。

「お前の髪は素直で、すぐに寝癖が元通りになる」

己《おのれ》の支度が終われば、ユドハはディリヤの身支度を整えてやり、赤毛を撫で梳く。

「お互い、自分のことは自分でしたほうが早いのに、なんで世話を焼いちゃうんだろうな」

ディリヤはユドハの掌に頬を寄せた。

「身支度も毛繕《けづくろ》いの一環だと思えばいい」

「あぁ、けものの習性か」

大事で愛しい大好きなつがい。

その人の身支度を整えて、毛並みを美しく整えるのは、けもののつがいの愛情表現。

幸せで、きもちいい、束の間の悦《よろこ》び。

ディリヤは、愛も情も深い生き物に今日も朝からうっとりするような愛をもらった。

その日の朝、朝食を食べ終わるなり、アシュはユドハとディリヤのもとへ歩み寄った。

「どうした、アシュ？」

「あのね、アシュ、おねがいがあるの」

「よし、聞こう」

席を立ったユドハはアシュの目線へ膝を下ろす。

ディリヤもユドハの手を借りて席を立ち、ユドハの隣で膝をついた。

「アシュは、おともだちと会いたいです」

アシュはまっすぐ両親を見た。

昨日までは泣いて拗《す》ねていたアシュだったが、ディリヤと話をして、今日はちゃんと自分で自分の気持ちを伝えようと思ったらしい。

「アシュは、おともだちに会いに行ってもいいですか？」

「もちろんだ」

「……！」

ユドハの返答を聞くなりアシュの表情に笑顔が咲く。

「ただ、今日すぐには難しいんです」

「遠いから？」

ディリヤの言葉に、アシュは耳と尻尾をちょっとしょんぼりさせる。

「そうです。おでかけするのに準備が必要です」

「…………じゅんび……」

「ニーラさんやスーラさん、お友達も、今日すぐに会いに行って遊べるとは限りません。お手紙を書いて、この日に遊びましょう、とお約束をする必要があります」

「いつも、おやくそくしないで遊んでるよ」

「はい。そのとおりです。村にいた時は毎日一緒でした。でも、いまはちょっと離れているので、泊まりがけで会いに行かなくてはなりません」

「おとまり？」

「はい。お泊まりする時は事前の約束が必要です」

「……ん、おやくそく。わかる」

「そこで、いまユドハが一日でも早くアシュがお友達と会える方法を考えてくれています」

「そうなの!?」

アシュは両手で己の頬を包み、驚きと喜びが混じった仕草でユドハを見やる。

「ユドハがお友達と早く会える方法を考えるから、すこし待ってくれるか？」

「……すこしってどのくらい？」

「三日くれ」

「……みっか」

「あぁ。三日後にお友達と一番早く会える方法が決まる」

「じゃあ、みんなと会えるのはもっと向こう？」

「そうなる」

「…………」

「すまん。辛抱してくれるか？」

「ぜったいのぜったいに、会える？」

「会える」

「ぜったいのぜったい？」

「絶対の絶対だ」

「あしゅとのおやくそくよ？」

「あぁ、アシュとユドハとディリヤの約束だ」

「……じゃあ、待つね」

「ありがとう」

「いいの。アシュ、みんなと会う日までに準備があるから」

「なにを準備するんだ？」

「みんなで遊ぶおもちゃと、ニーラちゃんの好きなくだものと、イョルちゃんの好きなぬいぐるみと、ダリヤちゃんの好きなお花と虫の抜け殻、ダヌシュちゃんとアストラちゃんの好きな挿絵《さしえ》のいっぱいのご本と……それから、みんなで食べるお菓子をつくるの。デイリヤ、手伝ってくれる?」

「はい、もちろん」

「ん!」

アシュはにこっと笑って尻尾で元気に頷くと、「ちょっと待ってて」と言うなり部屋へ走り、子供用の暦《こよみ》表《ひょう》を抱えて戻ってきた。

「みっかってここ?」

「そう、ここだ」

「……みっか、みっか」

ユドハに暦の日付を指差してもらい、その日を何度も指でなぞる。

「この日までに、アシュに良い報告ができるようにしよう」

「よかったですね、アシュ」

ユドハの良いところはこういうところだとディリヤは思う。

漠然と「そのうち」とか「いつか」とかではなく、「この日までに」と明確な約束を交わして、アシュを安心させてくれる。

小さな子供にも誠実に対応してくれる。

だからこそ、アシュも「アシュ、ちゃんとしんぼうして待つね」と言えたのだろう。ユドハが約束を破らないと信じているのだ。

「ありがと、ユドハ」

アシュは、きゅ、とユドハの腕に抱きつき、鼻先をすり寄せる。

たんぽぽ綿毛の尻尾がそわそわしていた。大好きなお友達に会える日を心待ちにして、楽しみでたまらないのだろう。

ディリヤはすこし斜めに体を傾け、「ありがとう」と、隣のユドハの肩にこつんと頭を押し当てる。

ユドハは「遠慮をするな、もっとこちらに預けるといい」と笑って、アシュとディリヤをひとまとめにして抱きかかえた。

この男のこういう懐の広さ、余裕のある心遣い。ディリヤには欠けているもの。それをこうして余すところなく、惜しみなく差し出されるたびに、ディリヤは「いい男だな」と惚れてしまう。

「愛してる」

大好きな気持ちが溢れて止《と》め処《ど》ない。

短く、簡潔で、まっすぐな言葉を口走ってしまうのも、いつものことだ。

「愛してる、ディリヤ」

ディリヤの愛の言葉で、ユドハが目もとに笑い皺《じわ》を作って相好《そうごう》を崩す。

その仕種《しぐさ》があんまりにもかわいくて、ディリヤはユドハの鬣をわしゃわしゃと掻き混ぜて抱きしめた。

お友達と会える。

ユドハと約束したその日からアシュは目に見えて元気を取り戻した。ご機嫌に尻尾を振り、暦を指差しては、「今日はここ、明日はここで、明日の明日はここ、……ふふっ、もうすぐ会える……」と肩と尻尾を揺らして笑う。

ディリヤは湖水地方のスーラに手紙を送り、ユドハはアシュとの約束通り三日後にはすべての段取りをつけた。

王都ヒラと湖水地方の中間地点に、庭園付きの屋敷がある。そこで会うことになった。

屋敷は石造りの平屋建てで、古くからの金狼族の生活様式が息づいていて、大勢が一堂に会し、ゆとりをもって滞在できる。

床には絨毯《じゅうたん》を敷き重ね、クッションをたくさん敷き詰め、そこに座して歓談し、食事を摂り、楽器を奏で、子供たちは転げ回って遊ぶ。

庭に面した大広間では、夜に月を眺め、皆で酒と肴《さかな》に舌鼓《したつづみ》を打ち、季節の移り変わりを愛《め》で、虫の鳴声や秋風の音色に耳を傾け、時には火鉢に当たり、ちりちりと燃える赤を眩しく見つめる。

そういう穏やかな時間を過ごすことができる屋敷だ。

いまの季節なら庭園が見頃だし、秋の果実が実る果樹園もあり、散歩道もある。滞在中の子供たちが飽きることはないだろう。

屋敷の規模としては小さめだが、宿泊客を招くのに支障ない敷地と施設で、周辺の安全確保も問題なく行える立地だ。

ユドハが私財で購入した邸宅だが、所有者は架空名義だ。国王代理としてのユドハではなく、一個人であるユドハが自由に扱える物件で、かつては、密会や密談、一時待機や避難用地として使っていた。ありとあらゆる状況を想定して、ユドハは全国各地にこういった物件をいくつも所有しているらしい。

今回はその一つに湖水地方のみんなを招待することになった。

湖水地方からやってくる子供は五名で、最年少は三歳。幼い子らの移動時の負担も考えると、この屋敷が最適だ。それぞれの子供たちの保護者が都合をつけて一人は必ず付き添って来てくれることになった。

秋晴れの吉日、湖水地方から総勢十名が屋敷を訪れた。

「立派な馬車を仕立てていただいて……」

屋敷の玄関に馬車が到着すると、村の皆の代表として最初に降りた女性がユドハとディリヤに礼を述べた。

「ようこそおいでくださいました」

ユドハは無事の到着を喜び、歓迎した。

「ご無沙汰していました」

ユドハの隣に立つディリヤは懐かしい顔ぶれにお辞《じ》儀《ぎ》する。

湖水地方の村を出てまだ一年も経っていないのに、馬車を降りてくる面々を目にするたび、なんだかとても懐かしい気がした。

「イヨルちゃん！」

「あ、ぁあぁあ……ぁあ、ぁっくん……あっくん……」

「あっくん！」

最年少三歳のイヨルが泣きながら両手を前に出してアシュに歩み寄る。

だが、アシュに会えた喜びのあまり道半ばで膝から崩れ落ち、「ぁっくん……」と泣き始めてしまった。

「あっくんだよ！」

アシュはイョルのもとへ駆け寄り、土に膝をついてぎゅっと抱きしめる。

「……あ、ぁあ、……ぁっくん！」

イョルは感動で言葉が詰まって出てこないらしく、アシュの名を何度も呼んで喜びを表現し、尻尾を小刻みにぱたぱたさせる。

「………あっくん？」

ユドハは小首を傾げた。

「イョルさんはまだ三歳なので、アシュ君とはっきり呼べない」

「なるほど」

ディリヤの説明を聞いて、ユドハが頷く。

「ちなみにイョルさんはアシュのことが大好きで、気持ちが昂《たかぶ》りすぎると時々ああして言語が崩壊する」

「………」

「さらにイョルさんは一人っ子なので、二つ年上のアシュをおにいちゃんのように慕《した》ってくれている。アシュも満更ではない」

ディリヤが淡々と説明するうちに、ほかの子供たちもアシュとイョルの傍に歩み寄り、みんなで輪になって毛玉の団子のように固まり、ぎゅうぎゅう抱擁《ほうよう》し始めた。

額をすり寄せ、頬ずりして、匂いを確認する。誰かの短い尻尾が嬉しそうにぴょこぴょこ動くと、ほかの子の尻尾もつられてぴょこぴょこ動く。

湖水地方からやって来た保護者たちも子供たちの様子を微笑ましく見つめていた。

「あらあら、この子ったら〜、アシュちゃんに会えて嬉しくってお漏らししちゃってるわ〜」

イョルの母親は息子の重たそうなお尻を見やり、即座に息子のお漏らしを判別する。

「あのままだと地面に寝転がってじゃれ始めるな。おむつの交換は、よければ別室をお使いください。……

さぁ、皆さん、どうぞ中へ」

ユドハの案内で一同は屋敷に入った。

大広間へ移動して、休憩がてらお茶と軽食を摂りつつ挨拶を交わし、自己紹介の場を設ける。

子供たちは、早速、部屋の隅でそれぞれ持参したお土産《みやげ》を広げて交換したり、走ったり、笑ったり、嬉しくて泣いたり、遊び始めたりと忙しない。

その忙しなさが、今日を楽しみにしていた子供たちの気持ちを物語っていた。逸《はや》る気持ちを抑えられないことが尻尾や耳の動きからも見てとれる。

アシュもご機嫌な様子で、とびきりの笑顔だ。

村にいた頃、ディリヤが毎日見ていたアシュの笑顔だ。

そうして友達と遊ぶアシュをユドハが見るのは初めてだ。輝かんばかりの愛くるしいアシュの笑い顔にユドハは目の奥が熱くなるのを感じ、目頭を押さえた。

「予定を調整した甲斐があった……」

「うん」

ディリヤはユドハの背中を撫でる。

近頃、うちのユドハはすぐに感動する。

ユドハは、いまこの瞬間にしか見られないアシュの成長を見逃さずにいられたことが嬉しいのと同時に、アシュの心の成長とともに自分も親として歩んでいくことができる喜びを嚙みしめている。

ユドハは前倒しでできる公務をすべて片付けて、ディリヤやユドハの側近たちも驚くほど頑張って、この休暇をもぎ取った。

そして、今日の日の実現には、エドナが助言と助力をくれたことも大きい。

「わたくしにできることはわたくしがしますから、疲れた顔であちらの方々とご挨拶するような事態は避けなさい。あなたが草臥《くたび》れた様相で現れてみなさい、アシュやディリヤを預けて大丈夫かしら？　と、あちら様も心配なさるでしょ」

そう言ってくれたエドナの厚意に甘えて、公務をすこしエドナに預けたこともあり、ユドハは今日のこの親同士の顔合わせに参加することができた。

ユドハが、アシュの父親として対外的に初めて親らしいことをする日を迎えられたのだ。

エドナには感謝でいっぱいだった。

「これが……あ、こちらが？　……いや、違うか、難しいな、この人が……、この人が、俺の、その……あー……アシュの、父親です」

ディリヤはまず大人たちにユドハを紹介した。

自分の顔見知りにユドハを紹介するのは初めてだ。自分の伴侶《はんりょ》だと言葉にするのは嬉しいけれど気恥ずかしくてこんな紹介になってしまう。

「アシュの父親で、ディリヤの伴侶のユドハと申します」

ユドハは腰も低く、穏やかに一礼する。

ユドハの名はウルカではさして珍しくなく、名前だけでユドハが国王代理だと連想することもない。この場では、国王代理ではなく、あくまでもただのユドハであり、ディリヤとアシュの家族だ。

何千、何万、何十万という臣が御前《ごぜん》に平伏《へいふく》し、民が生涯に一度も拝謁《はいえつ》を賜《たまわ》ることすらないまま終わる立場の男が、まるで一介のオス狼のごとき気安さで振る舞う。

それは戯《たわむ》れではなく、ディリヤやアシュが世話になった人たちを必要以上に委縮させないためだ。同時に、彼ら、彼女らを危険に晒《さら》さないためでもある。国王代理との間に繋がりがあると知られれば、それだけで湖水地方の村に住むみんなの平和な生活が脅《おびや》かされる可能性が皆無《かいむ》とは言いきれない。

穏やかなものは穏やかなままで。困り事があれば助力を惜しまないし、これまでの親切に感謝して礼を尽くしていく。まずは信頼関係を築き、これからも良い関係を続けていけるように、余計な前知識や下地のないまっさらな状態で、お互いを、ユドハという男を知ってもらいたかった。

ユドハが尻尾で「上手にできているか？　偉そうな振る舞いになっていないか？」とディリヤに問うので、ディリヤは後ろ手で尻尾の先を撫でて褒《ほ》めた。

「ユドハ、右から紹介していくな」

ディリヤは、五人の子供一人ずつの名前と、どの子の親であるかを伝え、最後に、「スーラさんとシャリフさんご夫妻はニーラさんのご両親で、俺とアシュが住んでた家のお隣さんで、特に世話になった人たちだ」と紹介した。

「こんにちは、あの時の軍人さん」

スーラはユドハの顔を覚えていた。

かつてユドハがディリヤに頼まれて荷物を取りに湖水地方の家を訪れた際、スーラとニーラの母子はユドハと会っている。

「その節は……」

ユドハもスーラを覚えていて、「お陰様で、いまはこうしてディリヤと一緒に暮らせています」と、かつての礼を述べた。

あの時はディリヤとアシュを城に招いて間もない頃で、ユドハはまだディリヤからの完全な信頼を勝ち得ていなかった。

湖水地方の村でディリヤがどれほどの想いと決意でアシュとともに慎《つつ》ましく暮らしていたか、その一端をスーラから聞くことがなければ、ユドハはディリヤを愛する理由を一つ知らずに生きていくところだった。

「スーラさんとは一度会ったって言ってたな」

ディリヤもユドハからその話は聞いていた。

「実は、そのあともう一度会っている」

「……いつだ？」

「丘の上のお前たちの家を移築するにあたり、こちらのスーラさんに口利きをお願いしに行った。所有権などについても確認する必要があったたし、村長殿への挨拶や村への事前の根回し、村の約束事についても教えていただいた」

そのおかげで丘の上の家を移築しても構わないとお墨付きをもらったし、どこからも反発や顰蹙《ひんしゅく》を買うことなく円満にディリヤとアシュのもとに運ぶことができた。

「ディリヤちゃんをちょっとでも安心させて喜ばせたいって一心でユドハさんが村にやってきて頭を下げた時は驚いたけれど、……巣穴を大事にしてくれる気持ちが嬉しかったわ。村のみんなも同じ気持ちよ。でもまぁすっかり持って行っちゃった時は、ユドハさんはなんて豪胆な狼なんでしょ……って村のみんなで感心したものよ。それに、移築したあとも村のことを気遣ってくださって……」

「ユドハ、なにしたんだ？」

ディリヤがそっとユドハに尋ねる。

「村長殿と話して、移築の礼に、村の大工衆に依頼して寄り合い所を一軒寄付させていただいた」

「……俺、知らないぞ」

「すまん。その時はお前の耳にあれこれと入れるのは……」

「あぁ、分かった、大体」

ユドハはディリヤの体調を慮って伝えなかったのだ。丘の上の家をトリウィア宮の庭に移築したのは、ちょうど悪阻で具合がよくなかった頃だ。

ほとんど寝床にいたディリヤに話して聞かせて煩《わずら》わせるならば……と控えてくれたのだ。ディリヤもふんわりぼんやりしていて、どういう手順を踏んで移築したのかまで考えが及ばず、「アシュが丘の上の家を思い出してさみしい思いをしなくて済む」と安堵《あんど》するばかりだった。

「ユドハさんのことはディリヤちゃんからのお手紙にもあったから信用していたけれど、こうしてディリヤちゃんの伴侶としてあなたを紹介してもらえて、こんなふうにお話しする機会を得られて嬉しいわ」

「私も、こうして顔を合わせてご挨拶できて嬉しく思います」

そうして、ひととおりの顔合わせが終わると、和《なご》やかなお茶の時間が始まった。

侍従や侍女はこの場にいない。護衛を含め、皆、使用人用の別棟で静かに過ごしてもらっている。

湖水地方の客人が委縮しないよう、それでいて勝手の分からぬ屋敷でも快適に過ごせるよう、必要に応じて適切な数の使用人のみが屋敷に詰めていた。

基本的には、ディリヤとユドハがもてなす側として二人で台所に立ち、軽食やお茶を支度した。

湖水地方の大人たちはディリヤを心から愛してくれていて、王都へ行ってからの生活や近況を尋ねる質問がいくつも出て、言葉数の少ないディリヤも精一杯答えた。

積もる話は尽きず、時間は瞬く間に、それでいて穏やかに過ぎていく。ディリヤの言葉の端々《はしばし》に滲む幸せに安心できたのか、次は、ユドハに話題の矛先《ほこさき》が向いた。

「じゃあ、ユドハさんは普段はヒラに住んでいらっしゃるのね」

「はい」

ユドハはスーラの茶器におかわりの茶を注ぎながら答える。

「こちらのお屋敷は……」

「この屋敷は、戦争時分に廃墟となっていたものを安く買いました。当時は不穏な時勢でしたので大いに役立つこともあり……」

「お仕事は軍人さんでいらしたわよね？」

「はい。国と民に仕える仕事をしております」

ユドハは嘘をつかず、できるかぎりの誠実さで答えていく。

「ディリヤちゃんとは戦争中に出会ったそうですけど、あなたもあの戦争に？」

「従軍しておりました」

「いまはどういった部署におられるのかしら？」

「職務規定上、明確には申し上げられませんが、一日の大半が城詰めです。時折、国内外の視察などにも赴《おもむ》きます」

「これからもヒラにお住まいの予定？」

「奉職の都合上そうなります」

「あなた、ご家族は？」

「血縁の近しいところですと、姉が一人、祖母が存命です。両親は既に亡くなっています」

「まぁ、それじゃあ……」

「スーラ、そろそろよさないか」

質問責めのスーラをシャリフが窘《たしな》め、視線で「うちの妻がすまない」とユドハに詫《わ》びる。

「お気になさらず。どうぞ心ゆくまで質問してくださ い」

「そうよ、あなた。ディリヤちゃんは私の息子のようなものですからね。アシュちゃんに至っては生まれる前のディリヤちゃんのおなかにいる時から知ってるんです。ディリヤちゃんとアシュちゃんを任せるに相応しい方か、しっかりお話をお伺いしないと」

今日集まったなかで、ディリヤのつらい時期を誰よりも見聞きしてきたのはスーラだ。

アシュを産む時に腹を開いたこと、一度は心臓の鼓動が止まったこと、アシュが生まれる前からずっと一人で働いて、赤ん坊を抱えて懸命に生きてきたこと。

スーラがどれだけディリヤを過保護に思っても致し方のないことだ。ユドハもそれを承知ですべての質問に誠実に向き合っていた。

この顔合わせは、三泊四日だ。

四日間を一緒に過ごす間にユドハの立ち居振る舞いを見てもらい、「この男にならディリヤちゃんを任せても大丈夫」と信じてもらうことがユドハの目標でもあった。

ディリヤが世話になった人たちに対して、不義理はできない。本来ならば、産褥《さんじょく》にあったディリヤの傍から離れずに付き添うべきはユドハだったのだ。腹の大きなディリヤの代わりに働き、食べ物を運び、巣穴を清潔に保ち、寝床を整えるのはユドハの役目だったのだ。

ユドハはそれらを悉《ことごと》く行えなかった。ディリヤ一人に背負わせてしまった。スーラをはじめとした村の住民たちが助けの手を差し伸べてくれた。ユドハはその事実と彼らの優しさに感謝していた。

「どうかなんでもお尋ねください。そして、もしよければ、ディリヤとアシュが村で暮らしていた時のことを教えてください」

「あのぅ、一つよろしいかしら……？」

黙って菓子を食べていたイヨルの母が手を挙げる。

「はい、なんなりと」

「このお菓子、とてもおいしいのだけど……」

「お口に合ってよかった。それは、こちらへ来る前日に、我が姉の協力のもと、アシュと私で焼いたものになります」

「うん、確かに、これはとてもしっとりしていて、たくさん果物が入っていて、ほんのり酒の風味があって美味い」

ダリヤの父も感心している。

「一晩しっかりと寝かせました。子供たちのおやつ用に酒を抜いたものもあります。今夜の食事は私が腕によりをかけますので是非ご賞味願いたい」

金狼族は性別に関係なく台所に立つ。

オス狼の習性として、食料を調達し、巣穴へ運び入れ、備蓄し、家族の食事に気を配り、家族の腹を満たすことを喜びとする。

オス狼が料理をすること自体は珍しくないが、軍の要職に就《つ》くユドハが市井《しせい》の者と同じように台所に立つと聞いて、皆、すこし驚いた様子だった。


「普段はディリヤに頼りきりです。アシュの世話も近頃ようやく慣れてきたような有様で……」

「でも、休みの日とか、その前日は、ユドハが食事を作ってくれるんです。朝メシもいつも美味いです。早起きした日は一緒に散歩してくれるし、仕事で忙しいのに早く帰ってきた日はアシュを風呂に入れてくれて、寝かしつけも完璧です」

それまで黙ってユドハの隣でお茶を飲んでいたディリヤが付け加える。

「それから？」

ダリヤの父親がディリヤに続きを促す。

「毛繕いもすごく上手です。近頃はアシュの爪切りと散髪も上達したたし、世話も上手で、話も上手で、なんでも相談に乗ってくれて的確な答えを返してくれるので俺はすごく助けられています」

「ディリヤに比べればまだまだで……」

「ディリヤ、お前の旦那はえらく謙遜《けんそん》してるぞ?」

ダリヤの父は「ほかにはないのか?」とさらに続きを促す。

「俺にはできないことをユドハはいっぱいできるんです。俺より柔軟な考え方ができるし、剣も弓も手練《てだ》れで最高に強い。頼りになります。屋台に並んで買い物してる後ろ姿がびっくりするくらい恰好良くて驚きました。俺やアシュの毎日のちょっとした変化に気付いてくれて、俺の頬を撫でる手がすごく優しくて、こうして隣に座っているだけで、……ほら、見てください、こんなに可愛いんです」

「…………ぐっ、ふ」

惚気《のろけ》を惚気と気付かず一所懸命に力説するディリヤにダリヤの父が噴き出す。

ダリヤの父の隣でシャリフも肩を揺らして笑っているが、その実、袖口で顔を隠し、ほんのちょっと泣いていた。かつて、隣村との諍《いさか》いが発生した時、シャリフの隣に並んで共にケンカを売り買いした弟分のディリヤがこんなに可愛く成長した。シャリフはそれが嬉しいのだ。

「ディリヤちゃんはこんなにも声に感情が乗る子だったのね~」

イヨルの母はのんびりおっとりした表情で安堵の笑みを浮かべる。

だが、その眼差しは、「こんなか弱い人間の男の子を孕ませて責任を取らずに逃げた金狼族の風上にも置けぬクソのような男は一体どんな男なのか拝んでやろうと思ってここまで来たけれど、ディリヤちゃんってばベタ惚れじゃないの……。皮肉の一つも言ってやろうと思ったのに、そんなこと言ったらディリヤちゃんが可哀想でこれじゃあなにも言えないわ」という感情を物語っていた。

イヨルの母もまた年下のディリヤを弟のように思っているし、初めて見た時などは、「なんて痩せっぽちの子供なんでしょう！」と驚いて、なにか食べさせてやりたくなったし、食べさせた。

そんな痩せっぽちの子供が、もう、子供ではない。ディリヤは傍らに座る男の横顔を愛しげに見つめて、静かにその声に聞き入っている。ディリヤのその姿を見れば、どれほどこの男に心を許しているかが見てとれた。

それに、ユドハの尻尾はいつもディリヤのほうを向いていて、ディリヤの背中や尻を支えるようにくるりと添えられている。

きっと、あの尻尾は無意識のものだ。無意識のうちに大好きなディリヤに巻きついてしまうのだ。すこしでも大切なつがいに触れていたいと思う狼ならば当然の仕草だ。


アシュも尻尾が言うことをきかない子だから、父子でそっくりだとその場にいた全員が思っていた。

「ユドハ、アシュたちおなか空いたの。おやつ、ちょうだい」

部屋で転げ回って遊んでいた子供たちが、大人の輪にやって来た。

アシュに会えて嬉しいイヨルはアシュの尻尾に、ぎゅっとしがみついて離れない。

「では、おやつを食べよう」

「うん！」

頬のお肉がきゅっと持ち上がるほどアシュはにっこり笑う。

アシュは、ディリヤに食べ物をほしいとお願いするのではなく、自分の傍近くにいたユドハに頼んだ。

つまり、ユドハにもそれだけ懐いているということだ。

ディリヤ同様アシュもまた大切に育まれているその一端を垣間見て、大人たちは安堵を覚えると同時に喜びを感じた。

戦後すぐ、湖水地方の村にふらりと現れた赤毛の痩せっぽち。言葉数も少なくて、声にも表情にも自分を出せなくて、けれども、礼儀正しくて、真面目で、よく働いて、自分にできることを頑張って小さな村で居場所を作り上げていったディリヤ。

そのディリヤが、いま、穏やかな表情で頰をゆるめ、たくさんの言葉を語り、瞳で情動を物語る。

まるで、けもののつがいのように体ぜんぶで心を表現している。

その姿を見られたことが、湖水地方の大人たちにとっての喜びだった。

「ユドハ、ユドハ」

「うん、どうした？」

アシュに尻尾を引かれてユドハが振り返ると、子供たちがずらりと並んでいた。

さっきまで子供たちで固まっておやつを食べていたと思ったら、もうすっかり平らげてしまったらしい。

「おやつが足りなかったか？」

「ううん、ちがうの、ごちそうさましたの」

「そうか、ご馳走様したのか。なら、庭へ出て遊ぶか？」

ユドハはアシュの頰の短い毛についている菓子くずを指先で取ってやる。

「ううん、ちがうの」

「ちがうのか」

「うん。あのね……えっとね……こっち向いて」

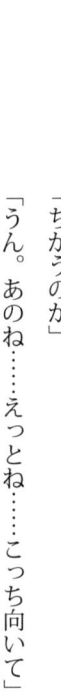

「向いているぞ？」

「もっとちゃんと、ぜんぶこっち」

「分かった」

アシュの望むとおり、体を半回転させてアシュの幼馴染たちとまっすぐ向き合う。

アシュは恥ずかしそうにもじもじしながら、絨毯に胡坐を掻いて座るユドハの隣に立った。

「あのね、ユドハがね……えっと、ユドハっていうお名前なの。アシュの、おとうさん」

アシュはユドハの腕にぴっとりくっついて、みんなにユドハを紹介した。

どうやらアシュはお友達にお父さんのユドハを紹介したかったらしい。

「初めまして、こんにちは、アシュのお父さんのユドハです」

アシュの意図を察したユドハは、五人の子供たちに挨拶をする。

「ニーラです！」

最初に、ニーラが名乗った。

知的な瞳をした狼で、実に溌溂《はつらつ》としている。

「君とは二度目だね。いつもアシュと遊んでくれてありがとう」

ユドハは満面の笑みのニーラに礼を述べる。

「ダリヤです。はじめまして……」

ニーラの後ろに隠れたダリヤは消え入りそうな声で挨拶を述べ、ぺこりと頭を下げる。

ダリヤはすこし恥ずかしがり屋だ。

「ダヌシュと！」

「アストラ！」

双子が、ぴかぴかのちっちゃな牙を見せて笑い、ユドハの肩によじ登る。

「おっきい！」

「山みたい！」

好奇心旺盛な双子は、金狼族でもひときわ大きなユドハに興味津々だ。

「お前たち、行儀良くしてなさい」

双子の父親が叱るが、「はーい」と返事だけして、ユドハに「背中に登っていい？」と瞳を輝かせ、許可を求める。

「あぁ、どうぞ」

ユドハのそのひと言で、ニーラも、ニーラに手を引かれたダリヤも、ダヌシュとアストラも、ユドハの背中や腕に登り始めた。

アシュはユドハの太腿の上に立ち、「あしゅのおとうさん、おっきいの」と、にこにこご機嫌だ。

ユドハがアシュのおとうさん。

そう紹介できて嬉しい。

いままで、アシュは「アシュのおとうさんでおかあさんはディリヤだけ」だったのが「アシュのおとうさんとおかあさんはディリヤとユドハ！」と言うことができる。その事実がくすぐったいくらい幸せで、アシュの頬をゆるませた。

大好きなアシュ君のおとうさん。

「ぁあ……ぁ、ぁっくんの……おと、しゃん……」

大好きな人の親族に会えた感動で、イヨルはぷるぷる震えている。尻尾までぷるぷる震えていて、「あらまぁ、あの子またお漏らししてるわ……」とイヨルの母が苦笑した。

身動きのとれないユドハは咄嗟《とっさ》にイヨルを抱き上げてディリヤに手渡し、ディリヤからイヨルの母へ渡してもらう。

「イヨルさんは、俺と初めて会った時もああなった」

心配そうにしているユドハにディリヤが教えた。

大好きなアシュ君のおとうさんでおかあさんのディ

リヤちゃん。そのディリヤちゃんに会えた時も興奮が限界値を超えておむつを濡らしていた。

金狼族とはいえ、まだまだ小さなけものだ。

幼い狼が感情の昂りにつられてそうなってしまうことはままあるが、あんなにも感動されたのはディリヤにとっても初めてだった。

「……その、イョルさんは……アシュのことがそんなに大好きなのか？」

「ああ」

ユドハの問いにディリヤが深く頷く。

「初対面からか？」

「初対面の時からアシュにぴっとりくっついて離れなかった。イョルさんが生まれた時、アシュは二歳で、俺と一緒にお祝いの挨拶に行ったんだけど、言葉が喋れなくても通じ合うところがあったらしい」

「そうか……」

「うん」

「ディリヤちゃん！」

「はい、なんでしょう、ニーラさん」

ユドハに肩車されたニーラが、ディリヤの赤毛のつむじを見下ろし、にっこり笑う。

「ディリヤちゃんのまっかな鬣、ぴかぴかね！　ニーラだいすき！」

ニーラがとびっきりの笑顔で褒めた。

それは、ユドハにとっても最高の褒め言葉だった。

ディリヤの毛並みが良い。つまりは、栄養が行き届いていて、しっかりと手入れされているということだ。ユドハの巣穴での生活がディリヤの毛艶《けづや》が良くなるような生活環境であるということの証左《しょうさ》だ。遠回しに自分まで褒められた気がして、ユドハは尻尾がゆらゆら揺れた。

「ディリヤの毛艶が良いのは、こちらのユドハが毎日しっかりお世話してくれて、たくさんご飯を食べさせてくれて、寝床を清潔に暖かく保ってくれるからなんです。ユドハの巣穴で守ってもらって、安心して、毎日楽しく幸せに暮らしているから、ディリヤの鬣はぴかぴかになりました」

ディリヤまでもがユドハを褒めてくれる。

オス狼にとってこれほどの名誉があるだろうか。

「ふふっ、しっぽぱたぱた」

アシュがユドハの尻尾を追いかける。

ダヌシュとアストラもそわそわした様子でその尻尾を追いかける。アシュはお友達と一緒におとうさんに遊んでもらえて、声をあげて笑い、はしゃぐ。

ユドハは尻尾で子供たちをあやしながら、ディリヤを見つめた。ユドハの可愛い可愛い赤毛のけものが、ユドハの視線に気付いて微笑んでくれる。

自分がディリヤの伴侶で、アシュの父親。それを他人が受け入れてくれる喜び。ユドハは初めて味わう種類の幸せを感じていた。

「アシュのおとうさんのごはんおいしかったな」

「肉、でっかく切ってくれるしな」

「ふふ……っ、ふふ……えへへ……」

ダヌシュとアストラにユドハを褒められて、アシュが照れ笑いする。

初日の夜はディリヤとユドハがこしらえた夕食でもてなした。その時のユドハの肉の切り方が、子供たちが憧れる「お肉、がぶってしたい！」という欲求を満たすものであると同時に、尻尾がばたばた暴れるくらい美味しい料理の数々だった。

子供たちはお風呂に入れられたあと、大部屋で一つに丸まって美味極まりない夕食を反芻し、じゅるりと涎《よだれ》を垂らしつつ仲良く眠りについた。

子供たちが夢の世界の住人になると、大人たちは夜更かしと寝酒を楽しんでから各々《おのおの》の寝床に入った。

二日目の朝を迎えると、朝食を食べ終えた子供たちは庭へ出て遊び始めた。

「しっぽ、しっぽね、あっくんと、いっしょ……しっぽ、りりゃちゃんのほうに向くの」

アシュとユドハの尻尾の動きがよく似ていることを発見したイヨルは、恥ずかしそうに、それでいてどこか得意満面の笑顔でアシュに報告した。

「イヨルちゃんすごいね！　あたらしい発見ね！　アシュのしっぽ、ユドハとそっくりだった？」

「ん！」

「アシュのしっぽはね、言うことときかない子だから、すきすき！　ってなると、しっぽがそっちを向いちゃうの」

「……アシュちゃん、尻尾がぱたぱたしてるわ」

ニーラはアシュの尻尾を摑んで、「もう、落ち着きのない子ね」とお姉さんの顔で笑う。

小さなイョルを抱きしめておしゃべりするアシュの尻尾が元気に動いていた。

「……ぉ？」

アシュは首を後ろにして自分の尻尾を見やる。

ニーラが手を離すと尻尾がパタパタ動きだす。

ニーラが、ほらね、という顔をするので、アシュは「ほんとね！」と笑って、もっと尻尾をぱたぱたした。

「ニーラちゃん、イョルちゃん、……あのね、アシュちゃんのおめめのお星さまも、おとうさんとそっくり……」

ダリヤはニーラとイヨルにそっと耳打ちする。

朝でも、昼でも、夜でも、アシュの瞳のなかにはキラキラ瞬くお星様のお空が見える。

まばゆい金色の瞳は、きらきら、ちかちか。瞳のふちは、じんわり苺《いちご》色をした夕焼け空。その瞳にちらちらと輝く星が浮かぶ。

まるで、満天の星空。

不思議な瞳だ。

狼は、大人も子供もぴかぴかしたものが大好きだ。

「……あっくんの……おとうさんのおめめもぴかぴか……？」

イヨルがユドハをちらりと見やる。

「見たい！」

「ぴかぴか！」

ダヌシュとアストラが尻尾を立てたかと思うと、庭に出て子供たちを見守るユドハのもとへ駆け寄った。

「ニーラも見る！　ダリヤちゃんも行こ！」

「うん」

ニーラとダリヤは手を繋いで双子の後に続く。

「イヨルちゃんも、ユドハのぴかぴか見る？」

「あっくんのぴかぴか見てる」

「ユドハとアシュが一緒にいると、ぴかぴかが四つだよ」

「…………おぉおぉ……」

イヨルが感動の声をあげて狼狽える。

好きなものが倍に増えてどうしていいのか分からないのだ。

「あっちへ行きましょうね」

アシュはイヨルの脇の下に腕を入れて、引きずるようにユドハのもとへ向かった。

「アシュのおとうさん！　ぴかぴか見せて！」

「おほしさま！　きらきら！」

「ニーラも！　ニーラも見たい！」

「暗いところに行くと、もっとぴかぴかする？」

「分かった、分かった。見せよう。……ほら、ここでいいか？」

ユドハは四匹の仔狼に手を引かれて、四阿《あずまや》の屋根の下に入る。

お日様の下よりも暗くなると、ユドハの瞳がもっとキラキラ輝く。

だが、それは子供たちの瞳も同じだ。

いくつもの狼の眼が宝石のように瞬いた。

「おっきいから見えない！」

「しゃがんで！」

「ちっちゃくなって！」

「お顔こっち！」

「分かった。小さくなろう」

ユドハが四阿の腰掛けに座ると、子供たちが次々と膝へよじ登り、きらきら輝く瞳でユドハの眼を見つめる。

「飴玉《あめだま》みたい、おいしそう……」

「……………あ、よだれでちゃった……」

「きらきら……川のきれいな石みたい……」

「宝石よ、絵本に出てくる宝石といっしょだわ」

四匹の仔狼は尻尾をぱたぱた振ってユドハに群がる。

「イヨルちゃんも見たいから見せてあげて」

イヨルを抱えたアシュがみんなにお願いする。

アシュの腕のなかで前向きに抱かれたイヨルは「見せて」と尻尾と耳と頭を同時にぺこりとする。

「じゅんばんこっこ……」

「だな」

「じゅんばんこっこね」

「イヨルちゃん、どうぞ」

年上の四匹はイヨルに特等席を譲る。

「ユドハのお膝はおっきいから、みんな乗れるよ」

アシュは得意げに笑って、「みんなでお膝をわけわけしましょ」と子供六人でユドハの膝に乗る。

イョルはアシュに手伝ってもらってユドハの肩に乗せてもらい、ユドハの横顔をじっくり見つめられる位置を優先してもらった。

「イョル、どうだ？」

「見えたか、イョル？」

「金色の宝石のなかにお星さまを閉じこめたみたいでしょ」

「ぴかぴかよ。金色のぴかぴか」

四匹の仔狼があかちゃん狼に矢継ぎ早に話しかける。

ユドハの瞳は、流れ星が天から地に届くような虹彩《こうさい》が光の尾を描き、そこかしこに夜空にも似た星が瞬いている。あまりの美しさに、いつもは騒がしい仔狼たちも口を開けてじっと見入ってしまう。

「……ゆどはちゃん」

消え入りそうな声でイョルがユドハの名を呼んだ。

「どうした？　ちゃんと見えないか？」

「おしっこしちゃいそう……」

「そうか、母上殿のところまで辛抱できそうか？」

ユドハの問いにイョルは小さく首を横に振り、「だいじょうぶ、おむつしてるから」と教えてくれる。

「すっかり出たら、母上殿におむつを交換してもらおうな」

「うん」

イョルはユドハの口吻にちっちゃな手を回してぎゅっとしがみつき、ぷるぷる震えた。

狼の子供は情動豊かだ。幼ければ幼いほど、まるで野生で育つ獣のように感情の昂りに応じて粗相をしてしまう。

「イョルちゃんは三歳になったばっかりの赤ちゃんだからね」

「ね、しょうがないね」

「ゆっくりでいいからね」

子供たちはにこにこ笑ってイヨルの背中や尻尾を撫でた。


その姿を遠くで見ていたディリヤは「赤ん坊の狼が国王代理の膝でションベン漏らしてんなぁ……、いやまぁ俺も国王代理の膝でいろんなもん漏らしてるからそんなに変わらんか……」と、ぼんやり思いながら、「俺の腹から出てくる子もああやってユドハの膝で漏らすのかな」と近い未来を思い描いて口端をゆるませた。


「アシュ、こっち!」

「イヨルおそい!」

「イヨルちゃんおいで、運んであげる」

「おててつなごうね」

「……ぁ、ぁっくん……あっくん……」

「あっくんはここよ、おいで!」

六人の仔狼が庭で駆け回っていた。

六人とも、その手にはおやつの入った袋を握っている。ユドハに持たせてもらったおやつ袋だ。

それぞれが思い思いにおやつをつまみ、隅っこに集まって食べたり、交換したりして、村でおやつを持ち寄って遊ぶ時と同じように遊んでいる。

幼いイヨルは出遅れがちで、両手をニーラとダリヤに繋いでもらい、荷物のように運ばれていた。

ダヌシュとアストラは活発でアシュと同じくらいの速さで走り、アシュは無邪気においかけっこを楽しむ。

ユドハを含めた子供たちの親が交代で見守りに立ち、

何人かは庭園を散策し、草花を愛で、物珍しい品種を見つけては「村の子供たちの教材に分けてもらえるだろうか？」と話し合っていた。

台所の勝手口のすぐ傍、庭を見渡す位置に椅子を出し、ディリヤはそこに腰かけていた。

葉に青さの目立つ大木が木陰を作っているおかげで陽光の眩しさも遮られ、心地好い。

脹脛《ふくらはぎ》の真ん中あたりまでズボンの裾を捲《まく》りあげて自然に晒し、裸足《はだし》で芝生を踏みしめると足の裏がくすぐったい。けれども、土と芝の冷たさが足の裏に籠《こも》る熱気をとってくれる。

足の爪先に蜻蛉《とんぼ》が止まって、また、どこかへゆらりと飛んでいく。蜻蛉を追いかけて顔を上げれば雲一つない空は青く澄み渡り、清々《すがすが》しい。あまりにも空が高くて、遠近感が狂ってしまいそうだ。眩暈《めまい》を覚えて視線を戻せば、白く可憐な花、淡い水色の野花、黄色や薄紅色、菫《すみれ》色の花々が咲き誇っている。

どこか隙のある風情《ふぜい》で造られた庭園は素朴で、その景色を臨む者を委縮させず、知らず知らずのうちに肩から力が抜けているような安らぎを与えてくれた。ユドハの傍にいる時の気持ちにも似た、そんな風情があった。

「きれいなもんだな……」

そんな言葉が思わず口をついて出る。

草花なんて、食べられるか否かでしか判断したことがなかった。

なのに、いまはその物言わぬ植物がディリヤの情緒に優しく語りかけ、心を豊かにしてくれる。

それどころか、景色にすらユドハの愛を見出してしまう。

その不思議なほどに美しい景色は永遠のように見えて、いまの季節だけの特別なもので、尊《とうと》さすら感じる。

絵画にも似たその風景の端から端まで、我が子を含めた仔狼たちが縦横無尽に跳ね回り、転げ回り、右へ左へ駆けていく。子供たちの愛らしい姿や笑い声を聞くとはなしに聞いていると、あっという間に時間が過ぎていった。

「はい、お茶が入ったわよ」

台所の勝手口から出てきたスーラが湯気の立つ茶器をディリヤの手に握らせた。

「すみません、お客様に」

「なに言ってんの」

ディリヤの隣の丸椅子に腰かけたスーラは、自分の手中の茶を飲み、「うん、美味しく淹れられたわ」と満足げだ。

「スーラさんの淹れたお茶はやっぱり美味しいです」

「あら、嬉しいこと言ってくれるわね」

「自分で淹れるのとも、ユドハやほかの人に淹れてもらうのとも違って、なんだか懐かしいんです」

「そりゃあなた、村で暮らしてる時はしょっちゅう私の淹れたお茶を飲んでたんですから、懐かしい気もしますよ。それに……」

「それに？」

「私の作った生姜の砂糖煮を一欠片《かけら》ほど入れたしね」

ふふっ、とスーラは笑う。

「道理で……懐かしい味です。あれはすごく美味しくて好きです。仕事に出る時に持たせてもらって、小腹が空いたら食べて、お茶に入れて、寒い時に食べると温まって……冬場は何度も助けられました」

「お土産にたくさん持ってきたから持って帰りなさいね」

「持ってきてくれたんですか？」

「えぇ」

「うれしい……」

嬉しくて、ほかの言葉が出てこない。

家に帰ってからの楽しみが一つ増えた。

ディリヤは礼を述べていないことに気付き、慌てて
「嬉しいです。すみません、ありがとうございます」

と頭を下げる。

「アシュちゃんの好きな日持ちするお菓子もあるわよ。ユドハさんはなにがお好きか分からなかったから村で獲れた鹿肉の燻製《くんせい》を持ってきたわ。それと、アシュちゃん用の靴下や防寒具を編んできたんだけど……、足りなかったわねぇ」

「なにが足りなかったんですか？」

「数よ、数」

「……？」

「予定はいつかしら？」

「……予定」

「出産予定」

スーラはディリヤに微笑みかけ、その背を撫でた。

「なんで分かったんですか」

「庭を眺めながら、おなかを撫でていたから。無意識にやっちゃうのよねぇ、それ。それから、食事の時に火の通っていない料理を避けていたし、歩いたり立ち上がる時にいつもユドハさんが手を貸していたからね」

「さすがです」

「確信を持ったのはついさっきよ」

「なにか、いつもと違う行動をしましたか？」

「率先して体を使って子供たちと遊ぶディリヤちゃんが、こうして椅子に座ってぼんやりしているんだもの」

「夏に体調を崩しまして……」

「いまは大丈夫なの？」

「かなり持ち直しました。腹の子も順調で、双子の予定です」

「ここまで来るのも大変だったんじゃない？」

「もう安定していますし、悪阻も収まりました」

「あなた、暑さが苦手なのに……」

「大丈夫、元気です。でも、大勢の人と会うのは久しぶりで、ここまで来るのもちょっと休憩の多い旅路になってしまいました」

苦笑するディリヤにスーラは心配の眼差しを向ける。

ディリヤは朦朧《もうろう》としていたので記憶にないが、スーラは前回の出産状況を目の当たりにしているし、あまりにも過酷であったことを鮮明に記憶している。

そのせいか、どうしてもディリヤの死を連想してしまうのだろう。スーラの表情からもそれが見てとれた。

「身も心も労《いた》わってあげてね」

スーラはディリヤの心に寄り添い、尻尾をディリヤの背に添える。

それだけでもう充分にディリヤは心が慰《なぐさ》められたし、大きな支えをもらった気がして、心構えが一つ整い、落ち着くことができた。

「この秋の終わりか冬には家族が増えている予定です。今回は、アシュがニーラさんたちと会うことが目的の旅行でしたが、もしものことを考えると、俺も、スーラさんたちに会っておきたかったんです」

「気弱になっちゃだめよ」

「はい」

「でも、誰にも弱音を吐けないなら私に言いなさい」

「はい」

「ユドハさんには話してるの？」

「ちゃんとぜんぶ話して、万が一の時もぜんぶ任せられる状態です。アシュやこれから生まれてくる子のことにかんして不安はありません」

「大丈夫なのね？」

「はい。ありがたいことにユドハが腕の良い医者を探してくれて、その方の世話になっています。アシュの時と同じです。あの時も、シャリフさんが村の元軍医殿に頼み込んでくれて、スーラさんが付き添ってくれて、それでアシュを産めました。感謝しきれないくらい世話になりました」

「そんなことはいいのよ。元気であればそれでいいの」

「次も元気に産めたら手紙を書きます」

ディリヤは冷めないうちにお茶を飲み干す。

茶器の底の生姜の砂糖煮を木匙《きさじ》で掬《すく》って食べる。お茶が染みてやわらかくなり、舌がぴりりとして、それでいてほのかに甘い。

「スーラさんのこれも、もう一度食べられて嬉しかったです」

「何度でも食べさせてあげるから」

「はい」

「あぁ、そうだわ、私としたことが……大変だわ」

「……？」

「おめでとう、ディリヤちゃん」

「…………」

「お祝いを言うのを忘れていたわ。おめでとう」

「ありがとうございます」

「あぁ、嬉しいのと心配と喜びで私の尻尾はどうにかなってしまいそうよ！」

スーラはディリヤを力強く抱きしめる。

小さな子供を可愛がるようにディリヤを撫で、その豊かな胸でディリヤを優しく包みこみ、母親と過ごした記憶がないディリヤに母親の優しさを教えてくれる。

ディリヤももう大人で、アシュという子供の親なのに、スーラはそれよりももっと慈愛に満ちた無償の愛を惜しみなく差し出してくれる。

「足が浮腫《むく》んだり、血が足りなかったり、小さな体調不良の積み重ねがあるわ。そういうこと、ユドハさんに伝えている？」

「はい。毎日足を揉《も》んでくれたり、血の増える食事を手配してくれたり、俺が考えるよりも俺のことを考えてくれています。至れり尽くせりです」

「ユドハさんとお会いしてまだ日は浅いけれど、ディリヤちゃんの旦那さんは非の打ちどころのない狼だわね。それは本当にそう思うわ」

「頑張って世話を焼こうとしてくれて、俺が欠伸《あくび》するだけで心配そうに尻尾が俺のほうを向くんです。もうちょっと気を抜けばいいのに……って思います」

「それくらい気を配ってもらうのがいいのよ。そうしてつがいのことを考えるのが金狼族のオス狼の幸せなんだから」

「照れ臭いです」

「まぁ、可愛い顔で笑えるようになって……」

スーラは目に涙を浮かべ、我が事のように喜ぶ。

赤毛のけものが愛らしい表情で笑っている。

それはなによりも幸せなこと。

よかった、よかった、本当によかった。

スーラは何度も繰り返す。

「はい。本当に、良かったです……」

スーラの抱擁のその温かさに知らずのうちにディリヤの瞼《まぶた》が落ちる。

ユドハが与えてくれる優しさや安心感、愛情とはまた違う種類の愛情。スーラにはたくさんのことを教えてもらった。たくさんの愛情をもらった。

腹にアシュを抱えたディリヤが村に現れた時も、最初に声をかけてくれたのはスーラだった。

お茶を飲ませてくれたのも、住むところの相談に乗ってくれたのも、困っている時にそれとなく助けてくれたのも、アシュを産む時に付き添ってくれたのも、狼の子供の育て方も、狼の好む料理や味付けも、狼の社会で交じって生きていく方法も、いろんなことを教えてくれた。

意味も理由もなく、ただただ己が持ち合わせる美徳のみで他者に親切にできる人がいるということを教えてもらった。

「あぁ、だめね、湿っぽくなっちゃうわ」

スーラは抱擁を解き、「喜びごとなのだから笑わなくちゃね」と微笑む。

「その笑顔に何度も勇気づけられてきました」

「この子ったら、もう……」

「本当にありがとうございます。たくさん、たくさん、お世話になりました」

ディリヤは改めてスーラのほうを向いて座り直し、姿勢を正して頭を下げる。

「いいのよ、お礼はいいの……あなたが幸せならそれでいいのよ。それが一番嬉しいんだから」

「……ありがとうございます」

「頭を上げてちょうだい。……ほら、私にその可愛い顔を見せて」

「…………」

スーラに促されて顔を上げる。

改まった雰囲気でこうして話すことができてよかった。そう思うと気が抜けて、二人して顔を見合わせて笑う。

「あぁほら、ディリヤちゃん、あなたの狼が来たわ」

「……？」

スーラの鼻先が向くほうへ頭を巡らせると、ユドハが上着を脱ぎながら歩いてきた。

隣にはシャリフもいて、二人は楽しげにこちらへ歩いてくる。

「ユドハ、どうした？」

「子供たちを連れて果樹園のほうへ行ってくる。預かっていてくれ」

ユドハはディリヤの前髪を撫でて額に口吻の先を寄せ、脱いだ上着をディリヤの膝に掛ける。

多くは言わないけれど、それはユドハの気遣いだ。ディリヤに上着を預かってもらう体《てい》で、「あまり体を冷やさないように」と気を配ってくれているのだ。

「うん、預かった。……果樹園に行くんだよな？」

「なにか食べたいものはあるか？　柑橘《かんきつ》類が食べ頃だ」

「じゃあそれ。種類は任せる。気を付けて」

「あぁ、分かった」

「それと、スーラさんは妊娠してることに気付いてた」

「そうなのか」

「うん」

「スーラ、お前またお節介をしたんじゃないだろうな」

シャリフがスーラに耳打ちして、スーラは「お節介じゃありません」と尻尾でシャリフを叩く。

「スーラさん、シャリフさん」

「はい」

「おう」

ユドハに名を呼ばれ、スーラは席を立ち、シャリフはスーラの隣に立つ。

「ディリヤの伴侶として、これから先ずっと責任をもって私がディリヤを守ります。あなた方がディリヤに向けてくださった愛にも負けぬ愛をディリヤに捧げます。どうかこのままディリヤを私に預けてください。アシュも、腹の子も、ディリヤも、生涯をかけて幸せにします。ディリヤの傍にいて、身も心も離れず、愛し続けます。どうかディリヤとともに生きる許しを……」

ユドハはスーラとシャリフに向き直り、姿勢を正し、ディリヤの親に結婚の許しをもらいにきた男のように深く首を垂れた。

「おう、任せた！」

シャリフは涙ぐみつつも「しっかり働けよ！」とユドハの背を叩いて活を入れる。

「ディリヤちゃんをお願いします」

スーラは、それこそまるでディリヤの親のように深々と頭を下げ返してくれる。

「はい、精一杯尽くします」

ユドハは光栄に思った。

いままでスーラやシャリフが気を揉んでいた物事を自分に委《ゆだ》ねてもらえたような、ディリヤの将来を任せてもらえたような、自分がディリヤにとって相応しい伴侶であるとこの夫婦に認めてもらえたような、そんな誇らしさを感じた。

ユドハは己の一生をかけ、これからの振る舞いで、この夫婦の信頼を裏切らぬと証明し続けねばならない。

ディリヤという大切な人を娶《めと》ることの重大さを思うと、改めて身の引き締まる思いだった。

「ま、どうしようもなかったら子供たちを連れて村へ帰ってらっしゃい」

スーラは、ほほほ、と笑って「ディリヤちゃんもアシュちゃんも、うちの子ですからね。あの村には居場所がたくさんありますから」と、ディリヤにはいつでも帰れる場所があると示してくれた。

それもまたありがたいことだとディリヤとユドハは二人して頭を下げた。

四日目の早朝、子供たちが籠城《ろうじょう》を始めた。

今日の昼には村への帰途に着く。アシュと子供たちが別れをいやがっての籠城だった。

「アシュ、朝ご飯だけは食べませんか？」

「今朝はご馳走だぞ」

ディリヤとユドハが扉の前からアシュに話しかける。

「ニーラ！　出てらっしゃい！」

「イヨル〜、おむつだけでも交換しましょ〜」

「ダヌシュ！　アストラ！　返事をしなさい！」

「ダリヤちゃん、扉の前の荷物をどかしてくれないかい？」

子供たちの親がそれぞれに話しかける。

だが、扉の向こうからは「いや！」という返事が一度あっただけで以降は音沙汰がない。

「ディリヤ、どうしたものか」

ユドハは子供たちの思い切った行動に感心していた。

幼いながらに、この行動力と一致団結力は目を瞠るものがある。

「まぁ、大丈夫。なんとかなる。……スーラさん、とりあえず俺たちもご飯にしますか」

「そうね」

ディリヤの提案に頷いて、大人たちは隣の部屋で朝食を食べ始めた。

アシュの父親としてまだ一年と経っていないユドハだけが「子供たちはあのままでいいのか？」と戸惑っていると、大人たちは声をそろえて「よくあることだから大丈夫」と笑った。

「おなかが空いたら出てくるわよ」

「帰る帰らないでごねるのはしょっちゅうですから」

「さて、それでは……」

スーラのその言葉を合図に、大人たちは子供たちにも聞こえるよう声を大にして、芝居がかった口調で朝食の感想を喋り始めた。

「あぁ、美味いなぁ！　今日の朝メシは！」

「この大きく切った肉が美味い！　特に美味い！」

「がぶりとできるわ！」

「あったかいスープもおいしいわ〜」

「果物がたくさん！　宝石みたいにつやつやのぴかぴかね！」

「お魚のパイ包みは、お魚がやわらかくって、外側はさくさく！　バターがたっぷり！」

「食後のお菓子も楽しみね！」

大人たちは子供たちの好物をそれぞれ褒め称《たた》え、舌鼓を打ち、「あっという間に食べてしまいそう！」「もうなくなっちゃうわね！」と大袈裟にのたまう。

「……珍しい、いつもならこれで出てくるんですが……」

「出てこないわね」

ディリヤの言葉にスーラが頷く。

「これは本気ね～」

「長期戦になりそうだな」

「なんとなくこうなることは予想していたが、さて、今回はどうなることやら……」


大人たちは顔を見合わせ、肩で息を吐く。

生まれたその瞬間からともに育ち、遊び、学び、どこの家でも同じようにご飯やおやつをもらい、どこの家でも悪いことをしたら叱ってもらい、褒めてもらい、抱きしめてもらい、泣いていたら慰めてもらい、同じ寝床で昼寝をして、ケンカも仲直りもいつも同じ顔触れだった。

日が暮れる前に「またあしたね」と約束して別れ、夜には眠り、陽が昇ればまた大好きなみんなと会えることが当たり前だった。

兄弟姉妹のように育った子供たちを離ればなれにさせるのは大人の都合だ。大人たちもそれを分かっている。できることならいつでも会えるようにしてやりたいが、物理的な距離を考えると毎日というのは難しい。せめて、あと数刻。別れの間際まで、子供たちができるだけ得心《とくしん》するまで過ごさせてやるくらいしかできなかった。

「ちょっと様子を見てきます」

ディリヤは大きな銀盆に食べ物を載せて、席を立つ。

ユドハがすかさず立ち上がり、ディリヤを支え、ディリヤの手のそれを代わりに持った。

「これも頼んでいいか？」

「もちろん」

ユドハは、葡萄《ぶどう》の果実水が入った瓶もその手に携え、ディリヤの後ろに続いた。

その場に残ったスーラたち大人は、ディリヤとユドハの後ろ姿をじっと見つめた。

「ねぇ、みんな、見てご覧なさいよ。……ユドハさんはディリヤちゃんのつがいとして立派であろうと頑張ってると思わない？」

「そうね～、頑張ってるわね～」

「とても良い感じです」

「この三泊四日でじっくり吟味したが、実に良い献身っぷりじゃないか」

「いいところの生まれだろうに、気取らず、偉ぶらず、本物の立派な人っていうのはあぁいう人柄なのかね」

「尻尾も耳も鬣も立派だしな」

「なに言ってんの、ユドハさんの尻尾と耳と鬣が立派で毛並みもつやつやなのはディリヤちゃんの努力の賜物よ。毎日毎朝毎晩きちんと手入れして、丹念に毛繕いしてるからこそよ。そうでなきゃ、手の届かない首の後ろや背中、尻尾の裏まであんなに長く美しく豊かに保てるわけがないでしょう」

女衆は「分かってないわね……」と首を横に振る。

私たちがいつもどれだけ丁寧に愛しい旦那の毛繕いをしていると思っているのかしら、と苦笑気味だ。

男衆は、「俺だってお前の目では見えない耳の裏の毛繕いには力を入れてるぞ」と言い返す。

「そうね。……きっと同じことを、あのつがいもしてるのよ」

つまり、ディリヤとユドハの関係は、スーラたちを安心させるための表面的なものではないということだ。

心から互いを思いやり、慈しみ、大切に想い、愛しあっている。

なにかしらの事情に阻《はば》まれてディリヤとユドハは六年もの間、離ればなれだった。それは皆が察するところだったが、いまの二人の姿を見れば、あえて過去を蒸し返し、詮索しようとは誰も思わなかった。

ディリヤという孤独なけものがつがいを見つけたこと。新しい群れで大事にされていること。伴侶にたっぷりと愛されていること。この三泊四日でそれが存分に見てとれて大人たちは安堵していた。

子供たちが離ればなれになることには胸が痛むが、当然こうなることも想定して、大人たちはそれぞれの子供の説得方法を考えている。

今日が今生《こんじょう》の別れではない。

だが、子供たちにとっては一生の別れにも等しい悲しみなのだ。

それを想うと、大人たちは、籠城する子供たちを責める気持ちにはなれなかった。


子供たちが籠城する部屋の前で懇々《こんこん》と諭《さと》して、たくさんのご馳走で懐柔《かいじゅう》して、ようやくディリヤとユドハは室内への侵入を果たした。

子供たちは寝床のある部屋の隅に秘密基地を構築していた。荷物やぬいぐるみを敷き詰めて防衛線を築き、クッションや枕を積み重ねて壁面を補強し、毛布を掛けて屋根を作った小さな巣穴は、さながら秘密のお城のようでもあった。

「なかなか立派な基地だな」

「うん。椅子を置いて四つ角の補強もしっかりしてる」

ユドハとディリヤは子供たちの基地の前に立ち、褒め讃《たた》えた。

だが、そう易々と基地の内部には入れてもらえない。そもそも子供の狼がようやく潜り抜けられる程度の狭い出入口だ。ディリヤとユドハは出入口の前に陣取り、そこから食べ物を差し入れた。

秘密基地内部は、いま、作戦会議中らしい。

子供たちの総意がまとまるまでディリヤとユドハは座して待った。

時折、秘密基地から「ぶどうのおみず、おいしいね」「パイ、まだほわほわよ」「イヨルちゃん、おくちを拭きましょうね」「肉がでっかい」「とうもころし、おいしい」「とうもろこしよ」「……とう、も、ころし……」「殺しちゃだめよ」「ちがうの？」「ちがう、とう、こも、ろし、よ……、……あれ？」と頓珍漢《とんちんかん》な会話が聞こえてくる。

ひとしきりおなかがいっぱいになると、「ごちそうさまでした」という子供たちの声とともに、空っぽのお盆が出入口から返却される。

ディリヤとユドハは子供たちからなんらかの反応があるかもしれないと、さらにもうすこし待った。

すると、ダリヤがイヨルを抱えて基地から出てきた。

「ダリヤさん、どうしました？」

「イヨルちゃん、ごはん食べたからおむつ汚れちゃったの」

「……でちゃったの」

イヨルが恥ずかしそうに自分の耳を引っ張って両目を隠す。

秘密基地は隙間風が通るのだが、子供が六人も入れば満員の密閉空間だ。その狭い空間で粗相をすれば周囲の味方への被害は甚大なものとなる。

さすがの子供たちも耐えきれず、イヨルを外へ連れ出したのだろう。

「軍隊でも便所の設置場所って重要だもんなぁ」

「……っ、ふ」

どこか的外れで、それでいてディリヤらしい感想にユドハは思わず笑ってしまう。

ユドハは、「おむつ……」とお尻をもぞもぞさせるイヨルを預かって室外へ出た。

「そろそろだと思ってたのよ～」

扉の前でイヨルの母がおむつ片手に待ち構えていた。

「おかぁしゃん……」

「はいはい、ここよ～、ユドハさんに連れてきてくれてありがとうございます、って言いましょうね」

「ぁりあと、ごぁいましゅ……ゆどはちゃん……」

「どういたしまして」

「すみません、ユドハさん、お手数をおかけしました。ありがとうございます」

「またね」

母に抱かれたイヨルは別室へ連れていかれる。

ユドハが秘密基地の前に戻ると、ディリヤの隣に座ったダリヤが、「ほんとはね、みんな、ちゃんとおうちに帰らなきゃいけないって分かってるの」と話をしていた。

ダリヤのその声は秘密基地内の子供たちにも聞こえていたのだろう。子供たちが、「分かってるけどいや！」「もっとあそびたい！」「ずっといっしょ！」と声を張る。

「また必ず会う日を作ると約束しよう」

ユドハはディリヤの隣に腰を下ろし、そんな言葉を返す。

「今日が最初で最後じゃありませんから」

ディリヤも努めて優しく声をかける。

もちろん、こんな言葉では子供たちが納得しないのは明白だ。

「こんなこともあろうかと、これから先、アシュがみなさんに会いに行く方法と、みなさんがアシュに会いに来る方法をいくつも調べてきました」

ディリヤは話の切り口を変え、事前に調べてきた方法をいくつも説明した。

子供たちからの返事はないが、ディリヤは話を続ける。

「アシュや皆さんが小さいうちは、ご飯をたくさん食べて、たくさん寝て、お勉強をして、元気に遊ぶのがお仕事です。皆さんはもうすぐ学校に入る年齢です。学校に入ると、いままでのように朝から夕暮れまで遊んで、お昼寝をするだけでなく、お勉強もたくさんするようになります。学校が長いお休みに入ると、アシュもお休みで、皆さんもお休みです。その時に会えるようにディリヤとユドハは頑張ります」

「そうなの？」

「ほんとに？」

秘密基地からダヌシュとアストラが尋ねてくる。

「はい。本当です。学校を卒業して、皆さんがもうすこし大人になって、体がもっと大きくなって、体力がついて、元気がもっとたくさんになったら、今度は、アシュの暮らしている王都まで来ることもできますし、アシュが皆さんの暮らしている村まで行くこともできます」

「……いまは、みんな子供で、小さいから滅多に会えないの？」

「そうです。体が小さいのに何時間も何日もたくさん馬車に乗っていると具合が悪くなる子もいます。三日も四日も馬車に揺られていると気分が悪くなる子もいます。暑い日や寒い日はなおさらです」

「……イョル、ずっとおかあさんにだっこされてた」

「夜、道がガタガタのところでびっくりして起きちゃった」

「馬車に乗ってると、おうちみたいにのびのびできない」

「おかあさんの作ってくれたスープも、おとうさんの焼いてくれたパンも、すぐに食べられないしな」

ダヌシュとアストラの双子は七歳だ。アシュよりも年上な分だけ現実的なことがよく見えている。

「アシュとディリヤとユドハが村で暮らせれば一番なのですが、それはできません」

「どうしてできないの？」

アシュの声がした。

「もうすぐディリヤはアシュの妹か弟を産みます」

「アシュ、にいちゃんになるのか？」

「すげーじゃん」

ダヌシュとアストラが感嘆の声を上げる。

「ちっちゃい子、増える……」

ディリヤの隣でじっと話を聞いているダリヤの尻尾もぱたぱた揺れている。

「ディリヤは人間ですので、狼の子供を産む時に、ちょっと体が弱くなります。体が弱ってくると、おなかの子供も元気に育てられません。だから、ユドハの傍で、ユドハの巣穴で守ってもらって、ユドハにご飯を運んでもらって体力を蓄える必要があります」

「……村でできないの？」

「ユドハのお仕事は王都でしかできない仕事なので……。それに、ディリヤはお産のために王都に暮らしている特別なお医者さんのお世話にならないといけません。もし、赤ん坊が生まれる時に村に住んでいると、特別なお医者さんに来てもらうのが間に合わない場合があります」

「特別なお医者さん……」

「はい。狼だけじゃなくて人間のディリヤのことも診察できる特別なお医者さんです」

「じゃあ、ディリヤちゃんはユドハちゃんのところで暮らして、アシュだけ村で暮らしたら……」

「それはアシュがさみしいよ。おとうさんとおかあさんといっしょじゃないの、かなしいもん」

「そっか」

「そうだな」

双子は段々声から元気が失《う》せていく。

どうやっても別々になるしかないと納得しつつあるからだ。

「すみません。……これはディリヤの我儘《わがまま》なのですが、アシュとユドハとこれから生まれてくる赤ん坊……つまりはディリヤの家族が一つの群れで一緒に暮らすために アシュと一緒に王都へ帰りたいと考えています」

「……帰っても、また会える？」

「ぜったいのぜったい？」

「はい。絶対の絶対にまた会えます」

「約束しよう」

ディリヤとユドハは子供たちに固く誓う。

「今日、別れの時まで、その小さな秘密基地に閉じこもるのもよいだろう。だが、今日は晴天だ。旅の締《し》め括《くく》りに、みんなで庭へ出て、かけっこをして、転げ回って、水遊びをして、おやつを食べて、いっぱいいっぱい楽しいことをしないか？　最後の最後のぎりぎりまでみんなで遊ぼう？」

ユドハの言葉に誘われるようにダヌシュとアストラが秘密基地から出てくる。

続けて、アシュの尻尾が見えた。

「……アシュも、おうちに帰りたくないわけじゃないのよ……？」

そう言いながら、よじよじと這《は》いつくばってお尻のほうから出てきた。お尻のほうから出てきたのは、両手でニーラの手を握っているからだ。

「ニーラちゃん……、おそとであそぼ？」

「いや！」

ニーラはアシュの手を振り切って、秘密基地を飛び出ると、そのまままっすぐ目を瞑って四つ足で駆け、ユドハの腹に突進した。

「……っ、ぐ！」

腹に直撃を受けたユドハは短く唸《うな》る。

「…………」

ニーラはユドハの腹に丸っこい額をぐりぐり寄せて、いやいやをするように尻尾と頭を同時に動かす。

「ニーラさん……」

ディリヤが声をかけた。

アシュをはじめとした子供たちは、珍しく駄々を捏《こ》ねるニーラの傍でおろおろしている。

「あしゅちゃん、つれてかないで……」

しくしく、しゅんしゅん。誰よりもしっかり者で、いつも元気なニーラが泣き始めた。

イヨルのようにぴったりとアシュにくっつくでもなく、ダヌシュとアストラのように「アシュこっち！」と手を引っ張って積極的に遊ぶでもなく、アシュと遊びつつも引っ込み思案なダリヤの面倒をよく見て、「アシュちゃん、ほら、もう、こっち向いて。お顔にお砂がついてるわ」と、どこまでもお姉ちゃん気質だったニーラが泣いていた。

「あしゅちゃんは、ニーラのおとうとなの……、だいじな、だいじな、かわいい、おとうとなの……つれてかないで……」

ニーラはユドハの腹へ向けてお願いした。

「そうだな、……アシュは、君が大事にしてくれている弟だ。いきなりアシュとディリヤがこわい大人たちに連れ去られる場面を見ていて、さぞや驚いただろうし、こわかっただろうし、悲しかっただろう」

ユドハはニーラの小さな頭を撫で、優しく語りかける。

アシュのことを誰よりも心配してくれたのはニーラだ。ユドハが初めて村を訪ねた時も、大きなユドハの前に立ちはだかり、物怖《ものお》じすることなく、「アシュちゃんを返して！」と声にする勇気があった。小さな勇気を振り絞って、大事な弟分を返してくれと頼んできた。

その勇気の持ち主から再びアシュを奪うのは忍びなかった。

「……本当に、すまない」

ユドハの詫びる声にニーラの啜《すす》り泣きが重なる。

「ニーラちゃん……」

アシュがニーラにぴたりと寄り添い、背中にくっついて大きな瞳に涙を滲ませる。

「しょうがないよ、赤ちゃん生まれるし」

「アシュと一生会えないわけじゃないし」

ダヌシュとアストラは口でこそそう言っていたが、アシュにぴっとりくっついて鼻を啜って泣き始めた。

ダリヤはぎゅっと唇を噛みしめて泣くのを我慢していたけれど、ディリヤに頭を撫でられているうちに感極まり、ディリヤの太腿に顔を突っ伏して静かに鼻を啜った。

そこへ、おむつを替えてもらったイヨルがよちよち歩きでやってきて、みんなが泣いているのを見て、つられ泣きを始めた。

「さぁ子供たち～いっぱいお泣きなさい～、泣いておなかが空いたらお菓子を食べて、おうちへ帰るぎりぎりまで遊ぶわよ〜」

イヨルの母が笑顔で子供たちを元気づける。

子供たちは「いや〜〜」「かえりたくない〜」と駄々を捏ねたけれど、結局、スーラたちが持ってきた焼きたてのお菓子や朝食のおかわり、おいしい葡萄の果実水の匂いを嗅ぐと尻尾がぱたぱたして、泣きながらみんなでお菓子を食べ始めた。

ぐずぐず、べそべそ。泣きながらお菓子を食べたらお庭でめいっぱい遊んで、はしゃいで、じゃれて、転げ回って、おうちへ帰るギリギリの時間まで、みんなで笑った。

昼過ぎ、ディリヤとユドハは見送りに立った。

アシュと子供たちはたくさん食べて遊んで笑顔を取り戻し、ユドハが「次はディリヤの体が元気になった頃に、生まれた赤ん坊たちと一緒にみんなで会おう」と約束をしたから、いまは近い将来の楽しみを夢見て、「次はなにをして遊ぼうか」「おてがみ書くね」と尻尾と尻尾を絡《から》めて約束を交わしている。

「ぁっくん……ぁっくん……」

だが、泣きじゃくるイヨルはアシュにしがみついて離れられなかった。

「泣かないで、イヨルちゃん。アシュ、イヨルちゃんのところにも会いに行くから」

「ほんと？」

「ほんとよ。やくそくよ」

「……やくそく？」

「うん！　やくそく！　アシュ、もうすぐおにいちゃんになるからね、ディリヤが一緒じゃなくても遠くまで行けるから、ユドハと二人で村に行くかもしれないよ！　ね！　ユドハ！」

「あぁ、そうだな。そういう二人旅もしてみよう」

「だから、イョルちゃんにも、みんなにも、きっと会いに行くね！　待っててね！　すぐに会えるよ！」

アシュはにっこり笑ってみんなと挨拶をした。

大きな瞳がじんわり潤んでいたけれど、それはみんな一緒だったので誰もなにも言わなかった。

仔狼が六匹で固まって、いつまでもずっと手を繋いで、抱きしめあって、みんなで一つの団子になって、すりすりと頬を寄せ合っていた。

「元気でいろよ、ディリヤ」

「里心がついたらすぐ連絡してきなさいね～」

「いつでもすぐに迎えに行ってやるからな！」

「無理をするところがあるんだから、くれぐれも体を大事にね」

村の大人たちがディリヤに一言ずつ声をかけ、馬車に乗る前には抱擁を交わし、別れを惜しんだ。

スーラとの別れは、ひときわ名残惜しかった。

皆が馬車に乗ったあと、スーラはディリヤにこう言った。

「ディリヤちゃん、これは年長者のお節介だと思って聴いてちょうだいね」

「拝聴します」

「あなたはとても真面目で、嘘がつけなくて、優しくていい子。ユドハさんも同じ。でも、誰にでも正直になりすぎなくていいのよ」

スーラはそう言ってディリヤの赤毛を撫でた。

その表情と口ぶりから、スーラがユドハのおおよその正体に気付いているのだとディリヤは察した。

「この国で、殿下と呼ばれる方で、城詰めのお仕事をなさってのご公務となると……そうそういないでしょう？　ユドハというのは金狼族に古くからある名前だけれど、存命のお祖母様《ばあさま》とお姉様がいるユドハ殿下といえば……数は少ないわ」

「………あの」

「いいえ、言わなくていいの。それに、気付いている のは私だけ。ユドハさんが殿下と呼ばれていた場面は、ユドハさんが初めて村へいらっしゃった時に部下の方がそう呼んでらっしゃったから耳にしただけで、私しか聞いてないわ。このまま誰にも話さず墓場へ持っていきます。私の不用意なひと言でディリヤちゃんの幸せに翳りが出るなんて許せませんからね。今日、この場で忘れるわ」

「………」

「将来、子供たちが成長して真実に気付いたその時は、子供たちが一番幸せになる解決策を選べるよう大人として最善を尽くしましょう」


スーラは遠い未来の子供たちの幸せまで考えて物事を判断する。

彼女の愛はどこまでもやわらかで、おおらかだ。

「ディリヤちゃん、この幸せは、あなたが心待ちにしていた幸せ。あなたの心も気付かぬうちに欲していた幸せよ。大事に大事になさいね」

「………」

「しあわせにね」

「はい」

いま一度スーラから温かな抱擁をもらい、ディリヤはおずおずとそれを返した。

抱きしめ返すだけでは返しきれない優しさと恩と愛情をくれた素晴らしい人に、言葉では返しきれない気持ちをこめて、その想いを伝えられるように抱きしめた。

「ユドハさん、あなたもお幸せに」

「ありがとうございます」

ユドハもまたスーラの抱擁を受け、彼女の慈しみの深さに胸を打たれた。

第三章

スーラたちが村へ帰ったあとも、ディリヤたちは数日ばかり屋敷に滞在する予定を組んでいた。

ここ数日は客をもてなす側だった。勝手知ったる仲とはいえ、まったく気を遣わなかったわけではない。暫《しば》しの休息を得て、身重のディリヤを休ませてから帰途へ着く段取りになっていた。

「仕事はいいのか？」

居間で長椅子に腰かけていたディリヤは隣に座るユドハを仰《あお》ぎ見た。

「優秀な臣は常に最新の情報を我が元へもたらしてくれる。どこにいても差配できるのがこの仕事の強みだな。それに、子が生まれれば外出も難しくなる。いまのうちにお前やアシュに外の空気を満喫してもらいたい」

「それはありがたいけど……」

「まぁそう遠慮するな。俺も羽を伸ばしたかったところだ」

「ありがとう、ユドハ」

「改まってどうした？」

「この数日、誰よりもたくさん動いてくれたのはアンタだ。みんなをもてなすのも、食事を作るのも、子供たちと遊ぶのも……。この旅行に合わせて仕事も調整してくれて大変だったろ」

「俺のための旅行でもあるのだから礼は不要だ。お前が世話になった人たちとアシュの友達に俺が挨拶したかったんだ」

「…………」

「アシュのお父さん、……と子供たちから呼んでもらえるのも嬉しかったしな。……なぁ、ディリヤ、俺はちゃんとアシュのお父さんができていただろうか？」

「うん、ちゃんとお父さんしてた。ユドハはいっぱい頑張った」

ディリヤがユドハの頬の毛をわちゃわちゃと撫で回して褒めると、ユドハは気持ち良さそうに目を細め、うるうると喉を鳴らした。

「まぁ、屋敷での滞在を延ばした理由はいろいろとあるが、アシュを早々と思い出から引き離すのはあまりにも気の毒でな……」

ユドハはディリヤを抱き上げて己の膝に乗せ、アシュのほうを見やる。

居間の真ん中で、アシュは一人でぽつんと座っていた。

アシュは、お友達と一緒に遊んでいた玩具や、お友達が持ってきてくれたお土産に囲まれて、しんみりしている。

ついさっきまでこの屋敷にはたくさんの仲良しの幼馴染がいて、小鳥の合唱のように愛らしい笑い声が響いていた。

部屋で走り回る軽やかな足音がいくつも跳ねて、団子になって転げ回って、はしゃいで、活気に溢れていた。

それがいまはしんと静まり返っている。

アシュは、もそもそゆっくり動くと、その場でぺちゃりと床に俯《うつぶ》せになり、そのまま横倒しに寝転がって、ちっちゃく丸まってしまった。お友達の匂いや気配に囲まれて、皆を恋しがり、さみしがっているのだ。

笑顔でお友達と「またね！」と、お別れこそしたものの、やはり、時間が経てば経つほどさみしさが募《つの》ってくるらしい。

ディリヤとユドハはアシュの気が紛《まぎ》れるように話しかけたり、外遊びに誘ったりしてみたが、「あっちいってて。あしゅは、いま、ひとりがいいの。ひとりで、おともだちのことおもいだしてるの」と、そっぽを向かれてしまった。

一人がいいと言ったもののディリヤとユドハには同じ部屋にいてほしいらしく、先ほどから、二人は居間のすこし離れた場所からアシュを見守っている。

アシュが泣いている気配はないが、耳も尻尾も伏せられたままで元気がない。尻尾は時々動いて、みんなで遊んだ玩具の表面をすりすり撫でているし、両手でしっかりと握っているのは、みんなで使ったお昼寝用の毛布だ。六匹の仔狼が腹を出して転がりながら眠るので、薄手の大きな毛布を掛けて昼寝をさせていた。それにみんなの匂いが付いていて、アシュのさみしさを紛らわせてくれるのだ。

「寝たかな……？」

「いや、寝息は聞こえん」

ディリヤとユドハは声を潜める。

二人から見えるのは、アシュの丸いお尻と動きを止めた尻尾、毛布の端からちらりと見える小さな足の裏だけだ。

その足の裏をじっと見ていると、視線を感じたのか、もぞりと動いて毛布のなかに引っ込む。

それからすこしの間を置いて、意を決したようにアシュが身を起こした。

アシュは何度か瞬きをして、袖口に隠れた手で両目をこすり、両手を床についてゆっくり立ち上がるとディリヤとユドハのもとへ歩いてきた。

「ディリヤ、ユドハ」

「はい、どうしました？」

「だっこか？」

「ちがうの、あしゅ、ごはんを食べるからごはんをください」

「ご飯ですね。おなかが空きましたか？」

「すぐに用意しよう。おやつではなく、ご飯だな？」

「うん。おやつじゃないの。お肉とか、お魚とか、お野菜とか、お芋とか食べるの。あのね、ニーラちゃんがね、お別れする時に教えてくれたの。さみしくなったらごはんを食べなさい、って」

「……なるほど」

「一理ある」

「おなかが空いてると、悲しくて、さみしくて、しくしくしちゃうから、おなかいっぱいにしなさいって。おなかいっぱいになったら歯磨きして寝なさいって。いっぱい食べて、いっぱい寝たら、あっという間に時間が過ぎて、あっという間に大人になって、みんなでいっぱい遊べるから、ごはんを食べなさいって」

「では、すこし早いですが夕飯にしますか」

「うん！　アシュもお手伝いするからごはん食べよ！」

「アシュ、まずはユドハと一緒に野菜の下拵《したごしら》えからだ」

「はい！　ディリヤも働けますよ」

「ディリヤはお椅子に座っててね」

「ディリヤは足が浮腫んでいるから、椅子に座って豆の筋取りだ」

ユドハはディリヤとアシュを一度に抱き上げて台所まで運んだ。

夕飯ができるまでディリヤには居間で寛《くつろ》いでもらうという手もあるが、ディリヤはユドハやアシュと一緒に台所にいて、一緒に料理をしたいだろう。

「なでなで」

ユドハの腕に抱かれたアシュは、ディリヤの腹を撫で、耳を寝かせてディリヤの腹にくっつけて、命の息づく音に心を傾ける。

「とくとく、とくとく」

「元気にしていますか？」

「うん！」

「それはなによりです」

「こうやって、おなかにお鼻をくっつけて、お話しするの。あかちゃん、生まれてきたらおにいちゃんといっぱいあそぼうね」

アシュはいっぱい撫でて、話しかけて、おなかから聞こえる返事に耳を傾ける。

もうすぐ会えるね。

会えたら、一緒に遊んで、ごはんをいっぱい食べようね。弟ちゃんか妹ちゃんかは会ってみるまで分からないけど、弟ちゃんか妹ちゃんには、たくさんのおにいちゃんとおねえちゃんがいるよ。

ニーラちゃん、ダヌシュちゃんとアストラちゃん、ダリヤちゃんにイヨルちゃんだよ。

「ディリヤもごはんいっぱい食べられる？」

「はい、食べられます」

ディリヤが食べれば腹の子にも栄養がいっぱい回る。

ディリヤはユドハの鬣に埋もれて「今日のメシはたくさん必要だ」と伝えた。

秋のはじめ、曇り空の朝は冷える。

隣で眠る己のメスを温めるために、ユドハは無意識のうちにディリヤを抱き寄せようと手を伸ばし、そこにいないことに気付いた。

慌てて身を起こしたユドハは寝床を出て室内を見渡す。

椅子の背凭れには、昨夜ディリヤが使っていた膝掛けが掛けられたままだ。ユドハはそれを片手に寝室を出た。

隣室を覗くと、アシュが腹をほっぽり出して寝ていたので、上掛け布団と毛布を掛けなおし、厨房で朝の茶を支度していたイノリメとトマリメにアシュを頼んでディリヤを探しに出る。

不寝番《ふしんばん》も思わず寝入ってしまいそうな静かな夜だ。

いや、もう朝陽《あさひ》は昇りつつあるのだが、曇天のせいで時間が分かりにくい。小鳥が朝食を探して鳴く可憐な声でようやく朝だと分かる。

空気が冷たい。息が白むほどではないが、石造りの床を歩けば足もとからの冷気で尻尾の先がびびっと震える。

ディリヤの気配、ディリヤの息遣い、ディリヤの匂い。それらを辿ってディリヤを探し出す。

「見つけた」

屋敷の外れ、ディリヤは温室にいた。

温室は黒鉄色の格子枠にガラスを嵌《は》めた長方形の建

物で、敷地内には水路が走り、清らかな水が流れている。そこでは、隅々まで張り巡らされた水路から水を引き上げ、蘭をはじめとするウルカよりも南に生息する異国の草花や果樹が育てられていた。

その温室の片隅、水路の傍に置かれた籐《とう》椅子にディリヤは腰かけていた。

寝間着姿で、花を愛でるでもなく、ガラスの向こうの曇天を見やるでもなく、ぼんやりとしている。

ディリヤにしては珍しく怠惰な姿勢で、背の低い椅子の背凭れに斜めに身を預け、片足は肘掛けに乗せて、もう片方の足先を水路の流水に浸している。

ユドハが温室へ入ると、緩慢な動作で赤い瞳だけを物音のほうへ向け、ユドハを認めると目もとで微笑んだ。

赤毛のけものは、足音のみでその存在を聞き分ける。野生に生きる本物の獣のように。

ユドハの足音だと早々に判断したディリヤは身構えることもなく、隙だらけの姿を晒した。

「ここにいたのか」

「目が醒めた」

そう答えるディリヤの声は気怠《けだる》く、表情は人形のように均一だ。

だが、これはディリヤの心境になんらかの変化があってのことではなく、単に、ここまで歩いた疲労と眠気によるものだと察しがつく。

「朝メシ作るにしても早すぎるから、ちょっと散歩しようと思って歩いてたら、思ったよりも遠くまで来ちゃってさ、休憩してた」

「…………」

「歩いてたら寒くなってきて、風も凌げるし温室なら暖かそうだから入ったんだけど……」

「ここは暖《だん》をとれるほどではないだろう？」

ユドハは携えていた膝掛けでディリヤを包む。

いつからこうしていたのか、肩が冷えていた。

ディリヤのうなじや額に触れて熱の有無を探る。すこし微熱があるようにも感じるが、身重のメスというのは体温が高くなるのが常だ。

ディリヤはおとなしくユドハに触れられるがままに身を預け、ユドハの体で暖をとっている。

「ここ数日、頑張りすぎたな。疲れが出て眠りが浅いのかもしれん。……部屋へ戻って二度寝するか?」

「もうすこしここにいる」

「分かった」

ユドハはディリヤの前に片膝をついて跪《ひざまず》き、水路に浸《つ》かるディリヤの足をその手で引き上げ、濡れることも構わず己の膝に乗せる。

「足に怪我はないか?」

「足?」

「裸足だ」

「あぁ、ほんとだ……」

「冷えて、爪から色が失せている」

ユドハは己の袖でディリヤの足を拭《ぬぐ》い、掌で温める。

そっと温めるように息を吹きかけ、己の胸もとの飾り毛に足を埋もれさせ、熱を分け与えた。

「くすぐったい……」

「いやか?」

「すき」

ふぁふぁの毛に埋もれた爪先を動かす。

足指の触れるところが、どこもかしこも上等の毛皮に包まれているようで気持ちがいい。ディリヤは猫のように目を細め、その感触を楽しむ。

「こちらに来て生活が変わったからか、足首の浮腫みがひどいな」

ユドハは、浮腫んだ足首から脹脛までをゆっくりと撫で上げる。力を入れて揉むと痛がるから、そぅっと撫ぜるように手を使う。

脹脛、向こう脛、膝頭《ひざがしら》の周辺、膝の裏。ディリヤはユドハの手でこうされることを好む。

暑さも熱さも嫌いだというディリヤだが、「アンタの手で触られてると、心がざわざわしてる時とか、息がしにくい時とか、そういう時にすごく気持ちが穏やかになるんだ」と言ってくれる。

ディリヤの気分が優れない時や気持ちが晴れない時以外にも、なんとはなしにいつもの習慣でユドハが触れると、それだけで心の支えになるのだと言ってくれる。

「ふしぎだよなぁ……」

ユドハを見やり、ディリヤが甘い声を漏らす。

「なにが不思議だ？」

「ユドハのまほう」

「……俺は魔法使いだったか？」

「うん。俺を安心させる魔法が使える。言葉で言うと変なんだけど、アンタが傍にいると、俺の心は息をしやすくなる」

「そうか、それは嬉しいな」

今朝のディリヤは饒舌《じょうぜつ》だ。

酒が入っているわけでもなく、寝惚《ねぼ》けているわけでもない。身籠《みごも》ってからはよくあることだ。ぼんやりすることが増えて、防寒に気を配れなかったり、裸足で遠出をしたり、自分の体調の変化に鈍感な場面が散見されるようになった。

「夜中に、手足ばっかり熱くなる」

「体温調節が上手く働かんのかもしれんな」

「でも、冷えたらあちこち痛い」

「それで眠れずに目が醒めたか？」

「分からない。……なんか気持ち悪くて、気が付いたら目が醒めてた」

「そういう時は俺を起こしていいんだ」

「うん」

ディリヤは口でこそ頷くが、ユドハが深く寝入っている時は絶対に起こさない。

それどころか、自分の寝返りや起きている気配でユドハを起こさないように気を遣う。

今日のように、狼であるユドハにも気取られぬようにそろりと寝床を抜け出して、再び眠気がくるまでぼんやりと過ごす。

「こんなふうにぼんやりしてたら眠ってる時もあるから……」

「俺のところへ戻ってから寝るならいいが、お前はそのまま庭先で寝てしまうことも多い」

「うん」

「ここは香りの強い花もあるが、気分はどうだ？　眠れそうなら眠ってしまえ、連れて帰ってやる」

「そう言われてみると、ここの匂いは不思議と気にならない」

夏頃は、どんな匂いにも吐き気をもよおして酷い有様だった。ディリヤはそれを思い出して苦笑する。

だが、この温室の草花の匂いは、心地好い。

噎《む》せ返るような芳香はなく、静謐《せいひつ》な空間に自然物の香りが違和感なく馴染んでいる。

水路を流れる軽やかな水音だけが耳を打ち、穏やかな時間が流れ、息を吸った時に胸の深くまで満ちて行き渡る。

「ここは、好きだ」

「……では」

「トリウィア宮に造ったらだめだからな」

ユドハの考えを見越してディリヤが釘を刺す。

「せっかくだから、もうすこしぼんやりしてくれればよかったのに……」

トリウィア宮にも温室はあるが、この屋敷の温室とはまた趣《おもむき》が異なる。

ディリヤがふわふわしているうちに手配して、ディリヤが察知する前に着工に入って温室を完成させてしまえば、「もう造ってしまった。完成したからには使ってくれ」と開き直ることができるのに……。

「造るなって言っても、結局は造るだろ？」

「あぁ、造る」

「困った狼だ」

「一つ造るだけだ」

「一つだけだからな？」

「あぁ、一つだけだ」

「金はかけたらだめだからな」

「分かった、俺の私的な小遣いの範囲で賄《まかな》おう」

「準備万端、用意周到、なにを言っても丸め込まれる」

「丸め込むのではない、お願いしているんだ。温室で寛ぐ可愛いお前を見たいがために、俺が温室を造ることを許してくれ、と」

「もう……ほんとに……しょうがない狼だ」

頰をゆるませ、ディリヤが許す。

愛しい者から許されることはユドハにとっての至福だ。愛に忠実なユドハの尻尾が、ぱたっ、とご機嫌に跳ねる。

ディリヤが腕を伸ばしてこちらへ来いと誘えば、ユドハはディリヤを抱きあげ、籐椅子に腰を下ろす。

ユドハは懐に愛しいつがいを抱きしめて温め、鬣に埋もれて「くるしい……」と頰を綻ばせるディリヤに頰ずりする。

「あぁ、お前は今日もなんと可愛いんだろう」

可愛くて可愛くて、どうにかなってしまいそうだ。

ついつい、甘嚙みして、頰ずりして、匂いづけをして、巣穴へ連れ込み、ずっと一生自分の傍から離さないで囲い込んでいたい。

ユドハは本当に困った顔をして、可愛くてどうしていいか分からないと尻尾を盛大にぱたぱたさせた。

「腹の皮が引っ張られて……」

屋敷に滞在中も腹の子は元気に存在を主張していた。気丈なディリヤも頬を歪《ゆが》めつつ「力強い」と嬉しげに笑う。

子が育つということは、子袋が拡がっていくということだ。医師曰《いわ》く、アシュを産んでいるから初産よりは伸び縮みに余裕があるらしいが、今回、腹に入っているのは双子だ。容量の都合で、ディリヤの腹は窮屈なのだろう。腹の子が動けば内臓も動き、あちこちに移動する感覚は馬車酔いや船酔いの感覚に近いらしい。

ディリヤからそう聞かされたユドハはその苦痛に思いを馳せ、時には不快感が伴うという感覚には想像すら及ばず、己の子を育んでくれているつがいの忍耐力と慈愛に頭を下げて感謝するしかなかった。

ディリヤは「腹に子供がいるんだから仕方ない。それに、俺は痛みに対する耐性が強い。大抵の痛みには動じないし、対処法も弁えている」とユドハに力強い言葉をくれる。

必要以上にユドハを心配させないためだ。

ディリヤにはディリヤのオスとしての矜持《きょうじ》がある。同時に、ユドハにならば弱さを見せても構わないと思える強さも持ち合わせている。

だからこそ、ディリヤは時に強がり、時にユドハを頼ることを恥と思わず不調を訴え、己を取り繕《つくろ》うことなく現状を包み隠さず伝えてくれた。

ユドハに伝えればなんとかなる。ユドハという男の存在を心強く思っている。そうしてディリヤが信頼を寄せてくれることはユドハにとっての喜びであった。

「ユドハ……」

うたた寝から目を醒ましたディリヤはゆっくりと瞼を持ち上げた。

「ここにいる」

隣室で仕事の指図を出していたユドハはディリヤの声に応じ、すぐに行く、と尻尾で合図すると、そう待たせることなく寝室へ戻った。

「……ごめん、名前呼んだだけ」

「構わない。具合はどうだ？」

「だいぶ治まった」

ディリヤは自分の下腹に手を添える。

孕んでから、腹を開いた傷が痛む回数が増えた。

古傷が存在感を訴えてくるのはままあることだ。以前から、真冬の冷え込む時期や雨の日、仕事で無理をした日、ふとした瞬間に痛むことがあったから、さして気に留めていなかったが、近頃は頻回《ひんかい》だ。この痛みだけはどうにも慣れず、それが増せば血の気が引いて、痛みが治まるまではこうして寝床で横になるしかなかった。

「もうすこしそのままでいるといい。なにか欲しいものはあるか？　温かい茶はどうだ？」

「飲む。……あぁ、その前に……」

ディリヤは自分の右の脇腹に視線を落とした。

寝台の背凭れに背を預けたディリヤの脇で、アシュが丸まって眠っていた。

「よく眠っているな」

「うん。俺の湯たんぽになってくれたんだ」

沈痛《ちんつう》な面持《おもも》ちのディリヤの傍にやってきたアシュは、

「アシュじっとしてるから、アシュでぬくぬくして」

とディリヤの小脇で丸まった。

天然物の毛皮で暖をとらせてくれて、よしよしと尻尾と丸い手で腹を撫でてくれて、頬をぴったりと寄せて、自分のぬくもりを分けてくれた。

「アシュのおかげで気持ち的に楽になったのか、……痛みもマシになった」

問題はそのままアシュがすっかり寝入ってしまって、ディリヤが身動きをとれなくなってしまったことだ。

「あちらで寝かせてこよう」

ユドハはアシュを起こさぬように抱きあげ、隣室のイノリメへ預ける。

ついでに台所へ立ち寄り、二人分の茶を用意して戻ると右手の茶器をディリヤへ渡し、寝台の脇へ腰を下ろした。

「珍しい湯呑みだな」

ディリヤは手中の茶器をしげしげと眺める。

アシュが両手で持ってちょうどくらいの小ぶりな茶器だ。ガラス製のグラスの表面に金彩《きんだみ》が施《ほどこ》されており、底面は流線を描いて丸い。その丸底を支えるための純金の台座があり、親指と人差し指だけで持つ繊細な取手と一体型になっている。その取手には紅い宝石が飾りつけられていて実に愛らしい。

「これ、人間用のだな」

「あぁ、ご先祖の蒐集品《しゅうしゅうひん》に丁度良い物があったから使わせていただくことにした」

「…………」

「物の価値だとか、骨董品だとか、美術品だとか、そういうところは気にしないように」

黙り込むディリヤの考えを察して、ユドハが鷹揚《おうよう》に笑う。

「いや、これは……考えるだろ」

「考えるな、目で楽しんでくれ」

「…………」

「かわいいディリヤ、おねがいだ」

「しっぽ」

おねがいされると弱い。

ディリヤはできるだけユドハとの距離を詰めてぎゅうぎゅうにくっつくと、自分の膝の上に乗せさせた尻尾をくしゃくしゃに搔き混ぜて困らせる。

まぁ、こんなことをしたところで、ユドハは「なんとかわいいことか。こんなふうに俺を困らせてくれるのか」とディリヤの児戯《じぎ》に相好を崩しておしまいだ。

けれども、ユドハにぴったりくっついていれば、茶器を落としそうになった時にユドハが空中で受け止めてくれるし、もし落としたとしても尻尾のクッションで割れる心配がない。

問題は、熱いお茶を尻尾にこぼしてしまった時だ。

「尻尾って……火傷《やけど》するんだよな？」

「毛油が弾くから熱い茶くらいではしないぞ。余程の火力で炙《あぶ》られでもしたら話は変わってくるだろうが」

「それはもう火傷じゃなくて尻尾が火事だ」

「その時は、焦げた部分を短く刈る必要があるから恰好がつかんな」

「そうなったら、ユドハのしっぽちゃんがはげちゃった……ってアシュが大慌てするだろうな」

「だろうな」

愛息子の言動を想像して二人で顔を見合わせ、微笑む。

「ほら、そろそろ飲み頃だ」

「うん。いただきます」

湯気の細くなった茶器に口をつけ、ディリヤはそうっと茶を含む。

「おいしい」

顔を上げて、ユドハを見やる。

砂糖とは違うほんのりとした甘みがあって、鼻に抜ける芳香は爽やかだ。するりと喉越しも良く、もうひと口、ふた口……と飲みたくなってしまう。

「医者が煎《せん》じたものだが、……ほら、お前が飲みにくいと言っていたあの茶だ」

「あぁ、アレか……」

「飲みにくい時は砂糖を入れればいいと聞いていたが、口の中にずっと甘みが残るのはいやだと言っていただろう？　そこで、スーラさんの生姜の砂糖漬けを刻んで入れてみた」

「ほんのちょっとで、すごく飲みやすくなった」

「こちらも飲んでみるといい」

ユドハは空になったディリヤの茶器を右手に取り、左手に持っていた自分のそれをディリヤに渡す。

「こっちは？」

尋ねながら、もう一つの茶も味わう。

「子供たちと果樹園で収穫した柑橘類の果汁だ。食用花と花の蜜を煮詰めたもので酸味を調整して、飲みやすくしてみた」

「アンタは食料や飲み物を調達させたらすごいな」

「もっと褒めていいぞ」

オス狼は、メス狼から「あなたは餌を調達してくるのが上手だね、かっこいい」と褒められると、尻尾が大騒ぎになる。

「ごめん、アンタの分まで飲んじゃった」

あまりにも美味しくて、あっという間に二杯とも飲み干してしまった。

ディリヤは自分でも驚いた様子で「おいしかった、ごちそうさま」と頬をゆるめる。

ようやく見られたディリヤの穏やかな表情にユドハは胸を撫で下ろし、空になった二つの茶器を手近な卓子に置いた。

「たくさん飲んでくれて嬉しい。そもそも、茶器が小さいのだから、二つ飲んでもいつもの茶飲み一杯分にも満たない」

「水分は飲んだら飲んだ分だけ逆流してくる気がしてあんまり欲しくなかったけど、ちょっとずつ違う味なら飲めるもんだな」

ユドハの膝を枕にしてディリヤはごろりと寝転ぶ。

ユドハの尻尾が胸もとに置かれるから、それに両腕を置いて抱きかかえ、クッション代わりにする。

「気分が優れない時は……」

「早めに言う。いまは大丈夫。下腹が引き攣《つ》る感じがするのは、ここ数日の疲れだ」

「では、こうしよう」

ユドハは己の体温を分け与えるように、ディリヤの下腹の傷に掌を添えた。

「殿下、ついでとばかりに我儘を申して恐縮ですが、俺の気が紛れるようになにか話して」

「なんなりと、我が愛しの赤毛殿」

ユドハはとびきり優しい声でそのおねだりを聞き届け、「そうだな、どの話にしようか……」と思案する。

「アンタの声がたくさん聞ける話がいい」

「では、腹の子の名をどうしようか？　という話題はどうだ？　候補をたくさん挙げて聞かせよう」

「それは気が紛れるんじゃなくて、真剣に話し込んでしまいそうな議題だ」

「……だめか？」

「こうやってアンタの膝枕で怠惰な姿勢で考えてたら、のんびりした名前ばっかり思いつきそうだ」

「かわいいじゃないか」

「よし、今日は怠惰に考えるか。……確か、金狼族の伝統だと、男子は古い名前からもらうんだよな？」

「あぁ。男子は昔から変化が少ない。ここ五十年ほどで、女子の名付けは流行が変わってきているようで、名前が二文字くっついたようなものが主流だ」

「あぁ、エドナさんとか、ニーラさんみたいに？」

「そうだ、姉上はエディスエドナが正式名称だ。……ところで、ニーラさんはニーラさんだけですべての名前ではなかったのか？」

「ニーラさんの正式名称はアービニーラさん」

「良い名だ」

アービも、ニーラも、両方とも青という意味だ。

だが、それぞれ、青春の青、若者という意味の青、といった具合に意味合いが異なる。

ニーラという一人の人が、蒼穹《そうきゅう》の下で生き生きと、雨上がりの新緑のように瑞々《みずみず》しく、青く美しい人生を謳歌《おうか》してほしいという両親の願いだ。

「ダリヤさんは、シラダリヤさん。年の離れたお姉さんの名前はアムダルヤさん」

「海や大河、……なるほど、実に良い名だ」

「近頃の親は、戦後に生まれた子供たちには、響きの美しい名や自由を感じる名を与える傾向らしい」

「双子の名付けの参考になる」

ユドハは眉間に皺を寄せ、深く考え込む。

その横顔は真剣そのものだ。

ディリヤがじっとその顔を見つめていると、ふとユドハがディリヤへ視線を移し、「イヨルさんは仲間という意味だな？」と問うてきた。

「うん」

「そういう名もいいな」

「仲間を大事にして、仲間に大事にされる人になるように……って、その名前にしたらしい」

「うちの子もそうあってほしいものだ」

「親の欲は果てしなく……だな」

「我が家は、俺もお前も重めの愛情をかけがちだから、もっと子供が身軽に生きられる名のほうが良いだろうか？」

「ダヌシュさんとアストラさんみたいに？　ダヌシュは弓で、アストラは矢だ」

「なるほど。双子だからこそ弓矢という一対のものにしているのだな」

「どちらが欠けても意味をなさない大事な片割れって意味にもなる」

「強く勇ましい名だ」

「アンタの名前と合わせるなら、そういうのもいいかもしれない」

　ユドハの名は、戦《いくさ》、戦闘、戦い、という意味だ。

　戦の時代に生を享《う》けたオス狼は、……特に、王族のオス狼は争い事に勝利することを望まれて名付けられる。

　当時の世情を鑑《かんが》みてか、スルドやユドハも例外なく戦場に相応しい名を与えられた。

　アシュはディリヤの独断で名付けてしまったから、双子の名付けにはユドハの考えを優先したいと考えていた。

「俺はアスリフ風にすることも考えているのだが……」

「アンタの子供なんだから、ウルカ風だ」

「だが、お前の子でもある。アシュにもアスリフ風の名を与えたのだから、下の子にも……」

「確かに、アシュは長いほうの名前だとアスリフ風だけど短くアシュだけだとウルカ風だ。だから、ウルカ風優先でいいんだよ。アスリフの名前は一生に一度使うか使わないかで、幸せな一生でありますように、っていう願掛けというか、まじないみたいなもんだし……。ちゃんとウルカの王族として暮らすなら、アスリフ風の名前はないほうがいい」

「いいや、あったほうがいい。たとえばだが、下の子が物心ついた時に、僕たち私たちにはアスリフ風の名前がないのに、なんでお兄ちゃんのアシュだけアスリフの名前を持ってるんだろう？　……と、下の子たちが悲しく思ったら可哀想だ」

「可哀想じゃない」

「きちんと説明すれば納得してくれるだろうが、その説明を理解する年齢に達するまではどうする？　幼い子供心からしてみれば、お前に与えてもらえる幸せが一つ減ったと感じてしまうかもしれない。俺なら、お前からもらえる贈りものは一つでも欠かさず大事にしたいと思うし、単純に兄とおそろいだったら嬉しいと思う」

「……なら、逆に、アシュのアスリフ風の名前を削除してしまえばいい」

「それこそ可哀想じゃないか。アシュはあの名前を気に入ってるんだぞ」

「でも、アスリフの名前だから、将来的にウルカの王になるなら要らない名前だ。いつでも削除できる。外には出してない名前なんだから」

「だが、王室に戸籍を作る際に、アシュは長いほうの名前で登録したぞ」

「……あぁ、そうだった」

「だろう？」

「でも、元服する時に幼名から成人名に変更できるだろ？　その時に削除すればいい」

「それはアシュが決めることだな。だから、双子にもアスリフ風の名を付けるぞ。削除するか、そのままにするかは、将来、子供たちに決めさせればよい」

「…………」

「そんな拗ねた顔をしてくれるな」

困り顔のユドハがディリヤの頬を甘噛みする。歯を当てないように柔らかいところだけを押し当て、ご機嫌をとるような愛咬《あいこう》だ。

「誤魔化されないからな」

ディリヤはユドハの頬の毛を両手でわしゃわしゃと掻き乱し、かぷ、と鼻を噛み返す。

「誤魔化されてくれないか」

「くれない」

「分かった。……なら、候補の名前を挙げていくから、気に入った響きがあったら教えてくれ」

「分かった」

「アシュと釣り合いをとるためにも接頭語は必須だから、アーユスとアージヴァ、それからセツ、キラカ、このあたりも良い言葉だな」

「ちょっと待て」

「どうした？」

「ぜんぶアスリフの言葉だ」

「そうだな」

「どこで学んだ？」

「お前を探しに行くために、現地に関連する文献を読み漁《あさ》っていたら覚えた」

「そういう努力はもっとちゃんと主張しろ」

「なぜだ？」

「アンタが俺のためにしてくれた努力だからだ。アンタが俺のことをどれだけ想ってくれて、どれだけ努力したか知っておきたい。そういうのはもっとちゃんとしっかり自慢しろ」

「だが、努力を殊更《ことさら》に主張したら、せっかく恰好をつけているのが台無しだ」

「もう充分立派に恰好良いから、次は頑張ったことを主張しろ。そしたら、俺はもっとアンタの想いに感謝できるし、嬉しいって思えるし、喜ぶし、褒めるし、俺のことそんなに大好きなんだな、俺はそんなにも愛されてるんだなって知れるし、アンタのことをもう一つ好きになる」

「では、そんな俺の努力に免じてアスリフの言葉で名付けを……」

「それとこれとは別。ちゃんとウルカの名前にしろ」

「手強《てごわ》い」

「……ユドハ」

「安心しろ、ウルカ風の名前もちゃんと考えている。アシュと同じようにアスリフ風の名前のなかにウルカ風を組み込むんだ。たとえばだが、ララとジジはどうだ？　アスリフの言語にはラとジの発音が多い。同じ音を繰り返して呼ぶ名なら、双子も早く自分の呼称だと認識して覚えるかもしれんだろ？　それに、ララとジジならウルカの幼名や愛称にもよくある響きだ」

「そこまで考えてるなら……。でも、丸め込まれた気がしなくもない」

「しないしない」

「………ほんとに丸め込んでないか？」

「ちっともない。可愛いお前を丸め込むつもりなど毛頭ない。俺はただただ可愛いお前と同じように可愛い子供たちにアスリフ風かつウルカ風の可愛い名前を贈りたいだけだ」

「………」

「さぁ、可愛い子供たちへ贈る可愛い名前を一緒に考えよう、俺の可愛いディリヤ」

「……絶対にウルカ風が優先だからな」

「あぁ、分かった。約束しよう」

「でも、今回の名付けはできるだけアンタの意志を尊重したいから、どうしてもって言うならアスリフ風も組み込んでもいい」

「ありがとう、ディリヤ」

「名前のことになると、いつもこうなる。アスリフをそんなに尊重しなくていいのに……」

「なにを言う。せっかく狼と人間が結ばれて、ウルカとアスリフの間に子が生まれるんだ。両方の背景を大切にしていこう。自分の根付くところ、帰属するところ、群れなすことの意味、自分を巡る環境、家族の在《あ》り方、それらすべて二つ分得られるのだから、二つ分を余すところなく与えるべきだ。俺たちは親として持っているものをすべて与えるだけ。取捨選択は子供たちが自分でするさ」

「アンタにはちっとも敵わない」

なんでこの男はこんなにも愛が深いのだろう。ユドハの愛は多角的で、柔軟で、自由で、おおらかだ。

ディリヤのそれはとても視野《しや》狭窄《きょうさく》で、子供たちにしてみれば押しつけがましく、窮屈かもしれない。

「ディリヤ、お前の愛し方があるからこそ、俺がこういう愛し方をできるんだ。お前の愛があるからこそ、俺は、お前が子供たちを両手で抱きしめた時に零《こぼ》れ落ちそうな子供たちの尻尾や、足や、尻を、この手で抱きとめられるような、そんな愛し方ができる。せっかく二人いるんだ。同じ愛し方をする時もあれば、それぞれの物の見方で子供たちを愛する時があってもいい。結局はどちらも子供を愛していることには変わりないのだから」

「……………」

ディリヤは鼻の頭に皺を寄せてしかめっ面を作り、考え込む。

「不細工《ぶさいく》な顔も可愛い」

「……不細工なんだから可愛くないだろ」

「それが可愛いんだ」

「……………」

「不思議なくらい可愛い」

「あぁもうケンカにもならない……、俺はウルカ風の名前って主張してて、アンタはアスリフ風の名前って主張してるんだから、主張をぶつけあってたらケンカになってもいいのに……」

「ケンカしたかったか？　よし、ケンカをしよう」

「本気でケンカしたら、アンタの鬣ぜんぶ毟《むし》って尻尾を固結びにしてやるからな」

「…………」

「なんで天を仰ぐんだ？」

「お前のケンカの売り方があまりにも可愛すぎて」

「……もういい、知らん」

「どうした、ディリヤ？　そっぽを向いてくれるな」

「…………」

「こっちを見ろ。お前の大好きな狼がいるぞ？」

「いやだ」

「いやか？　なら、それもいい。いつもはお前の可愛い顔を見ているが、こうしていれば、いつまでもお前の可愛いつむじを見ていられる」

「……っ」

「お前は後ろ頭もかわいいな」

口吻の先をディリヤのつむじに押し当てる。

丸い頭を大きな掌で撫でて、ディリヤの首筋に巻きつけるように己の首を添わせ、鬣に埋もれるディリヤの横顔にするりと頰を寄せる。

「アンタはもう……ほんとに……」

ディリヤは肩で息をしてユドハに凭れかかった。

この男は、その底なしの愛で可愛げのないディリヤをいつも可愛くしてくれる。

ディリヤは、まるで自分が、触れれば崩れ、とろける砂糖菓子のように甘い生き物になってしまった気分だ。それに、この男に愛されていると、ディリヤはそんな自分が嫌いではないのだ。

「腹の具合はどうだ？」

「……忘れてた」

ユドハの尻尾で腹を撫でられてディリヤは目を瞬く。

「それはなにより」

ユドハが安堵の笑みを浮かべる。

大勢の臣下の前では微動だにしない尻尾も、ディリヤの前では感情豊かで、いつもディリヤのどこかしらに触れて、気遣ってくれている。

じゃれあいのような他愛ない言葉のやりとりで夢中にさせてくれて、魔法使いのようにディリヤの苦痛を取り除いてくれる。

やさしいやさしい幸せをくれる。

この幸せは、ディリヤが心のうちでずっと知らず知らずのうちに欲していた幸せだ。

……たぶん、きっと、これが幸せというやつなのだろう。

言葉で表現することは難しいけれど、ディリヤは幸せに包まれていた。


スーラたちが屋敷に滞在中は、ディリヤやユドハを含め自分たちの身の回りのことはできるだけ自分たちで行い、侍女や侍従の手を借りずに生活した。

使用人宿舎が敷地内に併設されていて、不測の事態に備えて近衛兵が待機し、そちらでライコウやフーハク、イノリメやトマリメも寝起きしている。

ディリヤやユドハの応召がないかぎりは自由に過ごしてもらい、余暇《よか》には日帰りできる範囲の村や町まで遊びに出かけてもらった。

彼ら、彼女らは働き者だ。定められたとおりに休暇は取得してもらっているが、それ以外にも気分転換できる余裕が得られたり、こういった遠出の機会があれば、必ず自由にしてもらう時間を作っていた。

「イノリちゃんとトマリちゃんとライちゃんとフーちゃんとアシュで、いまからエドナちゃんのおみあげを探しに行くの」

アシュは四人の大人狼の尻尾をぎゅっとひとまとめにして抱きしめていた。

赤ちゃんが生まれたら、アシュはおにいちゃんだ。

イノリメとトマリメ、ライコウとフーハクの四人も、アシュ一人だけでなく下の子の世話を焼いたり面倒を見ることになる。

「アシュ、もうすぐおにいちゃんだからね、赤ちゃんが生まれたら、みんなに赤ちゃんを守ってもらうの。イノリちゃんとトマリちゃんと一緒にしてたお部屋のお掃除も、お勉強も、アシュ一人でするのよ。ライちゃんとかけっこしたり、フーちゃんのお膝でパンを食べてお昼寝するのも、赤ちゃんにどうぞしてあげるの。だから、いまのうちにみんなを独り占めするの」

ちょっと前までは「あのね、ディリヤとユドハとみんないっしょにおでかけするの！　みんないっしょ！」とユドハの尻尾を引き、ディリヤに駄々を捏ねていたのに、兄としての自覚が芽生えつつあるアシュは、今日も「いってきます」と笑顔で両親に手を振り、城で待つエドナのお土産を探しに花畑へ向かった。

「……成長が早い」

「驚かされることだらけだ……」

「予定外に体が空いてしまったな」

「ああ」

あっさりおでかけしてしまった息子に取り残されたディリヤとユドハは顔を見合わせる。

「天気も良いし、明日には城へ帰る。もう一度、お前のお気に入りの温室まで散歩へ行くか」

「うん」

人払いをして、二人で手を繋ぎ、温室までの道を歩いた。

温室では、今日も色とりどりの蘭が咲き誇り、水路の清流は淀《よど》みなく巡り、ここに根付く植物を潤す。秋晴れの陽射しはガラス張りの温室内を温め、植物が育つに最適な温度を保っていた。

「真昼の星みたいだ」

温室の長椅子に腰かけ、隣に腰かけるユドハの頬を撫でる。

壁面のガラスに陽光が乱反射して、ユドハの金の毛皮が宝石のような艶を帯び、ディリヤを見つめる瞳はいつまでも色褪《あ》せることのない愛のように輝く。それはさながら、朝陽を浴びた早朝の新雪のようで、きらきら、ぴかぴか、目も眩《くら》むほどまばゆい。

「ディリヤ、知っているか？　陽の光に透けたお前の瞳は鮮血のように赤く透き通る。月明かりの下では血《ち》赤珊瑚《あかさんご》のように妖艶《ようえん》で、触れれば火傷をしそうなほど情熱的だ。そして、俺を見つめる時は、この世の赤い宝石をすべて掻き集めた万華鏡《まんげきょう》のように愛らしく煌《きら》めく」

ディリヤの首筋まで朱に染まるほど甘い声で囁き、金の瞳で存分に愛でる。

視線を重ね合わせようとすれば必然的に額がくっつき、ディリヤはすこし上目遣いになり、唇はユドハの鼻先のあたりに落ちる。

ユドハの腕が腰に回り、ディリヤは腰を反らしてその胸もとへ体を傾ける。

どちらからともなく、唇を重ねる。

瞳を閉じることでつがいの愛らしい表情を見逃すのが惜しくて、二人とも見つめあったまま唇を啄《ついば》み、鼻先を齧《かじ》る。ディリヤがユドハの舌先を甘噛みすれば、ユドハも同じように返し、額を擦り合わせて愛情を表現し、木漏れ日のような笑い声を息遣いの合間に零し、じゃれあう。

「人間の舌はやわらかくて心配になる」

「もうちょっと強く噛んでほしい」

「痛くないか？」

「きもちいい」

「……これは？」

「ん、……もっと、噛んで」

ユドハの甘噛みはきもちいい。

この男の体のどこもかしこもぜんぶディリヤを愛するための道具だ。この男が優しい使い方を知っているから、肉食獣の鋭《するど》い牙も、獰猛《どうもう》さをうかがわせる大きな口も、ちっとも恐ろしくない。

それどころか、愛しい。

いつまでも愛してほしくて、無意識のうちに唇が薄く開き、甘える仕草で唇をねだり、もっと噛んで、舐《な》めて、くちづけて……とユドハに身を預ける。自然と瞼が落ちるような安堵に心を傾け、ゆるく甘やかな快楽に耽《ふけ》り、静かに熱を孕む情動に、言葉にはならない充足感を得る。

気持ち良さのお返しに、ディリヤはユドハの舌を噛む。戯《たわむ》れるディリヤをユドハがじっと見つめてくちづけが等閑《なおざり》になるから、ディリヤは「どうした？」と視線で尋ねる。

「お前は、歯も、舌も、小さくてかわいい」

「狼がでかいんだよ」

ディリヤはその小さな舌先でユドハの牙を舐め、小さな歯でユドハの舌を噛む。

ディリヤの視界の隅で、狼の立派な尻尾がぱたぱた揺れている。

純白の蘭、黄色の蘭、薄紫の蘭、淡い紅色の蘭。蝶のように綻ぶ花々を引き立てるのは、どこまでも瑞々しい植物の緑と噎せ返るほど濃密な自然の匂い、そして、心の内側まで洗い流すような水の音だ。

ガラスがキラキラと七色に煌めく陽光の下、美しく清らかなものに囲まれて、愛しい男と唇を交わす。

ユドハの太腿にあったディリヤの手にユドハの手が重ねられ、指が絡まる。

ディリヤは生まれてからずっと待ち望んでいた幸せを、いま、とろけるような甘さで享受《きょうじゅ》した。


緑豊かな植物は背が高いものも低いものもあり、幾重にも葉が生い茂り、けもののつがいを覆い隠す。

ガラス張りではあるが、遠目からでは内部の様子が近衛兵の眼に触れることはない。もし、覗き見る不届き者がいたとしても、緑の木々と蘭の花、そして、ユドハの体がディリヤを隠してくれる。


「ん、……っ、……っン、ぅ……」

ユドハの膝に乗せられ、その腕に抱かれたディリヤがくぐもった声を漏らす。

「ディリヤ……」

ユドハは己のすべてでディリヤを囲い込み、つがいの痴態《ちたい》をよそのオスに見せることなく、つがいのよがる声をよそのオスに聞かせることも許さず、己だけの特別な宝石として愛で楽しむ。

あえかな嬌声《きょうせい》も、快楽に打ち震える背も、ユドハの腕に爪を立てる弱々しさも、身悶《みもだ》えて俯《うつむ》き、淡く色づく無防備なうなじも、すべてユドハのものにする。

「……は、……ぁ……っ、ぁ……ぅ」

ユドハの懐に背を預け、深く息を吸い、浅く吐く。

吐息が、どうしても喘《あえ》ぐ声になってしまう。

己の手の甲を唇に押し当て、溢れ出る嬌声を押し殺そうにも難しく、ユドハの鬣に顔を埋めて甘い声音を隠す。

体温調節の上手くいかない体は、ちょっとしたことで汗ばみ、体の内側に熱が籠る。暑さに負けて喉元をユドハに明け渡せば、ユドハは牙を使ってディリヤの服の襟元を寛げてくれる。

上衣は乱れを知らぬままだが、下肢は淫《みだ》らな有様で、脱げ落ちたズボンと下着が片方の足首あたりに溜まっている。

明るい場所で白い腿を惜しげもなく晒したディリヤは勃《た》ち上がった性器をユドハの視線から隠そうともせず、好いた男に慰めてもらおうと頬を噛む。

「……ユド、……ユド、ハ……っ、ぁ……」

閉じた太腿の隙間から、狼の陰茎《いんけい》がゆるりと出入りする。いつもはディリヤの腹に迎え入れているが、次にそれができるのは、双子を無事に産み、ディリヤの心身がすっかり万全に戻ってからだ。それまでは、こうしてディリヤの太腿の肉に挟むことでユドハは悦びを得ていた。

まるでつがいの腹を穿《うが》つように狼の陰茎がゆっくりと太腿の隙間に差し入れられ、ディリヤの陰茎の裏筋を撫で擦《こす》る。ユドハが腰を引けば陰嚢《いんのう》や会陰《えいん》をゆるやかに刺激してディリヤの下腹を切なくさせる。二人分の先走りが混じって粘《ねば》つく糸が絡まり、臀部《でんぶ》の狭間でいやらしい音が響く。

オスの一物が、交尾と同じ動きをする。いつも、こんなにも大きなものが己の内側に収まり、隅々まで満たし、こんなふうに愛されているのだと知る。繋がっていないのに、腹に埋められた時の重苦しさが蘇《よみがえ》り、下腹が疼《うず》き、愛しく感じる。交尾の真似事でも、淫靡《いんび》な行為に耽《ふけ》る二人の熱は高まり、けもののように激しい欲を互いに募らせた。

「……んっ、ぅ」

ディィリヤが喉を鳴らして唾液を飲み干すと、「また欲しがりが出たか？」とユドハが笑う。

ディィリヤの体は、ユドハしか知らない。

それに、我慢も知らない。ユドハとの交尾で我慢したことなど一度もないからだ。ユドハが際限なく愛と快楽を与えてくれるから、ディィリヤは我慢を覚えられないし、ユドハも覚えさせるつもりがない。

そのせいか、ちょっとしたことで、すぐに後ろにユドハが欲しくなる。オスを受け入れて気持ち良くなろうとしてしまう。声を聞かせることは恥ずかしいと押し殺してしまうくせに、腰を揺らしてオスを誘い、股を開いて快楽を求め、発情していることがユドハにも筒抜けの態度をとってしまう。辛抱のきかないけものだ。

「お前は理性的な男だが、本質的にはいやらしいな」

「……？」

「狼の俺を相手にしても、こうして発情してくれる。獣欲に脅えることなく愛してくれる」

「うん、愛してる」

ユドハの言葉に、ディィリヤの胸はぎゅうと切なくなる。

この男は、俺のこんなだらしない面も愛してくれる。それどころか、こうして乱れる様を見て、それがユドハへの愛ゆえだと理解してくれる。

どんな自分を見せてもユドハがディィリヤを嫌いにならないと分かってしまうと、欲しがりで淫らな性根《しょうね》を隠さずに曝《さら》け出すことができた。

「アンタは、……やらしいのが、好きか？」

「というよりも、お前が好きだ」

「………」

「お前、俺しか知らんだろ？　なら、俺がお前をそういうふうに仕込んだということだ。お前がいやらしいのも、辛抱のきかん体になったのも、ぜんぶ俺の責任だ。さぁ、開き直って思うさま乱れろ」

ユドハの言葉は、どこまでもディリヤを堕落《だらく》させる。それでいて、ディリヤを正しく愛する。

ディリヤがだらしなくても、ユドハは己を律してディリヤを愛する。赤毛のために生きるこのオス狼はとても理性的だ。自制心が働いていて、紳士的で、誠実で、とびきり優しい。

腹に子供がいると分かってから、ユドハは挿入を伴う行為を控えるようになった。交わるだけではなく、ディリヤの負担になるすべての行為がなくなった。ディリヤから頼んだのではなく、ユドハのほうからそうすべきだと提案してきた。

安定期に入ってもそれは変わらず、その代わり、唇を重ねる回数や庭を散歩する頻度、寝床で肌と肌を触れ合わせて手を繋ぐだけの時間が増えた。

時には、下腹の傷を舐めて、唇で優しく触れて癒してくれることもあったし、ディリヤの一方的な熱を散らす手伝いだけに徹してくれたこともあった。

でも、どうしても、お互いに辛抱ができない日もあった。お互いにお互いが欲しくて、熱を持て余し、欲のやり場に困り果てた。そういう時は、口や手を使って互いを愛した。それでも物足りなさを覚えた時は、今日のように挿入する以外の方法で楽しんだ。

「ん、っ……ん、ン……」

気持ち良さが限界に近付くと、腰が落ち、股が勝手に開いてしまう。

すると、ユドハがディリヤの両足の膝頭を片手で摑み、やんわりと閉じさせてくれる。

ディリヤが下腹に力を入れて腹の内側を締めるような動きをすれば、ユドハがそこを撫でて力を抜くように教えてくれる。

そのおかげで、ひどく淫らな行為に耽っているのに、ディリヤの呼吸が荒く乱れることもなく、心臓が早鐘《はやがね》を打つこともなく、汗みずくになって全身の筋肉を使うような激しさに疲れることもない。

ただ、いつまでも続くなまぬるい幸せに溺《おぼ》れて、取り乱して泣いてしまいそうになる。

「……っ、ユド、もう、きもちよく、なりたい」

「無理はいけない」

「きもちい、ぃの……おわら、ない……もっと、はやく……」

「息を乱しすぎるのもよろしくない」

ディリヤが満足を得られるまで、ユドハは自分の欲を抑え込み、奉仕に徹する。

「挿《い》れて……なぁ、たのむから……おわらせて……」

ユドハとこうしている間、ずっと、ずっと、ずっと、きもちいいのが続いている。

息を吐いて吸うだけの間に、尾てい骨から脊椎《せきつい》、後ろ頭まで甘い痺《しび》れが走る。

「ゆびで、我慢するから……」

ユドハの顎下の毛に顔を埋もれさせ、狼の手を己の下肢へ誘う。

「後ろに咥《くわ》えずとも、オスのほうだけで気持ち良くなれるだろう？」

ユドハの手指はディリヤの待ち望んだ場所ではなく、陰茎に触れる。にちゃりと糸を引く先端を指の腹で弄《まさぐ》れば泉のように溢れ、ユドハの腕の毛まで湿り気を帯びる。

「……ユドハ」

「泣きそうな声だ。可哀想に」

ディリヤを宥《なだ》め賺《すか》すように、ユドハは口吻の先を細い首筋に押し当て、気を散らさせる。

「もう、むり……」

「やめるか?」

「ちがう、……っ、おれ……、もう……何回も、イってる……」

「…………」

「出てないけど、イってるから……出させて……」

優しくじっくり丁寧に愛されたディリヤは、「……もう、出さずに、何回も、イってる……」と訴えた。

先程から静かに何度も追い上げられ、穏やかな絶頂を与えられ続けていた。

ユドハはディリヤが射精に及んでいないがゆえに、まだ満足を得ていないと思って懇切丁寧《こんせつていねい》に愛撫《あいぶ》を与えていたが、ディリヤはもう随分と前から何度もメスのように果てていたらしい。

「出したい、のに……出すより、先に……腹んなかが、きもちよくなって……おわらない……」

「…………」

「出したい……」

「それは、気付かず……、すまないことをした」

「いいから、はやく……っ」

ユドハの太腿の上で向かい合わせに座り直すと、ディリヤは上体を前に傾げて懐に凭れかかり、己の肩越しに、背中から尻までをユドハに見せる。

ユドハの手指に指を絡めて誘い、自分の指と一緒にユドハの指も後ろに含ませる。

指一本だけでも窮屈《きゅうくつ》だ。

ディリヤは己の指を引き抜き、ユドハのそれだけを後ろに感じて腰を揺らし、開いた股の間でユドハの陰茎と己の陰茎をまとめて両手で扱《しご》く。

なりふり構っていられない。

だって、ディリヤをこんなふうにふしだらに仕込んだのはユドハだ。

「ぜんぶ、アンタの……せいだ」

「あぁ、そうだ、俺のせいだな、可愛いディリヤ」

痴態を晒すつがいにユドハは頬を寄せ、窮屈な後ろに含ませた指を深く沈めた。

「ん、ぁ、……ぁー……」

声の質が変わる。

発情した猫みたいでディリヤは恥ずかしい。

でも、声を殺すよりも先に次の声が漏れる。

後ろにユドハの指が入っている。

きもちいい。

うれしい。

爪を丸めた指がディリヤの内側を撫でる。

時折、臍《へそ》のほうへ向けて深く差し入れ、潮が漏れそうなほど気持ち良くなる場所をもどかしいほど優しく圧迫してくれる。

「ぁ、……ぉ、……ぁ……、んぅ」

後ろがきつく指を締め上げる。

物欲しげな動きで食い締め、尻が揺れる。

ユドハの位置からだと、きっと、ディリヤの臀部が丸見えだ。どうやってユドハの指を食《は》んでいるか、会陰まで濡らすほどの先走りをどれほど漏らしているか、なにも隠すことなんてできない。

「っん、ぅ……んぁ……っは……ぁ」

絶頂が近いことを察して、ユドハが追い上げてくれる。

尻になにか含んでいないと達することができないなんて、恥ずかしい。ディリヤは自分の体の卑猥《ひわい》さと羞《しゅう》恥《ち》に煽《あお》られ、体だけではなく頭の芯から快楽に惑う。

「ディリヤ……」

低く名を呼ばれ、張り詰めた下腹を撫でられる。

まるで、「さぁ、俺の前で粗相をしてみろ」と唆《そそのか》すように……。

「っ……ぅ、あ」

内腿をきゅうと締め、下腹に渦巻く熱を吐き出す。

己の名を呼ぶ低い声と愛しい男に尻を可愛がられる快楽で、ディリヤはようやく男として果てることができた。

「……っ」

内腿を閉じたせいでユドハの陰茎も締めてしまい、ユドハが息を詰め、低く唸った。

「痛かった……？」

「大丈夫だ」

「……ん」

余韻に浸る間もなく、ディリヤは「アンタもきもちよくなれ」と唆し、ユドハの肩口を噛む。

「……すこし、借りるぞ」

「うん」

ディリヤがうなじを晒して頷くのを見届けてから、ユドハがゆるやかに腰を使う。

ディリヤは自分の股の間で抜き差しされる狼の陰茎を力の入らない両掌で包み、射精を促す。

「ぁ、ぅ」

狼の牙でうなじを噛まれ、また一つ強く腿を閉じてしまう。

熱っぽい吐息を漏らすユドハが奥歯を軋《きし》ませて射精を堪《こら》え、ディリヤの股から陰茎を引き抜くと、白い尻に精液を浴びせかけた。

けものが縄張りを主張するように、ディリヤを己の種で汚していく。

狼の可愛い執着だ。

ディリヤは、ユドハがこうして己の欲を浴びせかける、その行為が好きだ。大きな図体をした理性的なオス狼が、ディリヤへの執着を隠しもせず、ここぞとばかりに自己顕示欲を見せてくれる。

よそのオスにも分かるように、「ディリヤは俺のものだ」と示す。その行為が、たまらなくディリヤを悦《よろこ》ばせた。

「……っ、は」

ユドハが静かに肩で息を吐き、ディリヤを両腕で抱きしめ、己の懐に囲い込む。

「口できれいにしようか？」

「まだ離したくない」

「……ん」

ユドハが頬を寄せて甘えてくる。

ディリヤはそれが嬉しくて、いつまでもずっとその腕に身を預け、ユドハが満足するまで籠《かご》の鳥になった。

第四章

「ららちゃん、じじちゃん、あんよ貸してね」

寝床で眠る弟たちにアシュが静かに声をかける。

手に持ったやわらかい紙をそれぞれの足の裏にそぅっと押し当てて足型をとると、それを持って大急ぎで机へ走る。

「こっちが、ララちゃん……、こっちが、ジジちゃん……、あれ？　こっちがジジちゃんで、そっちがララちゃん？　……どっち？」

足型を手に、アシュが首を傾げる。

双子の足型はそっくりで、机に戻るまでの間に分からなくなったらしい。

二枚の紙を見比べて、「ララちゃんのあんよがジジちゃんで、ジジちゃんのが……ララちゃんで……？」

と首を傾げ、また双子のもとまで走って足もとの布団をめくりあげ、紙をそっと押し当てて、「右手がララちゃんのあんよ。左手がジジちゃんのあんよ！」と、口頭で唱え続けながら再び机まで走る。

大慌てでペンを手にすると、それぞれの足型に弟たちの名前を書き記す。

ララとジジ。それが双子の愛称だ。

一所懸命の顔をしたアシュは、ユドハに教えてもらったばかりのララとジジの名前の綴《つづ》りを、じっくり、時間をかけて丁寧に書いた。

「お名前は、ら、ら……ちゃん……、じ、じちゃん……って言います。長い、お名前も、あるのよ。あしゅも、いっしょに、かんがえた……お名前よ。かわいい、でしょ。ほんものは、もっとかわいいよ。毛が、ぽわぽわしてて、ふしぎなかんしょくです。うさぎちゃんとも、ひよこちゃんとも、ちがうの。もっと、ふぁふぁのもけもけよ。たんぽぽの綿毛みたいなの。お耳も、しっぽも、おなかも、おてても、あんよも、ぜんぶ、ふかふかの、ふわふわで、ちっちゃいパンみたいです。おなかは、特に、ぽよぽよです。げんきに、ねんねんしています。……？　元気にねんねん？　ねんねんする時も元気かな？　まぁいっか！」

書き始めは真剣そのものだったが、何事もおおらかなアシュは鼻歌まじりに手紙を書き終える。

そう、これは手紙だ。

村のみんなに送る手紙だ。

ララとジジが無事に生まれました。元気な双子の男の子です。家族みんな元気です。ディリヤはまだちょっとねんねんしていることが多いけれど、アシュとララとジジとユドハはごはんがおいしいです。

そういうことをおしらせする手紙だ。

アシュは双子の足型の輪郭《りんかく》をしっかりペンでなぞっ

て、「ふふっ、あんよがふにゃふにゃだから、線もふにゃふにゃになっちゃった……」と笑っている。

ディリヤは寝床からそれを見ていた。

上半身を起こし、クッションを重ねた枕もとに背を預け、寝室の床にぺったりと座りこんで手紙を書くアシュを見守っている。

床に置かれたアシュ用の小さな机は、先般、ユドハが運び入れたものだ。床上《とこあ》げの済んでいないディリヤの傍でアシュが日中を過ごせるように……という配慮だ。

寝床の傍に置かれた小さな寝台にはララとジジが眠っている。

そして、ユドハも日中のほとんどをこの寝室で過ごしていた。

執務用の机や椅子、仕事道具をこちらへ運び入れ、公務の合間に双子の世話を焼き、アシュが「ねぇねぇ」と袖を引けばアシュの相手もしている。

ディリヤが一人で休みたい時は子供たちを連れて別室へ移動してくれるし、この寝室には家族以外の出入りはない。

ユドハの部下も、トリウィア宮の使用人たちも、アーロンですらも遠慮する。ここは、家族だけが立ち入ることのできる空間だ。

一つ手前の部屋までは、アーロン、イノリメとトマリメ、ライコウとフーハク、信頼のおけるユドハの側近など、限られた者だけが入室できる。

アーロンはユドハへの来客を報《しら》せ、手紙などを運び、トリウィア宮の差配役として重責をこなしている。イノリメとトマリメ、ライコウとフーハクは、ディリヤとユドハの手が塞がっている時に子供たちの世話を焼き、守りを固める。ユドハの側近たちは己の職務に従事しつつ、ユドハの命令を忠実に実行するために控えていた。

「ディリヤもおてがみ書いてるの？」

鼻先に青色のインクを付けたアシュが寝床まで歩み寄り、右頬がぺちゃんこに潰れるくらい布団にくっつけて、上目遣いで問いかける。

「はい。スーラさんたちにお手紙を書いています」

ディリヤは双子の涎を拭う手拭いでアシュの鼻を拭い、頭を撫でる。

頭のてっぺんにも青色が付いていて、よくよく覗き込むとアシュの苺色の尻尾の先も青く染まっていた。

きっとアシュの尻尾が揺れて、乾く前のインクを擦ってしまったのだろう。

「インクが付いています。あとであちこち洗ってもらいましょう」

「もう乾いてるよ」

「……ほんとだ」

アシュが鼻の頭のてっぺんを掌にすりすりしてくるが、ディリヤの手に青色は移らない。

「アシュもいっぱいいっぱいお手紙書いたのよ」

「はい、見ていました」

「アシュはもう完成したよ。ディリヤも、もうすぐ完成？」

「もうちょっとかかります」

ディリヤは自分の膝の上の手紙に視線を落とす。

産後、妙に弱ってしまって、こうしてただ座っているだけでも疲れてしまう。詳細を書くことはユドハに任せることにしたが、短い手紙を認《したた》めるだけのことで二日も三日もかかってしまう。

そのうえディリヤは手紙を書くことが苦手だった。報告書のように日付と時間帯と現在地と状況報告というわけにはいかない。自分や家族の近況を伝える内容であったり、村のみんなの様子を伺う言葉であったり、手紙を読む相手が安心する文面などが必要になってくるし、ディリヤもそれを尋ねたり報せたいと思うのだが、これが難しい。

自分の感情を交えて文章を作るのが不得手で、度々、手が止まってしまう。ディリヤも子供たちも家族全員元気です。それ以外になにを書いていいのか分からない。

「ディリヤ、今日はげんき？」

「はい、今日はとても元気です」

「よかった！」

ディリヤがこうして長く寝つく姿をアシュが見るのは初めてで、最初こそ戸惑いがあったものの、いまは「げんき？」「元気です」というやりとりだけで安心してくれる。

ユドハから「大丈夫だ、お産のあとは誰しもこうなる可能性があるんだ」と説明されて、アシュなりに納得できたことも大きい。

いまは毎日ディリヤの様子を見に来て、元気ならば今日のように傍で遊んだり、お勉強をしたりして、元気がない日は静かにお昼寝をしていく。

ディリヤに甘えられない代わりに、ユドハにだっこしてもらって、たっぷり甘やかされている。

ディリヤの分までアシュの世話を焼く必要があるからユドハは毎日大変だ。

国王代理殿は右手にペンを持ち、昼寝をするアシュを膝に乗せて左手で抱きかかえ、机に向かい、仕事をしている。

ララとジジがふにゃふにゃ泣いてディリヤを求めれば、ユドハは仕事の手を止めて席を立ち、アシュを背におぶってララとジジを抱き上げ、ディリヤのもとまで運んでくれる。

「ぜんぶアンタがするのは大変だ。人の手を頼ろう」

ディリヤがそう提案したこともある。

「アシュの時はできなかった。せめて今回は俺にさせてくれ。それに、洗濯や食事の支度では人の手を頼っているから、そう大変なものではない」

ユドハは尻尾をぱたぱたさせて、子供たちの世話ができて嬉しいと笑った。

家族五人そろって今日の日を迎えられたことを誰よりも喜んでいるのはユドハだ。

ディリヤが無事に生きて出産を乗り切ったことも、子供たちが健康に生まれてきたことも、アシュが笑って毎日を過ごせることも、すべて、ユドハの望んだ幸せで、ささやかで、穏やかな未来だ。

この日を迎えられるようにとユドハが苦心して、ディリヤを大切にして、努力に努力を積み重ねた結果だ。

ユドハは日々の幸せを噛みしめ、ディリヤを失わずに済んだ今を誰よりも喜んでいた。


それから二日後。

その日、寝室にはいつものようにディリヤとアシュと双子がいた。

「お待たせ、お茶が入ったわ〜。……入ってよろしくて〜？」

寝室の扉の前でエドナが声をかけた。

「アシュ、どうぞ、をしてきてくれますか？」

「はい！」

返事をしたアシュが扉を開けて、「どうぞお入りください」とエドナを招き入れる。

エドナの後ろにはユドハがいて、茶器の支度を整えた金の飾り盆を両手に携えていた。

「すまない、待たせた。……姉上が、その、ちょっとな……」

「正直にわたくしがお茶を淹れるのに失敗して淹れ直すのに時間がかかったとおっしゃい」

エドナはユドハの尻尾をぎゅっと握って、ほほほ、と朗《ほが》らかに笑い、ディリヤの寝床の傍に腰を下ろす。

「かわいいディリヤ、お加減はよろしくて？」

「はい。今日もとても元気です」

書きかけの手紙を脇へ片して、ディリヤは応じる。

今日も今日とて、手紙を書こうとして文章が思いつかず、筆が止まっていた。

「元気がなによりだわ」

「アシュもげんきよ！」

エドナの足もとにしがみついたアシュが尻尾をぱたぱたさせる。

「あぁ、アシュ、おにいちゃんになったアシュも可愛いわ。エドナのお膝にいらして、そのぽわぽわの冬毛のおつむを撫でさせてちょうだい」

「どうぞ！」

エドナに抱き上げて膝に乗せてもらい、これでもかとエドナに毛繕いしてもらう。

くるくる、うるうる。アシュは喉を鳴らして目を細め、エドナの膝で丸まって頭のてっぺんから尻尾の先まで撫でてもらう。

ユドハは、よく眠るララとジジの様子を確認してからテーブルで茶菓子を切り分け、せっせとおやつの支度をしている。

「ディリヤ、今日の軽食はトウモロコシとバターとほうれん草、ベーコンの塩味のケーキだ。甘いものならサクランボのジャムのバタークリームケーキがある。食べられそうか？」

「ユドハが作った？」

「あぁ。姉上とな」

「美味そう。食べる」

「残ったら俺が食べるから、無理に完食しなくていい。食べられそうな分だけを食べるといい。さぁ、姉上もどうぞ」

ユドハは切り分けたそれを皿に盛り、フォークを添えてエドナとディリヤに手渡す。

ユドハは手際よく茶を注ぎ、銘々《めいめい》の手近なテーブルに給仕した。

「やっぱり、ユドハが淹れたお茶のほうが美味しいのよね。お茶は弟に淹れてもらうに限るわ」

「この間、スルドさんが淹れたお茶も美味しかったたって言ってませんでしたか？」

「言ったわね。兄上もとてもお上手だったのよ、お茶を淹れるの。だからわたくしはお茶が飲みたくなったら、いつも、兄上か弟の部屋へ行っていたわ」

ディリヤとエドナは昔話に花を咲かせ、ユドハの作った塩味のケーキに舌鼓を打つ。

ウルカのオス狼は、家族のために食事を調達し、作り、食べさせるのが喜びというだけあって、今日の軽食も絶品だ。

「ララちゃんとジジちゃんはまだ食べられないの？」

エドナの膝から下りたアシュは、ユドハを見上げて尋ねる。

「そうだな、まだ当分先だな。ほら、アシュの分だ」

「ありがと。アシュ、ユドハのおそばで食べたい」

「では、ユドハと一緒にディリヤの傍へ行こう」

ユドハとアシュはディリヤの傍に腰を下ろす。

普段は「寝るところで食べ物を食べてはいけません」とアシュに教えているけれど、いまだけは特別、状況によってはこれが最適なこともある、と伝えて、寝床のディリヤを囲んだお茶の時間を設けていた。

ディリヤがさみしい思いをしないように。

自分の足でこの寝所から出ることはおろか、自力で立つこともままならぬディリヤの心が鬱々《うつうつ》としたものにならないように。日がな一日ここで過ごすばかりのディリヤが「子供の世話も満足に焼けない」と自己嫌悪するのではなく、家族に囲まれて笑っていられるように。群れの家族の誰かが弱っていたら、家族みんなで支えるのだ。

「この生姜の砂糖煮、とってもおいしいわ」

「おいしいですよね。スーラさんが作らないと、この味にならないんです」

「隠し味があるのかしら？」

「それがですね、ないんです。俺も作り方を教えてもらったんですが、どうやってもこの味にはならないんです」

「素晴らしいわね。これはお部屋に常備して、ちょっと甘い物が食べたい時や、お茶請《う》けにもぴったりだし、長旅をする時にも持って行きたいわ」

エドナは茶器の受け皿に添えられた生姜の砂糖煮に尻尾を震わせ、ぱったぱったと寝具を打つ。

埃《ほこり》が立つから控えないと……と言いつつも、あまりのおいしさに尻尾が止まらないのだ。

「ユドハ、しょうが、はーってならない？」

「食べてみるか？」

「うん」

ぁー。小さな口を開けたアシュに、ユドハが生姜の欠片を放り込む。

生姜よりも砂糖のほうが多い欠片だったが、アシュはそれを飴玉のように舌の上で転がして、ミルクのほうが多い紅茶をちょっぴり口に含み、「おいしいね！」と目を輝かせる。

ユドハにナプキンを渡されて、「じょうずに！　拭きます！」と宣言して、ミルク紅茶の色になった口の周りの毛皮をきれいに拭き上げる。

「上手に拭けています」

「本当に、上手に拭けるようになったわ」

「見事だぞ、アシュ」

「アシュ、じょうずにお口拭けるようになったの！」

大人たちから褒めてもらったアシュは胸を張り、さっきよりも大きめの生姜の砂糖煮をユドハの手ずから口中へ放り込んでもらうと、「はーってなるけど、おいしい」と頬をとろけさせた。

自分で自分のほっぺを両手で持ち上げて、「とろけて落ちちゃう」と笑い、舌から鼻腔に抜ける生姜の芳香にうっとりする。

「生姜といい、ちょっと苦い葉野菜といい、アシュは大人な食べ物が好きだな」

「クセのある食べ物が好みなのかしらね……？」

ユドハとエドナは、アシュのその様子に顔を見合わせる。

「誰に似たんでしょうね……？」

「…………」

「…………」

ユドハとエドナは、生姜の砂糖煮をぱくぱく食べるディリヤを見やり、「そういえば、ディリヤもあの葉野菜をわりと平気な顔をして食べていた」「きっとディリヤに似たのね」と頷きあった。

ディリヤは「頷きあう横顔がそっくりだなぁ」とユドハとエドナの仕草に姉弟の共通項を見つけ、微笑ましく見つめる。

ユドハとエドナにアシュも合わせると、尻尾のぱたぱたが三人ともそっくりで、きっと、ララとジジが大きくなったら、その時もみんな同じように尻尾が動くのだろう……、そんな未来を想像して、人知れずディリヤの頬がゆるんだ。

「あぁ、そうか……こういうのを手紙に書けばいいんだ」

ディリヤはふと思いついた。

家族みんなでスーラさんがくれた生姜の砂糖煮を食べました。おいしさのあまり、みんなの尻尾が同じ動きをして感動しました。ララとジジもきっとこうなるんだと思います。どうすればスーラさんの味になるのか、そんな話題で盛り上がりました。また食べさせてください。生姜の砂糖煮のおかげで家族の未来を想像できました。

手紙にそう書こう。

ディリヤは自分の心に芽生えた感情をそのまま素直に文字にすることにした。

待ち望んだ幸せを満喫していることをスーラに伝えるために……。

ララとジジが生まれて数年が経った。

アシュもその分だけ年を重ねて、よりいっそう愛らしさに磨きがかかっている。

成長していくにつれ可愛さが抜けてお兄ちゃん狼らしくなっていくのだろう……なんて思っていたディリヤだったが、不思議といくつになっても我が子は可愛い。

いまが一番可愛い。毎日そう思い続けているうちに毎日ずっと可愛いが更新され続けていく。一昨日も昨日も今日も明日も明後日も、ずっと可愛いのだ。

それはもちろんララとジジも同様だった。

「赤ん坊の頃も可愛かったが、今日も可愛い。アシュと出会った五歳の時もなんともたとえがたい愛らしさがあったが、いまも愛らしい。……不思議だ。きっと、成人して大人になった息子たちも可愛いと思うんだろうな」

ララとジジとアシュ、よく眠る三人の息子を膝に抱きながら、ユドハもそんなことを言っていた。

息子たちのよだれまみれになりながらも穏やかに微笑み、何度も何度も飽きることなく撫でて、毛繕いをしている。

ユドハが息子たちを抱いている姿を見られた。

ディリヤは、自分がこの何気ない日を迎えられたことを幸せに思った。

これは、生きていなければ見られなかった光景だから……。


「……今日も暑いな」

夏のある日。

ディリヤは顎先を伝う汗を拭った。

水浴びをしているユドハと子供たちを探して庭先に出ると、目も眩むような真っ白の陽射しの下、芝生に四匹の狼が並んでいた。

右からユドハ、アシュ、ララ、ジジだ。

大小の差こそあれ、四匹とも同じ姿勢で太陽に背を向け、胡坐を掻き、上半身だけ服を脱いで、背中の毛皮を干している。

ユドハが一番大きな背中。アシュは小さくて、ララとジジはもっとちぃちゃくて、丸くてふわふわした背中をしている。

水遊びで疲れたのか、金色の大きな狼と、金色に苺色が混じった三匹の仔狼が横一列に並び、まったりした様子で欠伸をする。そのあと、まったく同じ動きで四つの尻尾がぱたっと波打つ。

「……驚きのそっくり具合だな……」

血の濃さが窺える。

ディリヤは足音を殺して四匹の傍まで歩み寄り、そろりと顔を覗き見た。

四匹とも目を細めて眠たげだ。

ディリヤが右から順番に頭を撫でようとすると、ユドハも、アシュも、ララとジジも、ディリヤが頭を撫でやすいように三角耳をぺたんと寝かせて撫でられるのを待つ。

その動きもそっくりで、ディリヤはそれぞれの頭を撫でながら笑みがこぼれるのを辛抱できず、「ふっ……」と笑い声を漏らした。

ユドハが片目を開けて「どうした？」と問うてくるから、「そっくりでかわいい」と答える。

四匹の頭を撫でたディリヤは、「俺もひなたぼっこしよ」と上衣を脱ぎ、左端に腰を下ろしてユドハとの間に三人の子供を挟む。

「ぎゅうぎゅう……！」

「ぎゅうぎゅう」

ララとジジがディリヤの手を引く。

「こっち、ディリヤはこっち」

アシュが弟たちを両脇に抱えて移動し、ユドハの隣にディリヤを座らせた。

「ディリヤが真ん中でいいんですか？」

右にユドハ、左に子供たち。

狼に挟まれたディリヤは首を傾げる。

「だって、けがわ、ない」

「ないないの子、まんなか」

「毛皮のない子はお怪我しちゃうからね、まんなかで大事にするのよ」

アシュとララとジジは得意げな顔で、むぎゅっとディリヤにくっつく。

どうやら、子供たちの頭のなかでは「毛皮のない子が裸になると防御力が下がるから守ってあげないと！」

という考えになるらしい。

「……ユドハ、アンタまで……」

それはユドハも同じだったようだ。

ユドハは、ディリヤの背後から下腹にぐるりと尻尾を回し、しっかり巻きつけてくる。

「お前が物理的に強いのは身を以《もっ》て知っているが、何度見てもやはり人間の肌というのは、こう……毛皮に覆われていない分だけ無防備で……それに、お前は陽射しに弱いからすぐに肌が赤くなって火傷をするんじゃないかと気が気でない」

「ちょっとくらいなら大丈夫だ」

「だいじょうぶ？」

「だいじょうぶのだいじょうぶ？」

ララとジジがディリヤの膝に乗って見上げる。

「はい、大丈夫ですよ」

「暑くなったら言ってね、アシュがふぅふぅしてあげるからね」

アシュは尻尾を上手に使ってディリヤに風を送り、小さな口でも、ふぅ、とそよ風を作ってくれる。

すると、ララとジジも、短い尻尾をぱたぱたさせて風を作ったり、ふぅふぅしてくれる。

「……かわいい」

ディリヤは三匹まとめて腕に抱いて、ぎゅうぎゅうした。

おひさまの匂いのする仔狼たちはディリヤの腕のなかで愛らしい笑い声をあげる。

「俺も混ぜてくれ」

ユドハは子供たちを抱きしめたディリヤごと抱きしめて地面に寝転がる。

群れでひとかたまりになって、芝生を転がってじゃれあい、心が躍るままに声をあげて笑って、楽しくて

たまらないと尻尾を振る。

顔も体も芝生まみれになって、口の中に入った青いそれを舌先に乗せて見せあっては笑い、頬を甘噛みして、鼻先をくっつけあって、額をすりあわせて、頬ずりして、毛繕いして、腹を見せてころころ転がって、また笑う。

「ユドハ」

ディリヤはユドハの頬を両手で押し包み、くちづけた。

「愛してる、ディリヤ」

とびきりの愛に溢れた声で応じ、ユドハはディリヤに唇で愛を返す。

「ららにも、ちゅってして!」

「じじも、じじも……っ」

「アシュもちゅってする!」

緑の匂いに包まれて見つめあうユドハとディリヤの懐の隙間に三つの幸せが飛び込んできた。

金毛と赤毛のつがいは、愛しい三つの幸せに唇を落とし、幾度となく互いの唇を触れあわせた。

自分の腕のなかにある幸せを大事に大事に抱きしめて、尽きることのない愛を交わし、はなれがたい愛を惜しみなく抱きしめた。

おんなじにおい

第一章

　ディリヤと五歳になったアシュがトリウィア宮へやってきてユドハと暮らし始め、そこでディリヤはララとジジを産み、あっという間に二年が過ぎて、アシュは七歳になった。

　アシュが七歳の年、家族の群れにユジュという名前の仔狼が増えた。

　そのユジュがトリウィア宮へやってきて二ヵ月も経てば、季節は真冬になっていた。

　冬の朝は日の出が遅いが、ディリヤが起きる時間はいつもと変わらない。まだいくらか薄暗い時間帯に起床したディリヤは、寝床で胡坐を掻いて大口で欠伸をし、腰にしっかり巻きついていた尻尾をそっと剝《は》がして寝床を出た。

　今日のユドハはよく眠っている。尻尾がディリヤを探すので、脱いだ寝間着をユドハの尻尾の傍にやると、くるんと巻きついた。

　蛸《たこ》みたいだな。

　国王代理の尻尾を蛸扱いしたディリヤは手早く着替え、子供の寝室を覗いて四人の寝顔を見てから冷たい井戸水で顔を洗い、その場で軽い柔軟体操をして朝食作りの下拵《したごしら》えのために台所へ入った。

　四半刻も経たないうちにユドハが起きてきた。寝惚け眼《まなこ》で「寝過ごした……」と目をしぱしぱさせ、台所に立つディリヤのつむじに鼻先を寄せ、朝のくちづけを交わす。

「下拵え終わったとこだ」

　手を洗ったディリヤは寝癖のついたユドハの鬣を梳《くしけず》り、整える。

　自分で整えられるくせに、ディリヤがいる時はそのままにして起きてくるユドハが可愛くて朝から口角が持ち上がってしまう。

「散歩行くか？　ゆっくり茶でも飲むか？」

「子供たちは……」

「まだ起きる気配がない」

「すこし寒いが、散歩に行こう。先日蕾《つぼみ》だった冬の花がそろそろ咲いているかもしれん」

「ん、上着とってくる」

「もう持ってきてる」

「……？」

ユドハの肩越しに台所の丸椅子を見やると、そこに二人分の上着が置いてあった。

早速、上着を羽織り、二人で庭を歩く。子供たちが早起きした日は一緒に散歩することもある。あまりにも雪深い日は台所の片隅の小机で温かい茶を飲むだけの日もある。どちらかが寝過ごせば、起きたほうが朝食の支度をする。両方が寝過ごすことは滅多にない。

「二人ともが寝過ごした日って、何度あったっけ？」

「ゴーネから戻ってきて事後処理が落ち着いた頃に一度、リルニツクから戻ってきてすべて片がついて日常生活が戻った頃に一度……それから……」

「ほっとした時だな」

指折り数えるユドハの隣でディリヤもその時のことを思い返す。

当時は、一緒に寝ていたアシュに「ねぇねぇ、起きなくていいの？　起きて、あさごはんたべよ」と揺り起こされたり、ララとジジに「おねぼうしゃんのおみみはあむあむしようね」「……あむあむ」と喃語で喋りながら耳を齧られて飛び起きたりした。

そうして他愛ないことをユドハと二人で話しながら歩くうちに、蕾だった花が開いている花壇を通り過ぎてしまい、慌てて二人で引き返して鑑賞する。

ほんのささやかな二人きりの時間を満喫したあとは、台所へ戻って二人で朝食の支度をした。

朝食ができあがった頃、アシュとユジュが起きてきた。二人とも身支度と毛繕いを済ませている。近頃は、できるだけ子供自身が自主的に身繕いをする練習中だが、今日も今日とて、ユジュはぴかぴかのつやつや、毎日ちょっといい所へおでかけする時の仔狼みたいに仕上がっているし、アシュは台風に吹き飛ばされてきたあとのような状態で現れる。

ユジュの毛繕いはアシュが、アシュの毛繕いはユジュが行うのが近頃の二人の習慣だが、ユジュはいまいち上達しないし、アシュはユジュを毛繕いしすぎだ。

二人とも加減ができていない。大人たちは全員そう思ったが、アシュは満足げだし、ユジュは大人たちとアシュを見比べて「……なんか、今日も、へん……」とアシュだけが暴風の中心にいたような毛並みになっていることに奇妙さを感じつつも、なぜそうなるのかというところには考えが至らぬまま朝食の席についていた。

アシュとユジュの年長組が朝食を食べ終わる頃になれば、ララとジジの起床だ。ちょうどその頃、ユドハが先に王城へ向かう時間になる。

家族みんなでユドハを見送って、双子は朝食を食べ、アシュとユジュは居間でゆっくり食後の休憩をする。

その時間に、大人たちがそれとなく「先生がいらっしゃいますので失礼のないように仕上げをいたしましょう」と誘導し、子供たちの身繕いを整える。お勉強の時刻を告げる鐘が鳴る前に勉強部屋へ向かい、先生が入ってくるとご挨拶をして勉強を開始する。

アシュとユジュはそれぞれ進捗《しんちょく》具合が違うので、同じ部屋ではあるが異なる先生に個別に見てもらっている。

クラマシラ家にいた時のユジュは一族の長であるカズラが手ずから教育を与えていた。少々詰め込みすぎかつ偏りが激しい教育方法だったらしく、読み書き算《そろ》盤《ばん》はできるが、物語は読んだことがないし、外の世界に触れて得られる知識がほとんどなかった。

林檎《りんご》の存在は知っていても、その林檎がどんな土地でどんなふうに実っているかは知らない……といった具合で、一事が万事そんな調子だった。

「おそとは出ない。出ると、これ」

ユジュはうっすらと定規《じょうぎ》のあとの残る両手の甲を差し出す。

定規で叩く罰だ。

もっとひどい時は一本鞭《むち》になる。

外の世界に触れることを禁じても、ユジュは外の世界へ抜け出していた。仔狼は、自然に触れたり、他者と話をしたり、芸術を楽しんだり、おいしい食べ物を味わったり、匂いで群れの仲間を嗅ぎ分けたり、いろんな人と、手や鼻や全身で触れあうことを求める。それが成長には不可欠であり、ユジュもまた五感を刺激するすべてを欲していたからこそ、本能の求めるままに脱走を繰り返していた。

「おそと、たのしいねぇ」

いつだったか、家族みんなで庭を散策していると、ユジュが突然立ち止まり、そんなことを言いだした。

大人たちはユジュの表情ばかり気にしていたが、尻尾を見るとぱたぱた揺れていた。

「たのしいねぇ！」

アシュの尻尾も揺れていた。

そういうことがあってから、遅れている方面の勉強を取り戻すよりも、物事を経験させることを優先して学業に取り入れる方針に決まった。

優秀な教師陣の努力もあって、アシュとユジュはいまの学習方法があっているらしく、おしゃべりもせず、気を散らしたりもせず、勉学に取り組んでいる。

「さて、ララとジジは自由時間ですね。……今日はディリヤとなにをしましょう」

アシュとユジュが学問に励む間、ララとジジは遊びの時間だ。

今日はディリヤが双子の遊び相手になった。

「……ぅ！」

「ぅーぅ」

双子がそれぞれ鳥と魚のぬいぐるみを咥えてディリヤの足もとへ這い寄ってくる。

心なしか、勇ましい表情だ。

「分かりました。狩りの練習ですね」

ぬいぐるみで作ったそれらを獲物に見立てて狩りの練習だ。

庭に出て、ぬいぐるみを高く遠くへ放り投げ、物陰に隠し、時にはディリヤが携えて走って逃げ、繰り返し獲物を追わせる。幼い狼とはいえ、一緒になって走ったり、獲物を追い立てる遠吠えをディリヤなりに発したり、赤子にあわせて背を曲げて遊び続けていれば、冬でも汗ばむほどだ。そうするうちに、あっという間にディリヤが戦狼隊の仕事へ出向く刻限になった。

「ララ、ジジ、ディリヤはちょっとあっちで次の狩りの支度をしてきます」

ごきげんの双子に頬を寄せて、見送ってもらう。

ライコウとトマリメに双子を任せてその場を離れるが、仕事へ行くための嘘も方便とはいえ、そろそろこの方法も通用しなくなってきた。ディリヤが双子の傍を離れると、時々すぐに帰ってこないことがあると双子が気付き始めているからだ。

なにも説明せずに傍から離れればそれはそれですぐにディリヤの不在を察知されてしまうから悩ましい。

頑固な性格も相まって、「どうしても会いたい！」「ディリヤを寄越せ～！」と暴走が止まらない。なかなか手を焼く双子だが、まだ二歳になりたてだ。イノリメとトマリメ、ライコウとフーハク、四人の護衛組が手を替え品を替え双子の気を逸らしてくれるが、年に数度はどうにもならない時がある。

　戦狼隊本部にいるディリヤのところまで双子が連れられてやってきて仕事を見学したこともあるし、「お仕事中ですから、ララとジジは家でお留守番していてください」と言い聞かせて護衛組に頼んで連れて帰ってもらったこともあるし、ディリヤが本部に不在で、護衛組に慰められながら、とぼとぼ引き返したこともあるし、ディリヤが任務から帰ってくるまで本部に居座ったこともあるし、本部内の託児施設に預けられている隊員の子供たちに混じって遊んだこともある。

　時には、トリウィア宮でごね続けて、見かねたアシュに「ららちゃん、じじちゃん、ユドハでよかったらユドハがお仕事のお部屋においでって言ってるよ、ユドハのとこにいこ？」と誘われて、ユドハに甘えに行ったこともある。

　ぐずる双子を宥めても宥めてもどの手段も通じずどうしようもなくなって、ひきつけを起こすよりは……ということで、ぐずぐずの涙目で赤毛を引っ張ったりところ構わず噛みつく双子を背負いながらディリヤが事務仕事をして、「う、ぉぉお……双子の殿下がいらっしゃる」と帳簿を持ってきた戦狼隊の狼をたじろがせたこともある。

　さすがにディリヤが背負って仕事をしたのは一度だけだし、年に数度であろうと、それを繰り返してしまうと示しもメリハリもつかないし周りにも気を遣わせてしまう。

「なんとか次の方法を編み出さないと……」

相手は成長著《いちじる》しい双子だ。

ディリヤは対策案を練り、ユドハと相談しあって、「よし、数ヵ月はこれでもつな」、「これが通じなくなったら次はこの手法で……」と、日々、あの手この手を編み出しながら暮らしていた。


戦狼隊はウルカ国の正規軍ではなくユドハの私兵だ。国軍そのものも概《おおむ》ねユドハの管轄下にあり、戦狼隊は正規軍とも切磋琢磨《せっさたくま》しあい、友好的な協力関係を築いている。戦狼隊本部は城外に構えているが、城内への出入りが許可されていて、限りなく王城に近い位置にある。それはつまりユドハの傍に近い位置だ。正規軍が正門に位置し、正面からユドハのもとへ駆けつけるならば、戦狼隊は裏門に位置し、背面からユドハのもとへ駆けつける。そういう位置に戦狼隊本部はあった。当然のことトリウィア宮にも近く、ディリヤが出勤する際には裏門を多用していた。

戦狼隊は時間に関係なく所定の人員が交代で詰めていて、皆、それぞれの任務に従事している。この日のディリヤは王都内の治安維持班の一つに配置されていた。任務内容は所定の区画を巡回し、その後は無作為に選んだ地区を巡視するというものだ。

もちろん、いかにも軍人です、という雰囲気は出さない。戦狼隊の便利なところは正規軍ではないところだ。旅人の服を着て名所旧跡を訪れ、観光客のフリをして観光地を練り歩き、学生や職人、民間人を装ってあちこちに出入りする。時には商人に扮して市場を偵察し、軍服では出入りしにくい施設や治安の悪い裏通りに足を踏み入れ、よその荒事にわざと首を突っ込み、住民に馴染むことで通常の手段では入手が難しい情報を仕入れる。

「……今日は平和でしたね、ディリヤ様」

治安維持活動からの帰り道、戦狼隊の一人がディリヤに声をかけた。

「本当に、……平和でした。そう思いませんか?」

ディリヤは頷き、同じように別の隊員に声をかける。

「はい、……平和でした。いつもどおり。……なぁ?」

「ああ、平和だった……、平和だったよ……」

「うん、平和だった……」

「平和だなぁ……」

「いつもどおりだったなぁ……」

互いにそんなことを言いあいながら、全員がちょっと遠い目をして、どこか疲れ切った表情を浮かべている。その疲れを引きずったまま、治安維持班はやっとの思いで本部まで帰りついた。

「おかえりなさい! おつかれさまで……、うわっ、全員、川の泥くせぇし、なんか魚くせぇっ!」

右手側の門番をしている隊員が顔を歪めた。

「なんで大量の川魚を持ってんですか? え? なんで全員べっちょべちょに濡れてんですか? いま冬っすよ? うわ、尻尾も靴も服も泥だらけ……」

左手側の門番をしている隊員は引いている。

「おい、なんの騒ぎだ?」

「大丈夫か?」

「なんだ、この臭い……?」

本部の建物から出てきた文官数名が、若干距離をとりながら異臭を発する隊員たちに「なにが起きたのか」と尋ねた。

「俺らだってこんなことになるとは思ってなかったよ」

隊員の一人が苦笑いで応えた。

今日は本当に平和だった。

穏やかな冬晴れの日、川沿いの砂利道を漁師の荷馬車がゆっくりと進んでいた。荷台には山ほど川魚を詰めた樽《たる》を積んでいて、樽の隙間には漁師の幼い娘が荷馬車の後部から両足を投げ出して座っていた。娘の膝には、母猫と生まれたばかりの五匹の仔猫が果物籠に入れられていた。

がたんっ。路傍の大木の根に細い車輪が乗り上げた。荷馬車がぐらりと揺れて土手のほうへ傾き、樽から跳ねた一匹の小魚が土手に落ちた。その小魚を追いかけて、一匹の仔猫が娘の膝から飛び降りた。一匹が飛び降りたらほかの仔猫も飛び降りて、慌てた母猫と娘も飛び降りようとした。荷馬車の漁師が慌ててそれを止めようと馬車から飛び降りた瞬間、車輪が大きくひしゃげて、樽が荷台の片側へ滑って重心が傾き、荷馬車も傾き、その拍子に樽が次々と土手を転がり落ちたかと思えば、気が急《せ》いていた漁師も樽と一緒に転がり落ちた。

そこに戦狼隊が通りかかった。

一匹目の仔猫を母猫とともに捕獲したものの大惨事に目を丸くして呆然とする娘を助け上げ、怪我をした漁師を土手から救出し、籠に残って眠っている一匹が脱走しないように見張り、脱走した残り三匹のうち、ぬかるんだ泥と草の茂みでぷるぷる震えて隠れている一匹を見つけだし、川の浅瀬の泥に足をとられて動けなくなっている一匹を救いだし、これですべてそろったかと思ったら「いっぴき足りない……」という娘の訴えで泥地に足を踏み入れ、浅瀬をじゃぶじゃぶと掻き分け、岩を持ち上げ、どこにも姿が見当たらないと戦狼隊全員で仔猫を探索し続けた。

最後の一匹は、いつの間にか荷馬車に戻っていて、荷馬車のなかに落ちていた魚に必死になって食らいついてはぐはぐしていた。

隊員の鼻や手には仔猫の引っ掻き傷や噛み痕が勲章

として残り、バリバリ引っ掻かれた鬣は毛羽立ち、一人などは鬣で粗相をされて泣きそうになっていたが、戦狼隊の面々が「全員無事で良かった……」と脱力したのは言うまでもない。

続けて、怪我をした漁師の代わりに魚を集めて樽に入れて土手から砂利道へ持って上がり、絶妙の均衡で砂利道に留まっている荷馬車を元の位置に戻して走行できる状態まで修理した。とはいえ、修理はあくまでも簡易だ。隊員が馬の手綱を握り、後ろから交代で荷馬車を押して動かし、漁師たちを家まで連れて帰った。幸いにも漁師は足を捻《ひね》っただけで済み、娘と猫一家もとても元気にしていた。

こうして戦狼隊は、救助の礼にと無事だった川魚を何匹も持たされて帰ってきた。膝から下と尻尾、両腕が泥まみれ草まみれになったし、爪や手には藻《も》や苔《こけ》もこびりついている。

だが、悪党がいない事件というのは良いものだ。血腥い事件に遭遇するよりはずっと平和だ。

平和だが……。

「靴んなか、泥だらけだ……」

「明日までに乾くのか、これ」

「尻尾が……やばい。泥はなんとかなるが、あのへん、川の流れが遅いから若干臭いんだよな」

「うわ、ほんとだ。俺のもくせぇ」

「お前らそれくらいで文句言うなよ……、ディリヤ様なんか一人だけ身長が人間だから、俺らよりずっと泥まみれなんだぞ……」

狼なら脛の真ん中までで済むが、ディリヤは膝上までどっぷり汚れている。狼より腕が細いので、小さな穴のなかや狭い場所にはディリヤが率先して手を入れて仔猫を探した。その分、腕の汚れは誰よりも悲惨《ひさん》だ。

全員、川の水で軽く洗ったとはいえ、泥と川の臭いに魚の匂いも混じって、狼の鼻にはなんとも堪える。

「とりあえず、魚は厨房に持っていこう。おい、これ頼む」

文官たちに魚を任せ、全員で裏の井戸に回った。

中腰で魚を拾い続け、仔猫を探し続け、力仕事をこなし、ずっと動いていたせいか、みんな汗を掻いていた。まず先に手を洗い清めて武具を外し、真冬だろうとなんだろうと構わず全員が上衣と軍靴《ぐんか》を脱ぎ、交代で力いっぱい次から次へと水を汲み上げ、頭から水をかぶった。

ディリヤも同じように上衣と靴を脱ぎ、上半身裸で頭から水をかぶる。水飛沫《しぶき》に、ディリヤの首回りを彩る金の首飾りがきらきらと輝く。こうして無防備になるくらいディリヤは周りを信頼していたし、周りもディリヤがユドハに愛された痕があっても気にせず、デイリヤの行動に驚きもしない。もうすっかり慣れた様子だ。ディリヤはそれくらい戦狼隊の群れに馴染んでいた。

「俺、このあと彼女と会うんですけど臭いですか?」

隊員の一人が尋ねる。

「人間の俺からすれば……ちょっと魚臭いかなって程度なんですけど、狼の彼女だと……」

ディリヤも遠慮なく鼻先で匂いを確かめて答える。

「絶対に魚くせぇですよね……」

「俺の香水貸してやろうか?」

そこにほかの隊員が会話に入ってきて、次々と会話が広がっていく。

「魚の匂いに香水混じったら、いい匂いになんの?」

「試せば分かるだろ」

「やってみろやってみろ」

「他人事《ひとごと》だと思って……」

「魚の生臭さ対策って言うと、塩振って寝かすか、酒をかけるか、酢漬けにするか、生姜とかハシバミで煮るか……」

「ディリヤ様、それ調理方法」

「狼です、俺ら……」

笑ってはならない。笑ってはならないが、真面目に考えた末に魚の調理方法が出てくるディリヤの発言がツボに入ってしまい、隊員たちは思わず笑ってしまう。

ディリヤの手料理の美味さを知っているだけに、俺たち狼もおいしく料理されてしまう……という状況を想像して笑いがこみあげてくるのだ。

こんな調子で、ディリヤは戦狼隊でやいやい楽しくやっていた。

水浴びを終えると、上裸に裸足のまま自分の武具を小脇に抱え、本部の建物に入る。

「お前ら、賑《にぎ》やかだなぁ」

待ち構えていた上役が笑って出迎えてくれる。

その後ろでは、大急ぎで湯を沸かして温かい茶を淹れ、厨房の料理人がくれた林檎を運び入れる新人の姿があった。

「ディリヤ様」

隊員の一人が、ぽい、とディリヤに林檎を投げて寄越した。

「ありがとう」

ディリヤはそれを受けとり、しゃくっと齧りながら、茶の入った湯呑みを隣の隊員に渡していく。

渡された隊員も隣の奴に渡していって、次々と後ろから茶にありついていく。これも、いつもどおりだ。

魚と泥の匂いがこびりついていた鼻先に、林檎の爽やかな香りと茶の香ばしい匂いが吹き抜けた。それはほかの隊員たちも同じだったらしく、「魚は魚で美味いんだけどな……」「な……」「何百匹いたんだろうな」「小魚いっぱいだったもんな」と、ついさっきのことを振り返りながら、茶と林檎でほっこりしていた。

「この調子で夜も平和だといいですね」

誰かが呟いた言葉に、ディリヤも思わず頷いた。


城内は走らない。早歩きもしない。一定の歩幅かつ一定の速度で、常に優雅に、余裕を持って……。

城内を誰かが走る時、それは国を揺るがす大事が発生した時だ。ここでディリヤが走れば大勢が動揺する。

とはいえ、走らねば間に合わない。

昼メシの時間に間に合わない。

子供たちが腹を空かせて待っている。

ディリヤは前後左右斜め四方八方を見回して誰の目もないことを確認するや否や全速力で裏門への道を駆け抜けた。

戦狼隊本部からトリウィア宮への帰り道、その経路に立つ近衛兵の配置は覚えている。通廊を脇に逸れて林へ入り、舗装された道を斜めに突っ切る近道を繰り返し、二階建ての建物が続くあたりで外壁から屋根へ上がり、屋根から屋根を走って、飛んで、越えて、トリウィア宮の庭へ続く回廊の手前で地面に降りて、上衣の裾を引いて襟《えり》を正し、ざっと衣服の乱れを整えると、さり気なく庭から表玄関へ回り、「ただいま帰りました」と静かに声をかける。

ちょうどユドハも昼食のために戻ってきていて、玄関先で鉢合わせた。

おかえり、と言いあう前に、ユドハがそっとディリヤの頭から木の葉を取り払った。ディリヤの近道に気付いている顔だ。

いたずらを見つかった子供みたいにはにかむディリヤに、ユドハも心得た様子で素知らぬフリをしてディリヤのつむじに鼻先を落とす。

「…………」

そのユドハが、ふと真顔になった。

「まだ魚臭いか？」

「魚……、今日は一体なにがあったんだ」

「いろいろ」

子供たちの待つ食堂へ向かう道すがら、ディリヤは午前中に起こった平和な出来事について話した。

「あんまりにも生臭いなら、昼メシの前に着替えてくるけど、どうだ？」

「生臭くも、魚臭くもない。ただ、朝にはなかったいろいろな自然界の匂いがする」

ディリヤが腕やら首筋やらをユドハに差し出せば、ユドハもあちこちの匂いを嗅ぐ。

ディリヤの匂いは、まるで、箱入りで可愛がっていた仔猫が家を抜け出して外の世界から帰ってきた時のようだ。ちょっと目を離した隙にとんでもない大冒険をしているようで、気が気でない。

「心配性。次は連れてってやるよ」

「そうしてくれ」

二人が食堂に入ると、子供たちが食事の席について待ち構えていた。今日はユドハも一緒の昼食だと教えてもらったようで、四つの尻尾がぱたぱたしている。

ユドハは会食や公務で都合が合わないことも多いから、家族が全員そろうと特別感があるのだろう。

「お待たせしました」

「待たせたな、さぁ、昼食にしよう」

ディリヤとユドハが席につくと、温かい食事が供される。

朝はディリヤとユドハが作るが、昼と夜はトリウィア宮の料理人に任せている。ディリヤとユドハが昼食や夕食のために台所に立つのは、休日、子どもたちの要望があった時、特別な日やお弁当を作る日などだ。

平日はこうして昼食の支度を料理人に任せる分、子供たちと食べる時間をゆっくりとれるのでありがたい。

とはいえ、子供が四人もいればてんやわんやなのだが、そこはもう慣れたものだ。

「ぁぃ！」

「ぁ…ーぃ」

双子が食べかけの料理をユジュに食べさせている。

赤ちゃん用の米の薄焼きだ。蒸し米を搗《つ》いて薄く伸《の》し、平たく成形して焼いたものだ。薄い塩味で、ぱりぱりとして歯ごたえがある。近頃の双子は食の好みが変わってきて、粥などのやわらかいものでなく噛みごたえのある食事を望むようになってきた。

ララとジジは、それを群れの新入りのユジュにも与えた。ララとジジは群れの先輩だから、あとから入ってきた餌を食べるのが下手な子の世話を焼いているつもりなのだ。

「むぐ」

ユジュも、食べかけのそれを口に突っ込まれても黙々と食べる。

「ララ、ジジ、それは二人のごはんです。二人が食べてください。ユジュも二人の食べかけを食べなくていいですからね、口に突っ込まれる前に、なるべくディリヤが防ぎますが、いまみたいに突っ込まれたら出してください。ユジュは自分の食べたいものを食べてください」

ディリヤが割って入るのもいつものことだが、双子は「この生きるのが下手な者の世話は我々がしてやらねばならぬ」という使命感に燃えていて、めげずに毎食ユジュに自分の皿の食べ物を与えた。

完全にユジュを格下扱いしている。

「はい、ららちゃん、じじちゃん、ぱりぱりの上におにいちゃんがお魚のせてあげましたよ。よく噛んでもぐもぐ食べましょうね」

「ぁい！」

「ぁーい」

だが、そのララとジジも、アシュの手にかかれば即座に格下へと変わる。

だいすきなおにいちゃんにお世話されて抗《あらが》うはずもない。双子は、ぱりぱりの米の薄焼きの上に解《ほぐ》した魚をのせたものを食べさせてもらって、うまうましていた。

「アシュ、ほら、お前も食べるんだぞ」

「はぁい」

ついつい甘やかしがちになるユドハが、せっせとアシュの口に食べ物を運び入れる。

再三ディリヤに「アシュは一人で食べられるから甘やかすの禁止」と言われているが、ついつい世話を焼いてしまう。近頃はディリヤももうなにも言わずに「まぁ、小さいうちしか親の手から食ってくれねぇしな」と、いまだけ許された親の贅沢《ぜいたく》を味わうことにしていた。

「ユジュも、そのぱりぱりで腹をいっぱいにせずに、この魚を食べよう。……ほら、魚の皮はちゃんと剥いであるぞ。血合いもとってあるから怖くない。同じものをいまアシュが食べただろう？」

ユドハは、解した魚の身を四方八方からユジュに見せて大丈夫だと安心させてからユジュの口へ入れる。

「……カリカリなのに、うにうにしてる」

「カリカリは、表面にまぶしてある小麦粉だ。その小麦粉にバターと檸檬《レモン》果汁が染みこんでいて、噛むとおいしい味が出てくるんだ。うにうにしているのは、お前が歯ではなく上顎と舌ですり潰して食べているからだ」

「もぐもぐ噛むのよ。牙と牙よ。……あ、歯と歯ね！」

アシュがピカピカのちっちゃな牙で噛む真似をしてみせる。

すかさずユドハはアシュの口に次の魚を入れた。

さすがは国王代理、なにをやらせてもそつがない。

「もぐもぐ、かむ……」

ユジュがアシュを見ながら上下にしっかりと顎を動かして咀嚼《そしゃく》する。

「ユドハ」

「どうした、ディリヤ。ララとジジがまた遊んでしまって食べないか？」

「でっかい口開けろ」

「あ」

ディリヤに言われるがままユドハが大きな口を開く。

すかさずディリヤはそこに野菜をくるんだ分厚い肉を放り入れた。

「世話ばっか焼いてないでアンタも忘れずに食え」

「ん」

ディリヤに言われて、ユドハはもぐもぐと大きな口で肉を噛みながら頷く。

ユドハのその大きな口を見た四匹の仔狼が、全員そろって「あ」と大きな口を開けたので、ディリヤもまたすかさずその口に見合った大きさの食べ物をそれぞれ放り込んだ。


昼食が終われば、アシュとユジュはコウランのもとへ向かう。コウランのところへは週に三回ほど通うが、それ以外の時間でも、庭を散策したり、子供たちが話をせがんで聞かせてもらったりと交流は多い。コウランと過ごす以外の日は学習室でほかの先生から学び、時には、ライコウやフーハク、イノリメやトマリメに狩りの訓練をつけてもらうこともあった。

ララとジジは自由時間だ。食後の休憩を挟んで軽く遊んでからおひるねをする。

その頃、ユドハは公務に励んでいた。

戦狼隊の軍服から護衛官服に着替えたディリヤもユドハの傍らに控えていた。

大抵は王城の執務室で机に向かうユドハの背中を見つめているうちに驚くほどの速さで時間が過ぎていく。

今日は城外に出るユドハに従ってディリヤも外出だ。

王立大学院で一週間かけて開催される討論会への出席が、国王代理の本日の主な予定となっている。他国からの国費留学生、自国の学生や研究者などが出席していて、今年度優れていると認められた様々な分野の論文について討論しあう。

「どの分野も大変興味深い。可能ならすべての討論会に出席したいほどだ」

昨夜遅くまでユドハは論文に目を通していた。

ディリヤも途中まで一緒に読んでいたが、気付けばユドハの尻尾を枕に寝落ちしてしまっていた。

今日ユドハが出席するのは、農作物関連の論文についての討論会だ。国王代理が叡覧《えいらん》するともなれば擂鉢《すりばち》状の大会場は参加者で溢れ返り、席に座れず、階段にはみ出る者や立ち見の者も現れた。二階にある王族の観覧席にユドハが姿を見せると、国王代理に敬意を表して皆が立ち上がり、膝を折り、首を垂れる。鷹揚に手を上げてユドハが応じ、ゆったりと深く席に腰かけた。こうして座ってしまえば、下々の者からユドハの姿は見えなくなる。

ディリヤはその斜め後ろに立ち、傍にはユドハの側近と衛兵が侍《はべ》った。

討論会は始まるや否や白熱し、実りある時間が進んだ。

ユドハが指先一つで側近を手招き、側近が背を屈めてユドハの意向を伺う。

「いま、うちの大学院の教授に議論を吹っかけた学者はなかなか見どころがある」

「東から流れてきた学者崩れだと記憶しています。適切な組織へ招聘《しょうへい》いたしますか」

「そうだな。だが、本人に宮仕えの意思がなければ支援のみに留める、もしくは民間の研究所へ誘導しろ」

「畏《かしこ》まりました」

早速、側近は有能な人材の獲得に動く。

ユドハの美点は支援を惜しまないところだ。それでいて無理強いをしない。なかには、宮仕えになることで言動が制限されたり、人間関係を鬱陶《うっとう》しく思ったり、公的支援を得ることで研究の自由の幅が狭まると憂《うれ》えたり、国の利益を最優先にしなくてはならないと無言の重圧を感じたりする場合がある。それらを理由に宮仕えを断られても、個人的に支援する価値があると判断すれば資金を出す。それがユドハだ。

国外へ研究成果が持ち出されはしないかとディリヤはやきもきするが、そのあたりはうまくやっているらしい。宮仕えせず支援だけ受けるにしても、民間の研究所で部屋だけ借りるにしても、必ずユドハの息のかかった者の世話になるし、なり続ける。居心地が好ければ居つくし、研究成果は発表したくなるのが学者だ。

ユドハは先んじてそれを手元に置いておくことで、他国が優秀な人材を手に入れる機会を奪っていた。

「どうした、ディリヤ?」

「……怖い男だな、アンタ」

「今頃知ったのか?」

ユドハは静かに席を立ち、上着を脱ぐ。

ディリヤはそれを受けとり、民間人が身に着けるような上着をユドハに着せ、ディリヤ自身もユドハと似たような上着に着替えた。

ちょうど、大会議場の討論会は、見栄っぱりでつまらないことを大仰に並べ立てる老狼の独壇場《どくだんじょう》が始まったところだ。御大層な肩書とともに、大先生による特別講義と銘打って登壇し、滔々《とうとう》と語っている。

「あのジジイに登壇の機会を与えたのは誰だ?」

「この討論会全体だな。あと、俺だ」

ディリヤが首を傾げていると、ユドハが答えた。

「なんでだ?」

「俺が来るなら絶対に登壇すると言ってごねて下の者たちに当たり散らしていると報告があった。引退前に、最後の花道を飾る誉れが欲しかったのだろう」

国王代理の前での特別講義。ご進講とまではいかないが、引退間際にそれに近いことができたとなれば誉れ高い。ただでさえ扱いづらい老教授が退かぬことで後ろが閊《つか》えている。今日ここで花を持たせつつあの老教授に引導を渡せる権力者経由でそれとなく引退勧告すればおしまいだ。

「茶番の一席か?」

「そんなところだ」

「じゃあ、あのジジイのつまんねぇ話は聞かなくていいんだな?」

「ああ。それよりも隣の会議場が気になる」

「隣っていうと……、治安維持関連の法律とかの話だったか」

「そうだ」

「法律用語、特殊すぎて頭こんがらがってくんだよな」

「俺が手取り足取り教えてやろう」

「言い方がやらしい、有罪」

「いまのは無罪だろう」

「いや、有罪だ」

「なら、あとで仕置きの一つもしてもらうか」

「……もっとやらしい、罪状追加。……ちがう、こんなバカなことやんのが護衛官じゃねぇんだよ。ほら殿下、行くぞ」

ディリヤは腰に回る尻尾を窘めて、観覧席の扉を開いた。

これ以後、ディリヤは己の軽口を封じ、護衛官に徹した。


ユドハが根《こん》を詰め過ぎないよう、ディリヤと二人で城内にいれば小休止で軽食と茶を喫《きっ》することもあるし、息抜きの散歩に出かけることもある。今日のように外出していたり、会議でそれどころではない時もある。

ディリヤとユドハが討論会に出席している頃、アシュとユジュはおやつを食べて四半刻ほどの昼寝をしている時間だ。昼寝から起きたら、庭で運動したり、丘のほうへ出かけたり、狩りの練習をしたりと体を動かす。

護衛官の仕事が休みの日は、ディリヤが短刀の扱い方を教えたり、索敵《さくてき》の練習をしたりする。アシュは随分と慣れてきたが、ユジュはまだ見学が多い。だが、興味はあるようで、ディリヤが片膝をついてアシュに短刀の扱い方を教えていると、じりじり、じりじり、ちょっとずつ時間をかけて近寄ってきて、ディリヤの足の甲にお尻を乗せて、ディリヤとアシュの間に身を乗り出し、じっと観察している。

「触ってみますか？」

「ううん、見てる」

ユジュは用心深い子だ。

まず、観察する。じっくり見て、自分の頭のなかで納得してから、触るか、触らないかを決める。

アシュは興味のあるものにすぐ触りたがって、実践してみたがる子だったたから、こういうところでも二人の違いが顕著に表れていた。

「ディリヤ、指のかたち、こうでいい？」

「はい、あっています。アシュの場合は……」

「肩の力を抜いて、手首はやわらかく、ふにゃふにゃ！」

「そうです」

「えいっ」

短刀がすこし先の地面に落ちる。

アシュはどうしても腕の力に頼って全力で投げようとしてしまうから、手首の力を抜きすぎると飛距離が伸びない。

「……どうして……」

「ふにゃふにゃすぎも、よくない」

ユジュがぽつりと呟いた。

「確かに、そこの加減が重要ですね」

ディリヤが頷くと、ユジュは照れくさそうにはにかんだ。

「ふにゃふにゃすぎもよくないのね。むつかしいね」

「むつかしい……、どんなふうにむつかしい？」

「ユジュもさわってみる？」

アシュがユジュに自分の短刀を握らせた。

だが、ユジュの細い指と握力ではアシュ用の短刀を握るのが精いっぱいで、投げる動作ができない。

「むつかしい」

「むつかしいよね～」

ユジュの言葉にアシュが深く頷く。

「アシュ、じょうず。ちゃんと投げられてる」

「えへへ……飛ばないけどね」

ユジュに褒められて、てれてれしながらアシュが尻尾と体をねじる。

「でも、まっすぐ飛ぶようになりました。それに、持ち方は完璧です。板についてます」

最初の頃に比べれば、ずっと上手になった。短刀を上手に飛ばすのはまだ先でいい。まずは短刀の握り方、持ち方、構え方、これさえしっかりしていれば、間違えて自分を傷つけたり、仲間を傷つけたりすることはない。

ユジュはまず見て覚えることから入るほうが向いているようで、熱心にアシュが訓練する姿を見つめていた。

こんなふうにすこしずつではあるが、アシュとユジュは身を守る術《すべ》を身に付けていっている。

ひととおり体を動かしたあとは、アシュとユジュは夕暮れまで自由時間だ。

ララとジジは、昼寝から目覚めたら太陽のあるうちにお風呂に入れてもらう。冬ということもあり、日暮れが早いので、湯冷めしないよう温かい日中に風呂の時間が設定されていた。ディリヤが帰宅していればディリヤが入れるが、そうでなければ四人の護衛のうち二人が世話を担ってくれていた。

初めのうちは、手慣れているイノリメとトマリメが風呂に入れてくれていたのだが、近頃はライコウとフーハクの二人が入れてくれることもある。

四人とも、所属は戦狼隊だ。これまでもオスメスで役割分担していたわけではなく、それぞれが得意分野を担っていただけなのだが、ユジュも増えたことでそうも言っておれず、全員で同じように世話をする方式に変えた。

食事、風呂、着替え、寝かしつけ、遊び相手、話し相手、護衛。ディリヤとユドハがするように、四人ともが同じように世話をすることを心がけてくれていて、とても助けられている。

双子が風呂を出る頃、ディリヤが一足先に一人で帰宅する。討論会に出席した日も、ディリヤは大急ぎで帰ってきた。アシュとユジュを風呂に入れるためだ。本来はもうすこし帰りが遅く、ユドハとともに帰宅するのだが、ユジュが群れに加わって間がないので、風呂などはディリヤが担当していた。

まずは同じ人間がどうやって風呂に入るか教えるためだ。

ディリヤはいつも服を着たまま子供たちを風呂に入れて、子供たちの就寝後にしっかり風呂に入るのだが、ユジュを引き取ってからは子供たちと一緒に入ってい た。

「髪の洗い方が上手になってきました。耳の後ろも忘れずにどうぞ。こんな感じです」

ディリヤは、まず目の前に座るアシュの頭を洗う。

アシュの頭は見本だ。

アシュの隣に座ったユジュはそれをじっくり観察して、自分の頭を洗う。

「上手です。このあたりを、……ディリヤが触ってもいいですか？ 触りますね、ほら、こんなふうに洗うときれいになります」

ユジュの頭に腕を伸ばし、わしゃわしゃと指の腹で揉み洗い、耳の裏側の三角のてっぺんまで泡で撫で洗う。

そうしてディリヤが洗ううちにユジュは自分の手を下ろして、目を閉じてまったりし始める。ディリヤに洗ってもらうのが気持ちいいのだ。毎日のことながらディリヤも「まぁ、今日も最初にちょっと自分で頑張って洗ったからな」と仕上げ洗いをしてしまう。

もちろん、ユジュの隣であわあわの頭に角を立てて遊んでいるアシュの仕上げ洗いもしてしまう。

「さて、次は体です」

「ユジュは、手で洗いたい」

「いいですよ。人間も手で洗えます」

狼は、表面を泡立てて毛を洗いつつも、その下の肌を掌と指を使ってしっかり洗うことに重点を置く。ユジュに対してはいつも手拭いに泡立てた泡でふわふわとやわらかい肌を撫でるように洗っていたが、今日はアシュと同じように手で洗ってみたいらしい。

「ユジュのしっぽ、あわあわ」

「アシュのしっぽ、ふわふわ」

体のなかで最後に洗うのが尻尾だ。

アシュがそういう順番で洗うから、ユジュもそういう順番で洗うようになった。二人はお互いの尻尾を「ひよこちゃん」「ふたまたしっぽちゃん」と、いろんな形にしたり、しゅっとカッコいい形を作ったりする。

アシュとユジュ、それぞれ自分なりに体をぜんぶ洗わせてから、これもディリヤが仕上げ洗いをしてしっかり泡を流す。

「さて、しっかりきれいになりましたが、尻尾の仕上げも忘れずにどうぞ」

ディリヤが桶を持って二本の尻尾に交互に掛け湯をすると、アシュとユジュは愛らしい声で笑いながら、お互いの尻尾に泡が残っていないか確認しあう。

「湯船に浸かりますよ」

すぐさま走りだしそうになる仔狼二匹を両脇に抱えて湯船に入る。

広い湯船に浸かれば、アシュは自由気儘《きまま》にすいすい泳いだり、足をちゃぱちゃぱさせたり、尻尾で水面を叩いたり、まったりしたり、お風呂の玩具で遊んだり、ユジュの傍で「だいじょうぶよ」と声をかけたりするが、ユジュはディリヤの胸にぴっとりしがみついて離れない。

ディリヤも片腕でユジュを抱いて湯に浸かり、もう片方の手でユジュの目や鼻や耳に雫《しずく》が入らぬよう、こまめに水滴を拭う。

「ユジュがお風呂に上手に入ってくれるようになって嬉しいです」

最初の頃は、濡れた手拭いで顔を拭くのもいやがっていた。顔を水で濡らせるようになったのも最近だが、そこから突如目を瞠る勢いで何段階もすっ飛ばして、泣かずに髪を洗えるようになったし、こうして湯船に浸かっても逃げ出そうともがいたりしなくなった。

「ユジュが急に泣かずにお風呂に入れるようになったのは、やっぱりアレですかね」

「アレ？」

「おふろのあと、くだもの」

小首を傾げるアシュに、ユジュが囁く。


いままでの冬の生活の順番は、太陽のある温かい日中に入浴し、夕食を食べて、休憩をしてから歯を磨いて寝床へ入っていた。だが、小食で食後の果物まで食べられないうえに風呂を嫌がるユジュのために、いままで決まっていた生活の順番を入れ替えた。

風呂、水分補給の果物やお茶や白湯をひとくち、夕食、歯磨き、就寝という順番だ。

アシュもいまはこの順番にしている。

「ユジュがたくさん食べると、みんな褒めてくれる」

ユジュはその瞬間がだいすきだった。

果物が食べられるのが嬉しいのもあるけれど、それ以上にユジュが嬉しいのは、みんなが褒めてくれることだ。

「おお、ぜんぶ食べられたか、えらかったな」

笑顔のユドハがユジュを抱き上げて、たかいたかいしてくれる。

「今日の水分補給も上手くできましたね」

カッコいい顔をしたディリヤがわしわしと頭を撫でてくれる。

「この果物がお好き？　おいしい顔になってるわ。また食べられるようにしましょうね」

イノリメはユジュの好きな果物を覚えてくれる。

「お口を拭きましょう。大丈夫、汚れるのは大きな口で齧りつけた証拠です」

トマリメはユジュの口元を拭ってくれる。

「俺たちの分は残さなくていいんだ、ぜんぶユジュのだから、ぜんぶ食べていいんだ。食べてるのを見てるだけで俺までおなかいっぱいになってくるよ！」

フーハクはにこにこ笑ってユジュが食べる姿を見ていてくれる。

「知っているか？　いまユジュが食べている果物は大きな種があるんだが、ディリヤ様がとってくれている。そう、その窪みに種が入っている。今度、見てみような」

ライコウは、ユジュが怪訝《けげん》な表情で果物を眺めていると、その窪みは怖くないと説明してくれる。

すっぱい果物を食べてすっぱい顔をしても「おお、かわいい顔だ」とユドハが頬ずりしてくれて、甘い果物で喉の奥が痛くなっても「これはとっても甘いからそうなるんです」とディリヤが優しく理由を教えてくれて、「ユジュ、このくだものすき？　アシュもすきい」と隣でにこにこ一緒に食べてくれる子がいる。

果物を食べるだけで、こんなにもしあわせなきもちになる。ユジュはそれを味わいたい。

だから、お風呂に入る。

「おとなってね、アシュとかユジュとか、ララちゃんとかジジちゃんがなにか食べたり、笑ったり、走ったり、頑張ったり、なにも頑張らなくても、絵を描いたり、なにかしたり、なにもしなくても、とってもしあわせなきもちになって、にこにこになるんだって」

アシュがユジュに向けて「ふしぎね」と笑う。

「ふしぎなしあわせ」

「ふしぎなしあわせね」

ユジュはその不思議なしあわせがだいすき。

自分が生きていることで喜んでくれる人がいる。

ただただ、生きて、食べたり、歩いたり、お風呂に入るだけで嬉しいと思ってくれる人がいる。

ユジュのことがだいすきと言ってくれる。

あいしてる。

そう言ってくれる。

「さぁ、アシュ、ユジュ、茹《ゆ》で蛸になる前に風呂から出ましょう」

ディリヤは二匹の仔狼を抱いて湯船から出た。

ディリヤの両脇で、二匹がぷるぷると尻尾と全身を震わせて水を切り始める。

「ちょっと早いです。風呂から出てから頼みます」

左右からの水飛沫を浴びるディリヤは目を細めて耐えた。

脱衣場の手前、水切り場で二人が元気に水を切る間に、ディリヤは急いで衣服を身に着け、ともすれば走って脱走しようとする仔狼をまとめて大きな乾布で包み込んでわしゃわしゃと拭き上げる。

布の下で可愛い歓声が上がって、もごもご蠢《うごめ》く。そうやって拭いている間にディリヤはまたじんわり汗が出てくるが、それもいつものことだ。

「さぁ、寝間着を着てください」

ほわほわのぱやぱやになったはだかんぼの二人を布に包んで抱えて暖炉の前に運ぶ。

冬は暖炉の火でアシュの毛を乾かしながら、ユジュの頭をしっかり拭き、湯冷めさせないようにする。

「自分で、できる……ます」

ディリヤみたいな敬語を使って、ユジュは風呂のあとの世話を自分でする。

ユジュは暖炉の火で温めておいた下着と寝間着を着て、髪を拭いて、櫛《くし》で梳かす。寝間着の袖を通すところは間違えているし、毛先からは雫が滴《したた》っているし、櫛を入れてもくちゃくちゃで、ちっとも上手にできていないけど、「いつも、じぶんで、やってた。できる」とユジュは胸を張る。

クラマシラ家で養われていた時は、いつもこうして風呂のあとの世話を自分でしていたのだろう。独りで頑張っていたのだろう。そして、上手にできていなくても、それを指摘してくれる大人も、正しく世話をしてくれる大人もいなくて、そのまま眠っていたに違いない。それが伝わってきて、ディリヤの胸も苦しくなった。

トリウィア宮に来てからも、大人たちに世話をしてもらえなかった時の癖が見え隠れする。ユジュ自身も、世話にならないように遠慮する気持ちが無意識のうちに働くのか、それとも、世話をされ慣れていないがゆえに大人になにかを求める気持ちが弱いのか、大人が世話をすべき時にも自分でやってしまおうとする。

ユジュの泣き方一つとっても、ララとジジのように元気にわんわん泣くのではなく、きゅうきゅう、きゅんきゅん、押し殺して小声で泣く。その小さな泣き声を耳にするたび、心が痛む。あれは、助けてもらえないと分かっている子の泣き方だ。大声で泣いても誰にも構ってもらえないと知っていて、大声で泣けば叱られて叩かれるだけだと身に沁《し》みついている。

それでもユジュが甘えてくれるのは、アシュのおかげだ。

アシュが無言でディリヤのほうにお尻を向けて「尻

尾を拭いて？」と甘えてくれるので、ユジュもそれを見て、「そんなおねがいしていいの？　おこられない？」とドキドキハラハラしている。だが、アシュに「しっぽはね、だいじなの。しっぽが濡れてるとお尻がひえひえになっちゃうから。早く乾くように、ぎゅってお水を絞ってもらうの。ユジュもしてもらうのよ」と教えられて、そっとディリヤのほうを窺い、ディリヤが「どうぞ」と両手を広げれば、尻尾をおずおず差し出してくれる。

「ユジュ、今日も毛繕いの仕上げはディリヤに任せてもらえますか？」

「してくれるの？」

「もちろん。毎日、朝も、昼も、晩も、いつでもしますよ」

ユジュは静かな動きでゆっくりディリヤの左腕にぴとっとくっつく。ユジュが真ん中の懐に入ってこないのは、いつも右腕側をアシュのために開けておこうという気持ちが働いているからだ。

「あしゅもいっしょ？」

「一緒に毛繕いします。なにせディリヤの腕は二本ありますから」

「ん……、いっしょ」

「じゃあね、ディリヤがアシュとユジュの頭のけづくろいして、アシュはユジュのしっぽのけづくろいするね」

ディリヤから櫛を一本借りて、アシュがユジュの尻尾を梳かす。

「じゅんばんこっこ」

アシュがユジュの尻尾を梳き終えたら、今度はユジュがしてあげる。

ユジュも毛繕いのお返しがしたい。

「その前に、二人は今日は尻尾の先にいい匂いがする精油を塗ってください。尻尾が乾燥気味です。冬は保湿が重要ですから。肉球とお鼻と耳の先はディリヤが塗ります。寝る前にもお忘れなく」

仔狼をふわふわのぽわぽわのたんぽぽの綿毛に仕上げるべく、ディリヤはおおいに腕を振るった。

ユドハが夕食時にあわせて帰宅した。

この日は三食すべて家族そろって一緒に食べられた珍しい日だ。

朝と昼は机と椅子を使うことが多いが、夜は伝統的な作法に則《のっと》って床に座っての食事方式をとっている。

今夜も、絨毯とクッションを敷き詰めた食事部屋に胡坐を掻いて座り、食事を囲んだ。

「うう……」

「うー……」

早速、双子が怒った顔で低く唸った。

なにか訴えたいことがあるらしい。

「忘れてた、双子の皿が台所のままだ」

食事を始めて間もなくディリヤが席を立った。

「ディリヤ様、俺が……」

「いえ、立ったついでなので行ってきます。ララとジジが脱走しないように見張りお願いします」

フーハクの申し出を辞退して、ディリヤは朝食と昼食に使った双子の食器をとりに台所へ向かう。

台所は、厨房とは違い、ディリヤとユドハが食事を作ったり茶を淹れるためだけに使うので、こぢんまりとしていた。

その水屋のなかに、洗い終えた双子の食器がしまってあった。木製の卵型の浅い皿と木匙だ。双子はいまこれがお気に入りで、食事の席では必需品だ。

ディリヤがそうして席を外しているうちに、ユドハと子供たちの間では秘密の取引が行われていた。

「……アシュ」

「うん」

「さ、いまのうちだ」

「ん！」

しゅっ。

ユドハの合図で、アシュが、自分の皿の苦手な野菜をユドハの皿へしゅっと移す。

アシュが野菜を移動しやすいようにユドハは自分の皿をアシュのほうへ差し出し、アシュが野菜を移し終えると、さっと手元に戻す。

ユドハとアシュの尻尾はきょろきょろ不審な動きをして、ディリヤが戻ってこないことを確認すると、ユドハがぱくっとアシュの野菜を口に入れ、ユドハはアシュの好物のパリパリに皮を焼いた鶏肉を自分の皿からアシュのお皿へ寄付すると、アシュがそれをぱくっと頬張る。

アシュとユドハはいたずらっ子の顔で、ししし、と肩を揺らして笑いあい、今日もうまくいった、と手と手を叩く。

一部始終を見ていたユジュは、アシュとユドハの間で首を傾げていたが、ユドハに、す……、と皿を差し出されて、自分の大好きな焼き魚の切り身をユドハの皿にのせ、にこっと笑った。

「いい子……っ！」

アシュが感動する。

「これはユジュが食べていいんだぞ。……うん？　ユドハにユジュの好物をくれるのか？　ありがとう。じゃあ、ユドハもユドハの好きなものをユジュにあげような」

ユドハはユジュの後ろ頭を撫でて、自分の皿からユジュの大好きな魚の蒸し物をひと切れ移す。

ユジュはそれをぱくっと食べて、ユドハに「たべたよ！」という笑顔を見せる。

食卓には大皿がいくつもあって、そこから好きなだけ食べたいものを取り分けられるのだが、なぜか、家族はみんな自分の皿の上の食べ物を融通《ゆうずう》しあう。

子供たちはディリヤから「最低限これだけはお野菜をがんばりましょう」と初めから取り分けられている分を食べるだけでいいのだが、時々、頑張れない時があった。

そういう時は、ユドハの出番だ。

ディリヤの目を盗んで、右から左へ。

「殿下、アシュ様……」

ライコウが静かに名を呼ぶ。

途端に、ユドハとアシュがしゅっと己の皿を手前に引き寄せて姿勢を正し、まっすぐ自分の座る位置に戻る。

ディリヤが双子の食器を手に戻ってきた。

「……どうした？」

「いや、なんでもない」

「なんでもないよ」

「なんでもない」

ふふふ、とアシュとユジュとユドハが顔を見合わせて、示し合わせたように「しー……」と口元に人差し指を立てる。

「さて、ララ、ジジ、お望みの食器です。これでしっかり食べましょう」

ディリヤが、アシュとユジュとユドハに背を向けた瞬間、ユドハがさっと皿を差し出すと、アシュとユジュは、それぞれ苦手な野菜を一口分だけユドハの皿へ移し、ユドハはそれをぱくっと食べてしまう。

「ユド、アシュとユジュを甘やかさない」

「……！」

三匹の狼の尻尾がまっすぐ立つ。

三人に背中を向けているのになんとなく状況を把握しているディリヤに、「今日も気付かれちゃった」「背中に目がついてるみたいだな」「……狼じゃなくてもディリヤすごい」と三人は身を寄せ合う。

「三人とも、野菜とお肉の闇取引は禁止です」

まったく……。

ディリヤが再び双子のほうを向くと、背後で早速アシュが動いた。

ディリヤに聞こえないようにしているつもりだろうが、小さな小さな声で「ないしょ、ないしょ……」と囁きながらユジュのお皿から人参を食べてあげている。

ディリヤは背後で行われている闇取引に気付いているが、ディリヤがそれを指摘する前にユドハが「もうこんなことができるようになったのか！　ディリヤ、いまのを見ていたか？」と驚きと感動でアシュとユジュの二人をまとめて抱きしめてしまったのでディリヤも子供たちを窘めるより先に、「いや、この甘やかし方は明らかにアンタの影響だからな？」と突っ込むしかなかった。

「……そうだったか？」

ユドハはそらっとぼける。

「あしゅ、なにもしてない」

むぐむぐ、もぐもぐ。アシュもとぼける。

「いっこだけ、がんばった」

ユジュは、ディリヤの前で、えいっと人参を自分の口に放り入れて、もぐもぐ嚙んで飲み込み、ディリヤを見やる。

自らの意志で一個だけ頑張る根性を見せたユジュに絆《ほだ》されてしまい、ディリヤは「今日は目を瞑ります」といたずら狼三匹の鼻をそれぞれ指先で、ちょん、と弾いた。

食後は、休憩と歯磨きとすこしの自由時間を過ごし、子供たちが寝室へ入るのにあわせてディリヤとユドハで寝かしつける。

ユジュは寝つきが悪いので、今日は眠るまでに時間がかかるな……という日は別室でディリヤと過ごしてしっかり眠ってから子供の寝室へ移すことが多い。

そうした夜は、ディリヤもユジュの隣で横になって、人参を頑張って食べたことを褒めたり、子守唄を歌ったり、絵本を読み聞かせたり、特に会話をするでもなく懐に抱いたユジュの頭を撫で続け、うとうとし始めたらお尻か背中をとんとんするのに切り替える。

「……？」

今日は懐のユジュがもぞりと動いて顔を上げ、ディリヤをじっと見つめた。

ユジュは、自分のお尻をとんとんしてくれる手を両手で握って、「撫でて」とディリヤの手を使って自分の頭を撫でさせる。

「………」

かわいい。

心のなかで叫び、ディリヤは一つ頷いてユジュが深く寝入るまでずっと頭を撫でた。

ユドハがアシュとララとジジを寝かしつけている部屋にユジュを運び、四匹の仔狼の寝息が整っていれば、夜番にあとを頼む。

ユジュは夜中に目を覚ますことがあるので、その時は夜番かディリヤがもう一度寝かしつけた。

子供たちが早く寝てくれればユドハとディリヤの自由時間だ。

夜、ユドハはトリウィア宮の執務室か書斎で読み物をすることが多いが、再び王城へ戻ることもある。ユドハが不在ならば、ディリヤは先に風呂に入ったり、明日の朝食の仕込みをしたり、寝床を整えたりする。時間を見つけては、子供たちの一日の生活や勉強の進捗を確認したり、武器の手入れをしたり、家族や自分の服の繕いものをして過ごし、夜番に仮眠をとってもらうこともあった。ユドハがいる時は、ユドハに茶を淹れたり、二人で夜の散歩に出かけたり、ユドハが読む資料を一緒に読んで話し相手になったり、ディリヤの宝物の部屋へ入ったり、早めに床に入ることもある。

そして、ディリヤは戦狼隊の夜勤に出たりもする。

「ユドハ、じゃあちょっと行ってくる」

「俺も一緒に……」

「行かない。アンタは今日は早く寝ろ」

ディリヤは、街中をうろつく若い狼のような恰好に着替えてユドハの尻尾に唇を落とし、トリウィア宮を出た。

「そんな破廉恥《はれんち》な恰好で……」

ディリヤの勇ましい後ろ姿を見つめたユドハは名残惜し気に尻尾を振った。

戦狼隊特別編成班は王都ヒラのいかがわしい区域に繰り出していた。

皆、軍服ではない。場末《ばすえ》の呑み屋や賭場《とば》、歓楽街、黒社会の住民が出入りする区域など、王都ヒラで最も治安の悪い地域を根城にする狼のような恰好をしている。

ひと言で言えば、ガラが悪い。冬であろうと胸もとを大きく開けて見事な胸の毛を見せびらかし、派手に鬣を結って飾り立てている。自分で狩った熊の毛皮を羽織ったり、下品なほど宝飾品をまとったり、見るからに高級な仕立てだけれども一般人が選ぶ色柄の服装ではなかったりする。高級路線に走る者がいたかと思えば、安っぽいチンピラ服でチャラチャラしたり、ゴロツキみたいな恰好の若い狼もいる。

そもそも、戦狼隊は総じて人相が悪い。隻眼《せきがん》や隻腕《せきわん》はいくらでもいて、それを本人自ら上手に活かし、箔をつけ、鬼気迫る人物像を作り出している。眼帯をしている者もいれば、猫背気味でオラついている者もいるし、目つきが据《す》わっている者もいれば、にやりと薄笑いを崩さない者もいるし、若い衆を気取る新人たちは牙を隠しもせず肩で風を切って歩く。

それぞれが個性的で派手な集団だ。この状態の彼ら彼女らの姿を見たところで、誰一人として国王代理直属戦狼隊の隊員だとは分からないだろう。身分を名乗られたとしても信じないだろう。ましてや、昼間に全員で泥川に下りて小魚を拾い集めていたとは想像もつかない。

そのなかにディリヤもいた。惜しみなく赤毛をさらし、前髪を上げて後ろに撫でつけ、秀でた額の美しさを見せつけている。前髪を上げると瞳の赤さも際立ち、圧倒的にディリヤよりも上背があって体格の優れた筋骨隆々の狼たちに囲まれても見劣りしない。さらに、鎖骨も露《あら》わな上衣に洒落《しゃれ》た上着を重ね、腰回りの細さを強調するように帯革を巻き、足元は踝《くるぶし》までの使い込んだ短い革靴を履いていた。装飾品はないが、明らかに目を瞠るような金額だと察せられる金の鎖が細首に一条だけ見え隠れするのが、たまらなく想像を掻き立てる。

街を往来する者たちは、まったく素知らぬフリをしながらも、この美しい赤毛の人間の首に金の鎖を掛けて飼い馴らせる狼とは一体何者だと、ごくりと唾を飲む。

だが、誰もそれをディリヤに尋ねることはない。この集団が街中を歩いていたら目を合わせてはならない。目が合えば絡まれて殺される。そういう雰囲気を醸《かも》し出しているからだ。

戦狼隊がこうして夜の街を闊歩《かっぽ》するのには理由がある。

この辺りに出入りを始めた新興組織として顔を売るためだ。場所を荒らし、商売を荒らし、暗黙の了解を覆《くつがえ》し、不文律《ふぶんりつ》を乱し、長年ここに根付いている古株組織を苛立《いらだ》たせる。

近頃、古株組織は東側から流入してくる難民相手にあくどい商売を始めていて、到底見過ごせるものではない。そうした組織を煽りに煽って、こちらを排除しようと尻尾を出したところを一網打尽に叩く。

だが、そうして叩き潰すにしても、相手組織の若い衆が絡んでくれば小競《こぜ》り合いが頻発する。当然、ディリヤたちは相手に恥を掻かせるほど打ちのめし、苛立ちを増長させる。

こちらからは売らないが、売られたケンカは必ず買う。

今夜も早速、その機会がやってきた。

「おらっ、そっちが売ってきたんだろうがよぉ!?」

「しっかりしろや!」

「誰のショバ荒らしてると思ってんだ!? あ!?」

「ここらは最近俺らのシマになったんだよ? 知らねぇとは言わせねぇなぁ、前はお前んとこのシマだったんだからよ!」

実に堂に入ったヤカラぶりだ。

昼間、小魚を拾い集め、仔猫を探し、幼女に「ありがと」と言われて相好を崩していた連中とは到底思えない。

歓楽街の一番目立つ大通りで、三十人規模の敵に囲まれての殴り合いだ。

「メスからやれ！」

敵の狼どもが、戦狼隊屈指の手練れをメスだからという理由だけで狙う。

だが、戦狼隊の男どもは「あーぁあ」という顔をして敵の見る目のなさを笑った。

「はぁっはははっ！」

戦狼隊のメス狼は自分よりも体格のいいオス狼の横っ面を殴りつけ、一撃で昏倒《こんとう》させた。

「クソっ！　あのちいせぇ嬢ちゃん狙え！」

敵の狼は、メス狼からさらに弱々しい見た目の赤毛に矛先《ほこさき》を変えた。

だが、戦狼隊の面々は心のなかで「あーぁあ」と盛大な溜息をつき、愚かな敵を気の毒に思った。


「……あぁ？　っんだこら、誰が嬢ちゃんだ？　こんな男前のツラしてんだからよく見ろや、その無駄にクソデカい目は節穴か？　あ？」

敵の鼻っ面に蹴りを入れ、その足の長さを活かして狼の首に引っ掛けて後ろに倒し、両足で首を絞めながら赤い瞳で狼の眼を覗きこみ、「最後に見る景色がきれいで嬉しいだろ？　喜べよ、ほら」とじわじわ気道を圧迫しながら恐怖心を掻き立てる。

足掻《あが》く狼の眼球すれすれには短刀の切っ先が突きつけられていて、一つ判断を間違えれば脳天まで串刺しにされる恐怖に敵は息を呑むことすらできない。たかが人間に、こんなにも容易《たやす》く自分の生死を握られると は思っていなかった敵は、瞬く間にぶるぶると震えはじめ、赤い瞳に呑まれて戦意を喪失してしまう。

「テメェ！」

そのディリヤの脳天に向けて拳を奮《ふる》う敵がいた。

ディリヤは斜めに体を滑らせて首を絞めていた狼から離れる。振り上げられた狼の拳は、ディリヤが首を絞めていた狼の額に振り下ろされる。

ディリヤは殴りかかってきた狼の背後に回って足を払って転ばせ、尻尾を摑んで逃がさないようにしながら鼻先を複数回踏みつけ、牙を折った。

ディリヤの手首を尻尾で締め上げ、上半身の力だけで立ち上がった狼は、ディリヤを手前へ引き寄せて捕まえようと手を伸ばす。

ディリヤは狼の腕よりも低い位置まで背を屈めて懐に入り、鳩尾《みぞおち》を殴り、敵が背を曲げたところで背中側から肝臓を連続して三度ほど素早く殴りつけ、蹲るように崩れる敵の延髄《えんずい》に踵《かかと》を落として地面に落とす。

「かかってこいや！」

「次どこだ、オラァ！」

「調子づいてんじゃねぇぞ！」

歓楽街には、もう敵を求める戦狼隊の声しか響いていない。

「つまんねぇケンカさせんじゃねぇよ。お前んとこ、若いのしか出てこねぇけど、オヤはねぐらで尻尾巻いてビビって隠れてんのか？　あ？　……帰ってお前んとこのオヤに伝えろ。次はお前のきたねぇ尻尾でうちの玄関飾ってやるってな」

ディリヤは地面に倒れている敵のなかから意識のある狼を一匹選んで頭の毛を鷲摑《わしづか》み、力任せに顔だけを持ち上げ、嘲笑《あざわら》う。

尻尾で玄関飾り。

その言葉に、身内も震えた。

「王都鎮守軍《ちんじゅ》だ！」

「逃げろ！」

誰かが叫んだ。

ディリヤも鷲摑んでいた狼の頭を放して立ち上がる。

皆、示しあわせたように、その場から蜘蛛《くも》の子を散らすように逃げた。

戦狼隊の歓楽街での根城は決まっていて、そちらに逃げる者、そのままそっと別の場所に潜んで夜明けを待つ者、王都のあちこちに点在する隠れ家に潜む者、別邸で着替えて戦狼隊本部に報告のために戻る者、ほとぼりが冷めた頃に再び夜の街に繰り出す者などに分かれて活動する。

ディリヤたち数名は隠れ家で返り血のついた服の着替えを済ませてから戦狼隊本部へ戻る道を歩いていた。

歓楽街の外れで、王都鎮守軍と鉢合わせた。

戦狼隊はユドハ直属の非正規軍、王都鎮守軍は王立の正規軍だが、命令系統の頂点はどちらもユドハだ。お互いに切磋琢磨しあい、友好的な協力関係を築いている。

そう、とても友好的な協力関係を……。

「おや、どこのヤクザ者かと思えば……、貴殿らは戦狼隊の面々ではないか？」

最初に口を開いたのは、王都鎮守軍の軍人だ。

「軍服でもなく、荒くれもののような風体《ふうてい》で、これではまるでならず者。まったく、一体全体どこの品性下劣な狼かと……」

その軍人に呼応するように、副官の一人が戦狼隊を斜めに見やって鼻先で嗤《わら》い飛ばす。

「あぁん？　どこのお坊ちゃんたちかと思えば、王都鎮守軍第十三師団第十三大隊の皆さんじゃありませんかぁ。夜も遅くに勤勉なことでご苦労様ですぅ。今日もおそろいの軍服がよくお似合いですことぉ。ついでに申し上げますと、私たちの恰好は荒くれものじゃありません～。ちょっとオシャレなだけですぅ」

戦狼隊の一人が謎のお嬢様言葉で言い返した。

「御託《ごたく》は結構。貴殿らほど勤勉かつ職務に忠実な者はいないではないか」

「あぁん？」

「わざわざ夜の街で騒ぎなど起こさずとも、貴殿らは猫探しの専門家に転職してはどうだ？　いや、それとも小魚拾いか？」

どこで聞き及んだのか、昼間のことは王都鎮守軍の耳にも入っていたらしい。

「大隊長殿、自分はこの不届きな狼たちが漁師に転向したと聞き及んでおります」

「おお、そうなのか？　……ならば今日はどうしたことだ。魚もまともに釣れんと早速クビになってこんな場末でたむろして騒ぎを起こしているのか？」

「大隊長殿、もしやこの者たち、近頃、夜の街を荒らすヤクザな商売に身をやつす社会のゴミと化しているのでは……？」

「おお、なんと哀れなことだ」

王都鎮守軍の大隊長は、己の手で目もとを覆い、深く嘆く。

「やぁだ、どこでその話を聞きつけたのか知りませんけど、お耳が早いのね、あなたって。いつから軍人さんを辞めて噂話専門の暇人になったのかしらぁ。他人のことばっかり気にして、性根がお腐り申し上げてらっしゃるのねぇ、器が小さい殿方ってやだわぁ」

「ほんと、やあねぇ」

「あぁいうのが一番狼としての人間性疑われるのよねぇ」

負けじと戦狼隊も笑い飛ばす。

「貴様っ！」

「……なに？　文句あんの？　あ？」

「なんと乱暴な口のききぶり……っ、恥を知れ！」

「まぁ、たいへん、十三大隊のお坊ちゃんたち、あっちの裏通りに入っちゃだめよ。こんなことで乱暴だとか言っていたら、あっちの通りに入った途端、尻尾が脅えてくるんって丸まっちゃうわ、可哀想に」

「可哀想なのは貴様らの頭だ！　貴様らの人相だ！　我々は民と国の安全を守る立場ぞ！　その者たちがそのように荒くれ者を騙《かた》ったのでは示しがつかん！　正々堂々とせよ！　誇りを忘るるべからず！　貴様らのどこをどう見ても治安維持活動をする者たちではない！　そのやり口、決して見過ごすことなどできぬ！」

「おたくとはやり方が違うんだよ、やり方が。よく見ろや、どこからどう見ても俺らはまっとうに治安維持してんだろうが」

「貴様らのその顔面と存在そのものの治安が悪い！」

「……んっだと、おきれいな顔したお坊ちゃんどもがよぉ！」

「いいだろう、貴様が握ったその拳、振り下ろす前に成敗してくれる！」

「受けて立ったらぁ！」

このようにして、正規軍と戦狼隊は、日々、切磋琢磨しあい、友好的な協力関係を築いていた。

ディリヤの知るかぎり、殴り合いになったことはない。なぜなら、この二つは常にその勝敗を仕事の成果のみで決するからだ。

「いいか、テメェら！　十三大隊に遅れをとるんじゃねぇぞ！」

「諸君！　我々は我々の職務をまっとうしようではないか！」

……といった具合に、目の前の仕事に熱心に取り組む。

近いうちに裏通りはきれいな通りになるだろう。

ディリヤは大きな欠伸を一つして、爪の隙間にこびりついていた血がきれいに洗い落とせていることを確認して、今日も戦狼隊のみんなが無事でよかったと一人で深く頷いていた。

「ディリヤ！　帰るぞ！」

「了解」

外では、みんなディリヤのことは呼び捨てだ。

敬称はつけない。

それが嬉しい。

ディリヤは「向こうのオヤにケンカ売っといたから、明日あたりなんか動きがあるだろうな。なけりゃよっぽどのヘタレか腰抜けだから、一気に潰してもいいな……」と今後の算段をつけながら、大量のもふもふに埋もれて集団の真ん中を歩いた。

真冬なのに、ちっとも寒くなかった。


日付が変わっていくらか経った頃、ディリヤはトリウィア宮に戻ってきた。

「ただいまユドハ」

「おかえりディリヤ、夜勤はどうだった？」

「こわかった」

「それはかわいそうに」

ユドハはすかさず可哀想な顔をしているディリヤをぎゅっと抱きしめる。

「顔に傷があったり、脛に傷があったり、怖い顔した狼がいっぱい俺たちを取り囲んで絡んできた」

「おお、なんということだ……」

「相手は三十人以上もいて、こっちはその半分以下で……大乱闘になって……」

「怪我はないか？」

「一つもない」

ユドハの胸に顔を埋めて、「こわかった」と、かわいこぶる。

ユドハもそれに気付いていて笑いたくても笑えずぷるぷる震えているが、ディリヤがかわいいフリをするので、そのままその茶番に付き合う。

「もうちょっとで親玉を引きずり出せそう」

「そうかそうか」

「親玉のさらに親玉も早く出てきたらいいなって思うから、とりあえず目先の親玉の尻尾を狩って玄関飾りを作って親玉の親玉の屋敷に送り付けてやろうと思うんだ」

「……狼の心の削り方を心得ている」

さすがだ。

ユドハも思わず感心する。

だが、それよりもっと過酷な目に遭わされている無《む》辜《こ》の者たちが大勢いることを考えれば、ディリヤのそれは決して悪手ではない。

ただ、ディリヤは心得ているだけだ。

狼が人間に狩られることがどれほど屈辱的であるかを……。だからこそ、ディリヤは赤毛を隠さず、人間であることを表に出して行動している。

「大丈夫、俺一人でやるんじゃなくて、みんなで協力してやってるから」

「そうだな」

「うん。……ただ、問題が一つ」

「どうした?」

「そのうちバレると思うんだよ。王代のつがいだって。だから、こうやって好き放題活動できるのもいまのうちだけだなって思う」

「それはそれで俺は安心だが……」

「ま、表舞台に立てなくなったら、裏でなんとでもできるか」

「頼もしい」

「だろ?」

「だが、今日は頼もしいディリヤは店じまいだ。風呂が沸いているから一緒に入ろう。そうすれば怖くて恐ろしい思いをした心もすこしは落ち着くはずだ」

「あ、そうだ、忘れてた。すげぇこわかったんだ」

「そうだろうそうだろう、こわかっただろう」

「うん」

思い出したように「こわかった」とユドハの胸に顔を埋め、ユドハに抱き上げられて風呂に向かう。

風呂に向かう途中で子供たちの寝室に立ち寄り、四匹の可愛い仔狼たちの寝顔を見て相好を崩す。

そのあとは一緒に風呂に入って、一緒に寝床に入る。

「今日は夜勤だったから、明日の戦狼隊の仕事は午前中は休みだな」

「うん。とはいえ、明日は明日で予定が目白押しだからなぁ」

「では、よく寝て明日も頑張ろう」

「おやすみ、ユドハ」

「おやすみ、ディリヤ」

唇を重ねて、抱きしめあって、頬ずりして、瞼を落とし、互いの息遣いに耳を欹《そばだ》てているうちに二人の寝息も重なった。

第二章

「せーの……っ」

小さな掛け声が早朝の寝室に響く。

早起きのアシュとユジュの軽やかな足音と、ぽてぽて床を這う双子の足音。助走をつけてディリヤとユドハが眠る寝台に飛び乗り、ぽよんと跳ねて着地して、

「はい、どうぞ」「おいで」とアシュとユジュがララとジジを引っ張り上げる。子供たちはディリヤとユドハの真ん中に雪崩《なだ》れ込むなり、ぴょんぴょこ跳ねて、ちょこんと隙間に収まった。

「……朝から元気だ」

「ほんとに……」

うっすら起きていたけれど子供たちに本格的に起こされたディリヤとユドハは、四匹の仔狼のために上掛け布団をめくって、「早起きの子は誰だ!?」「摑まえた！」と布団のなかに閉じ込めてしまう。

きゃあきゃあ子供たちの歓声が上がり、布団の下で、四つの塊《かたまり》がうごうご蠢いて逃げ惑う。

「しまった、捕まえられないぞ」

「どの子から頰ずりしてやろうか」

ディリヤとユドハがわざと捕まえるのに失敗したり、尻尾を摑んでは逃したり、みんな一度に持ち上げて高い高いしてみたり、ばったばったと大騒ぎする。

子供たちに付き添っている夜番には、ディリヤとユドハが寝ていても子供たちが起きたら好きにさせてあげてほしいとお願いしていた。だからこうして時々、小さないたずら狼たちが襲来してくる。

「よし、捕まえた！」

「洗面台へ連行だ」

四匹をすっかり確保したら、家族六人並んで顔を洗

い、歯を磨き、着替えて、みんなで朝食を作り、今日は子供たちの要望で庭で食べることにした。

「冬、くっそさむ……、いや、ちがう、冬はとても寒いですね」

人間にしては寒さに強いディリヤも思わず悪態をつく寒さだが、途中で悪い言葉を改め、自分と同じ人間のユジュを羊毛の毛布でぐるぐる巻きにする。

ふわふわの毛がみっしりあるアシュとララとジジは平気な顔をしているが、ディリヤはユジュを体温の高いユドハの尻尾の近くにぴったりくっつかせて暖を取らせた。

「もう諦めてクソ寒いと言えばいいのではなかろうか」

ユドハは子供たちに食事を食べさせながら、つがいの無駄な抵抗に笑った。

今日の朝食は、庭に新しく建てた小屋で食べた。休みの日に家族総出でちまちまと材料を運び入れ、大工仕事に励み、子供たちが冬に庭で遊ぶ時の休憩用として造った。屋根と風除けの壁が三方あるだけで、正面からの風を真っ向から受けるような簡素な建物だが、焚《た》き火もできるし、天井から戸板を下ろせば四方を囲んだ小屋としての体を成す。

今朝はそこに群れの六人でぎゅっと固まって、羊毛の膝掛けや肩掛けで暖をとり、火を焚いてパンやチーズや肉を炙り、鍋のスープを温めて取っ手付きの湯呑みに注いで腹を温めた。

「………………」

たり……。

ユジュがディリヤのごはんに涎を垂らした。

おかわりが欲しいようだ。温野菜を鶏肉の出汁《だし》と塩で味付けしただけのものだが、風味が優しくてユジュは好きらしい。

今日は言えるかな？　ディリヤがじっとユジュを見つめていると、ユジュは、「……ちょうだい」とディリヤの袖を引いた。

「上手に頂戴ができましたね」

ユジュの額に唇を寄せて、おかわりをよそう。

ユジュがなにを欲《ほっ》しているかディリヤは分かっている。望んでいるものを素早く差し出すことはいくらでもできるけれど、欲しいものを欲しいと口に出して伝える練習も大切だ。ディリヤも、ユドハと一緒に暮らすようになってから「ほしい」と言葉にできるようになった。

ディリヤは、愛して欲しいと望むことすらできなかった自分がいたことを覚えている。いま思い出しても、あの時の気持ちは途轍《とてつ》もなく悲しい。その悲しみをユジュは経験せずに済むようにしたかった。

「うん、ユジュ、どうした？　ユドハの皿のこれが気になるか？　ほら、食べてみるといい」

「……ごめんなさい」

ユドハの皿のチーズをもらったユジュは、咄嗟に謝る。

「ユジュ、ありがとう、でいいんだ」

「ありが、と……？」

「そう、そうしたらユドハは、いいえ、どういたしまして、召し上がれ、と言う」

「怒らない？」

「怒るものか」

「食べていい……？」

「いいぞ、たくさん食べなさい」

「……ん。……ん？」

ユジュがチーズを食べて首を傾げた。

この味、知っている。

「さっきお前が自分の皿から食べたものと同じだ」

「……じゃあどうして、ユジュは欲しくなったの……？」

ユジュがユドハに尋ねる。

「きっと、群れの仲間の皿にのっている食べ物が気になったんだろう。自分の皿のチーズと同じものでも、ほかの誰かの皿にのっていたり、誰かがそれを食べていると、とてもおいしそうに見える時がある」

「おぎょうぎが、わるい」

他人の食べ物を欲しがっちゃだめ。与えられたものだけを食べなさい。

ユジュはそう言われてきた。

「そうだな、家族以外の人にそれをすると困らせてしまうから、家のなかで、ユドハとディリヤだけにすることにしてはどうだ？」

「……していいの？」

「もちろんだ」

「……ありが、とう」

「いいえ、どういたしまして」

ユドハは、その鼻先でユジュの額に唇を落とす。

「ふふっ、ふわふわ」

ユジュがくすぐったそうに笑って身をよじる。

近頃のユジュは、自分が喜んでいたり、幸せな気持ちになったり、嬉しい時に、ふわふわ、と言う。

アシュが「ふわふわなきもちなのね」と言ったからか、それ以来、ユジュもその言葉を使うようになった。

ユジュがすこしずつ感情を発露し始めている。会話もぐっと弾むようになったし、表情も豊かになって、喜怒哀楽を示すようになってきた。

小さな進歩は、群れのみんなを笑顔にする。

ユジュがトリウィア宮へ来たばかりの頃は、アシュですらもユジュの一挙手一投足を具《つぶさ》に見守っていたが、いまは、「アシュはね～、パンにとろとろチーズを挟んで～、みんなですりすりして潰したお芋と茹で卵を添えます～」と歌いながら自分用の特製パンを作って頬張っている。

合間にディリヤがアシュの口に野菜を差し入れると、もぐもぐ食べて「……ディリヤ、いま、アシュのおくちにアシュがあんまり好きくないおやさい入れたでしょ」と尻尾をたしたしする。

「入れたような気もします」

「も～」

「でも、食べられたから万事問題ナシです」

「次からはユドハにあーんてしてもらうよ」

「今日のユドハはアシュの苦手な野菜を食べさせるかもしれんぞ」

ユドハが「今日のおとうさんは、おやさいの身代わりはしないかもしれない」といたずらっぽく尻尾を揺らす。

「そしたら、はんぶんこっこね」

アシュとユドハでお野菜はんぶんこ。

アシュはユドハにぴっとりくっつき、「また、ないしょのやみとりひきしようね。こんどは、アシュがユドハのにがてなおやさい食べてあげるね」と囁いて、いたずらっ子の顔をした。

アシュとユドハは近頃こうして父子の仲を深めている。それを見て、ララとジジもお互いの野菜を交換してみたり、ユジュに野菜を押しつけたり、ユジュが苦手な野菜を食べてあげようとしたり、双子なりに群れの仲間たちとかかわりあおうとしていた。

みんなが自然体で群れて過ごすから、ユジュも身構えることなく自然に馴染んでいっている。ディリヤはそんな気がしていた。

「こうやって、群れのなかでいろんなこと覚えてくんだな」

いつの間にやら外が寒いことも忘れてディリヤは我が群れの愛しい狼たちを見つめた。

ディリヤは午前中が休みだが、朝食後、ユドハは公務で王城へ向かった。

さぁ、散髪だ。

ユドハを見送ったディリヤは仔狼たちの毛刈りに向かった。ララとジジは朝が早かったのでうとうとし始めている。このままちょっと寝てもらい、その間にちょきちょきっと手早く双子の毛を刈った。

ララとジジは似たような毛質をしていて、根本に癖があり、まっすぐではない。双子の毛を切りそろえながら、アシュが赤ん坊だった時を思い出す。

あかちゃんアシュは毛玉ができやすかった。毛もやわらかくて細く、そういう仔狼は毛玉ができやすいとおとなりのスーラさんに教えてもらった。

毛玉ができたら大変だ。衛生的にもよろしくない。神経質気味に毛玉になりそうな塊を鋏《はさみ》で切っていたら、スーラに「……はげちゃうわよ」と心配された。

確かに、その時は短く切りすぎたことで毛並みがふぞろいになり、みすぼらしいアシュになってしまったので申し訳なかった。

「すみません、アシュ、……ディリヤはアシュをぼさぼさの綿毛にしてしまいました」

「……？」

一歳にも満たないアシュが、まばらな口もとの毛を自分で触りながら首を傾げていたのも遠い昔のことのようだ。

トリウィア宮に来てからアシュの毛質についてエドナに相談した時、「大きくなったら毛玉ができにくくなる子もいるけれど……、用心して、ディリヤ。うちの家系はみんなわりと毛玉ができるのよ」と、そんなふうに教えてくれた。

「ちなみに、どういう毛質の狼が毛玉になるんでしょうか……？」

ディリヤの知るかぎり、狼の毛玉という物体は、みっしりと目の詰まった毛氈《もうせん》の塊みたいになり、放っておくと体脂《たいし》で固まる。毛玉ができやすい狼、できにくい狼がいるらしく、毛が太くて固くしっかりした子はできにくいそうだが、エドナは、「ユドハの鬣の世話をしているあなたなら説明は不要でしょう……？」と遠い目をしていた。

「確かに、ユドハは毛玉ができやすいですね」

「わたくしもね、大変なのよ……」

「それだけくるくるだと……心中お察しいたします」

「ほんとにね、ふふふ……笑いごとではないほど、たゆまぬ努力をして毛玉予防していてよ……」

努力を悟らせないエドナが己の努力を言葉にするのだ、そこにはよほどの想いがあるに違いない。

そのエドナの弟であるユドハもやはりすごく毛玉ができる。

アシュの比ではない。

こんなに毛が太くて固くてしっかりしていても、長毛であるがゆえにできてしまうのだ。

ユドハと暮らし始めてからディリヤも驚いたし、将来アシュもこうなるのかと慄《おのの》いた。

毛玉を恐れるあまり、ディリヤがユドハの鬣の世話をするようになってから初めてユドハの散髪をするとなった時、ディリヤは問答無用で毛玉予備軍を鋏で切った。

「……!!」

当事者であるユドハはもちろんのこと、その場にいた侍従や侍女の尻尾までもが、ぴょいっ!!　と逆立って一本に立った。

どうやら、いままでのユドハは、美しい毛並みを競う審査会に出る特別な毛並みの狼のように、丁寧に櫛と精油を使って毛玉を梳って消していたらしい。

なのに、いきなり嫁に、ぢょきんっっ！　とされて、尻尾がぴょんぴょんに立ったそうだ。

「……櫛で消していくのか……!!」

王宮暮らしを始めてからディリヤはその時初めてその方法を知った。

庶民の毛繕いの方法しか知らなかったから、そんな手間暇をかける手段があるとは思いもよらず感動したし、「あれ？　俺、国王代理の鬣に思いっきり鋏入れたけど大丈夫か、これ？」と、ちょっと心臓がドキドキした。

ユドハは「うちのつがいの思い切りの良さ、生きていて初めて経験する種類の、この心の昂り……筆舌に尽くしがたい」と訳の分からないことを言っていた。

それ以降はディリヤも櫛を多用することを覚え、ユドハの毛並みの美しさはウルカ一《いち》と呼び称《たた》えられるようになった。

「とはいえ、お前はいつも毛繕いをする時に精油を手で温めて、指を使って何度も優しく毛を梳ってくれるだろう？」

「ああ、アシュにもそうしてきた」

「俺たちはその作業を櫛でしているだけだぞ」

「……そう言われればそうか」

「鋏を使えば時間短縮になるから、戦時中などは俺もよく世話になった」

「これからは、アシュたちにも櫛を使って毛玉とりしてみる」

「小さいうちは、本当に……本当に、……驚くほど絨毯や地面や庭を転がって恐ろしいほどに毛玉を作ってくるから鋏でいいと思うぞ……」

「そんなに恐ろしいのか」

「うちの一族は大体毛玉で悩む」

「……腕が鳴るな」

ディリヤは、群れの狼たちの毛並みを整えることに燃えた。

それが楽しかったし、喜びでもあったし、毛繕いするたびにふわふわになっていくのが嬉しかった。

「さて、ララとジジは完了、っと。……次は、アシュとユジュだな。二人とも、散髪と毛繕いです、集合してください。もうすこししたらエドナさんがいらっしゃいますから、かっこよくなって出迎えましょう」

「はぁい！」

「……はいっ」

アシュに負けじと大きな声でユジュも返事をする。

ディリヤは厳選した櫛と精油の数々を並べて、二匹の仔狼をぴかぴかのふわふわに整えた。


無事、アシュとユジュの散髪と毛繕いを終え、エドナの来訪を出迎える準備が整った。

「さぁ！　おやつを作るわよ！」

今日は、子供たちのためにエドナがお菓子作り教室を開いてくれた。

「腕に、……えっと、腕に、よりよりかけて、お菓子を作るのね！」

「そうよ！　よりよりよ！　腕によりよりをかけてお菓子を作るの！」

手を洗って前掛けをして、準備万端で台所へ入る。

今日は、混ぜて捏ねて焼くだけの簡単な焼き菓子が二種類だ。

……だが、その結果は、いつもどおりの大惨事だった。

「不思議よね、なぜかしら、……わたくしが卵と小麦と牛乳を混ぜるだけで世界は真っ白になってしまうの」

「ふしぎね」

エドナとアシュが首を傾げる。

その隣で、大惨事を初めて目の当たりにしたユジュがなにか言いたげにディリヤのほうを向き、「……ぎゅうにぅ、いっぱい、どばって入って、た……こむぎこ、ふわふわ……ふるいにかける手、ぷるぷるして、おへやがふわふわで……、それで、卵のカラが、ぎうにぅに……、卵落ちる時、ぴちょんていっぱい跳ねて……」と、たどたどしく伝える。

「料理は練習あるのみです」

ディリヤはそう伝えるしかできなかったが、なんとかしてディリヤと侍女たちで食べられる形まで修復した。

捏ねた生地を寝かせている間に、エドナと子供たちは一緒に遊んだり、昼食を食べたりして、侍女が焼き上げたおやつを食後にいただいた。

「……もう、かえっちゃうの……？」

「ごめんなさいね、アシュ」

「…………おはなし、したい」

「ありがとう、ユジュ」

「えぇぇぉあぁああ」

「ぇぉあちゃ……」

「ララ、ジジ、鼻水まみれよ」

公務に戻るエドナを、涙を滲ませながら見送る子供たちに、エドナも後ろ髪ならぬ後ろ尻尾を引かれる思いで、双子の鼻水を拭った。

ユジュもこの楽しい時間はもっと長く続くと思って

いたらしく、エドナを見送る時に「もういなくなっちゃうの……？」と呆然としていた。

「安心して、いつでも会えるわ」

「……ふわふわ、しぼんじゃう」

「さみしいきもちね」

アシュはユジュに寄り添うようにぎゅっと手を繋ぐ。

エドナが両腕を広げてくれるから、二人はその懐にそっとくっつき、ぴっとり顔を埋もれさせて抱きつく。

エドナは二人に頬ずりして強く抱擁し、「断腸の思いだわ」と尻尾を揺らめかせた。

エドナとの別れを惜しんで拗ねるララとジジを宥め賺《すか》して、ライコウとフーハクに任せた。

その間に、ユジュの服の採寸が始まった。

「ユジュ様は、このあたりがよろしいかと……」

衣装係の一人が、見本帳から候補を提案する。アシュが過去に作ってもらった服ばかりをまとめた冊子だ。

これを見れば、使用した布や糸、その産地、縫製方法、飾り刺繡《ししゅう》の原案、形や色味がひと目で分かる。

だが、その分厚い見本帳に張り付けてあるのは端切《はぎ》れだ。幼いユジュには想像ができない。

「あのね、ユジュ、この服はこんな感じよ」

そこで、アシュが着せ替え人形になって、出来上がりの雰囲気をユジュに見せていくと申し出てくれた。

絵や端切れからでは想像しにくいことも、アシュが実際に着てみせればユジュも見本帳とアシュを見比べて、ふんふんと納得して頷いている。

「どれか気に入ったのはありましたか？」

「………………」

「好きなのを選んでください」

「すきなの……」

ディリヤの言葉を繰り返したユジュは、まっすぐアシュのところへ向かい、アシュの服の裾をつまんだ。

「ユジュはこの服がすき？」

「……ううん」

「ちがうの？　あしゅとおそろいよ？　ちがう色にもできるよ」

「アシュのこれ、着る」

ユジュはアシュにぴったりくっついて肩のあたりに頬ずりする。

「……なるほど、おさがり」

ユジュの言葉の意味をディリヤが真っ先に理解した。

ユジュはアシュの匂いがついている服が欲しいのだ。

「ディリヤ、アシュのこの服、ユジュは着られるかなぁ？」

「たぶん大丈夫だと思いますが、ちょっと待ってくださいね、確認します。……どうでしょう。ユジュのほうがすこし体が小さいんですが……」

衣裳係にディリヤが尋ねる。

「かぶりもののお衣裳ですから、お袖を少々詰めて、身幅もつまめば充分にお仕立て直しできます。アシュ様の場合、お首回りの毛や鬣の分だけ襟ぐりを広くとっておりますが、その部分には、共布で目立たぬように足し布をいたしますれば、お首や背中が冷えることもなく、いまのお召し物にそっくりのかたちに仕上がります。おそろいでとお考えでしたら、アシュ様のお体に合わせたものをもう一着お仕立てすることも可能です」

「では、すみませんがそれでお願いします」

「かしこまりました」

「じゃあアシュ、脱ぐね！　すっぽんぽん！」

さっそく、アシュが上の服を脱ぐ。

「下は穿いててくださいね。すっぽんぽんはディリヤもみんなもわりと本気で困ります」

「はぁい！　まかせて！　おしりはまもるよ！　はい、ユジュ、この服を着て、さいすんをしてもらってね！」

　アシュはユジュに脱いだばかりの服を渡して、次の服を着る。

「……うん」

「どうしたの？　おげんきないお顔ね」

「あのね、すきなの、わからないの」

「そっかぁ。じゃあね、いっしょにかんがえよ。それで、すきなのみつかったら、アシュに教えて？」

「……ん」

「ユジュ、ディリヤからちょっと素敵な提案があるんですが、ユジュの体に合わせて新しく作ってもらった服をアシュが一度着て、アシュの匂いを付けてからユジュに渡す、という方法はどうでしょう。それとも、ユジュが着る服は、いま、アシュが着ている目の前にあるものがいいですか？　アシュの匂いが付いていれば新しくてもいいですか？」

「においついてたらいい」

「では、次の服を選びましょう」

　ユジュの言葉にディリヤは胸を撫で下ろす。

　これで、仕立て直しは一着だけで済む。アシュにはユジュの服にぜんぶ一度袖を通してもらう必要があるが、それぐらいならなんとでもなる。

　肌着、普段着、おでかけ着、遊び着、寝間着、上着、靴など、思い入れを持たせるためにもユジュ自身にいくつか選んでもらい、そのほかのものはディリヤがおおよそ必要なものを衣裳係に頼んでおく。

　せっかくなので、アシュとララとジジとユジュでおそろいの服も作った。ユドハがきっと喜ぶ。

「ディリヤ」

「はい、どうしました？」

アシュの服を着たユジュに呼ばれて、ディリヤはアシュの着替えを手伝いながらユジュを見やる。

「……ディリヤと、ユドハの、お服の、使わないの、ください」

「使わなくなったディリヤとユドハの服ですか？」

仕立て直し、という大人たちの言葉を聞いていたのか、新しい服がもったいないと感じたのか、ディリヤとユドハのお古でいいと言う。

「ユジュはお古を着なくていいですよ」

「でも、あしゅのといっしょ」

「……？」

「ふわふわなにおい」

ふわふわなにおい、すき。

アシュの匂いもすきだけど、ディリヤとユドハの匂いもすき。だから、ディリヤとユドハの服を潰して作った服がほしい。それはとってもあんしん。

「そう言ってもらえるとディリヤは嬉しいです。ユドハもきっと尻尾がぱたぱたするくらい喜ぶと思います。早速、ユジュの服に使い回しできそうなディリヤとユドハの服を選んで、ユジュの大きさに仕立て直してもらいますね」

「ありがとう」

「いいえ、どういたしまして」

「ディリヤ、アシュもほしい」

「ユドハもディリヤも大きいですから、アシュとユジュとララとジジの四人分くらい布がとれます。それで作りましょう」

「やったぁ！」

アシュは両手をあげて喜び、ユジュの手をとってくるくる回った。

「さぁ、採寸が終わればちょっと休憩して、ユドハが帰ってきたら、次はユジュのお部屋探しです」

ディリヤはアシュとユジュを部屋着に着替えさせ、居間へ誘導した。


アシュにはアシュの部屋がある。

そこで、ユジュにもユジュの部屋を作ろうかという話になった。その部屋で絶対に一人で過ごさなくてもいい。一生ずっとその部屋を使わなくてもいい。ただ、一人になりたい時に逃げる場所があったほうがいい。ユドハがディリヤにしてくれたことと同じだ。ユジュ自身が部屋の場所を決めて、自分の居場所、自分の寝床、自分の巣穴、そういうものをトリウィア宮のなかに作りあげていくことで、「自分はここのおうちの子なんだ」と自覚していく一助になればとディリヤとユドハは考えた。

「ユジュの部屋ですから、ユジュの好きに作ってください。とはいえ、まだあんまり想像できないかもしれません」

「部屋づくりの参考にほかの部屋はどんな感じか見ていこうか」

ディリヤとユドハに促されて、ユジュはトリウィア宮を探検した。

「部屋には、ユジュの好きなものや気に入ったものを置くといいかもしれません」

「寝心地の好い昼寝用の毛布を敷き詰めて小さな寝床を作ると落ち着くぞ」

「まずはディリヤの部屋から見ましょう。さぁ、どうぞ」

ディリヤは自室の扉を大きく開き、ユジュたちを招き入れた。

「……これはなんの本？」

「腑分《ふわ》け、解剖図の本です」

「これは、ディリヤの好きなもの？」

「……ってわけでもないけど、勉強用です。こっちの本は辞書です。いろんな国の言葉です。あっちは地図、向こうは植物や動物、武器の図鑑、手前側はいろんな国の風土についてまとめた資料になります」

「おべんきょう……」

「はい。こっちは寝室ですが、滅多に使いません。風邪引いた時くらいですかね。その奥にディリヤの宝物のお部屋があります。そっちはディリヤの好きなものだらけです」

「すきなものだらけ……！」

ユジュは口元に両手を当てて、「どんなふわふわなんだろう！」と、どきどきする。

「ふふふ……」

アシュは、「アシュはもう入ったことがあるからね。見たらユジュもきっと驚くよ」とディリヤの宝物のお部屋を知っている者の余裕の笑みを浮かべる。

「ちょっと見てみますか？」

「ん、見てみる」

「さぁ、どうぞ」

「ふわふわ……！　ふわふわのにおい！」

ユドハのにおいがいっぱいする。

キラキラきれいなものもいっぱいある。

かわいいものもいっぱいある。

カッコいいものもいっぱいある。

目がちかちかしちゃう。

「ここにあるのは、ディリヤがユドハからもらったものばかりです。愛してるの気持ちが形になっています」

「……あいしてる」

「はい」

「あいしてるは、ふわふわ？」

「ふわふわです」

「ふわふわ……」

噛みしめるように呟き、自分のなかにもその感覚があるのかな？　とユジュは不安に思う。

すると、これもまた「アシュはね、そのふわふわのきもち、ちょっとだけ知ってるのよ」と尻尾をわきわきさせてユジュに接近した。

「あのね、アシュが愛してるって言うと、ディリヤとユドハも愛してるっておかえししてくれるの。ユジュもアシュに言ってみて？」

「あいしてる？」

「アシュもあいしてる！　だいすき！」

ぎゅっと抱きしめる。

「……これが、あいしてる？」

ユジュはアシュにぎゅうぎゅうされたまま、ディリヤとユドハを仰ぎ見る。

「そうですね、あいしてる、です」

「そうだな、愛にはいろんなものがいっぱいある」

「……ふわふわ」

アシュのふわふわの毛がユジュの頬を撫でる。

このふわふわくすぐったいきもちが、愛してる。

こうしてもらうの、すき。

そんな感情が、じんわりとユジュの心の内側から溢れてきた。

「自分の大好きなもの、愛してるもの、ふわふわな気持ちになるもので自分の巣穴を整えていくのも素敵だぞ」

「……ん」

ユドハの助言にユジュが頷く。

ちょっと分かった気がする、自分の巣穴を作る時に大切なこと。

それからのユジュは早かった。

ディリヤの部屋の毛布を「これ」と抱え、ユドハの部屋の椅子の背凭れのクッションを「これもいい？」と抱え、アシュの部屋からはなにも持っていかず、ラとジジの部屋からは何度洗濯してもそこはかとなくよだれくさいディリヤが作った食べ物の形をしたぬいぐるみを一つ持ち、持ちきれなくなってよたよたして、ユドハとディリヤに荷物を抱えてもらった。

ユドハとディリヤは、ユジュがなにをしても黙って見守り、ユジュの後ろについて歩いた。

「どうして……」

自分の部屋からはなにも選んでもらえなかったアシュは落ち込んでしょぼしょぼになっている。

「これも、借してください」

護衛四人組のそれぞれの控え室からは、ライコウの手袋、フーハクの手拭い、イノリメの肩掛け、トマリメの膝掛けを借りていく。

コウラン先生からもらった書道具も抱え、エドナが作ってくれたおやつと冬の上着も胸に抱く。

最後に、「これくらいの箱……」と、仔狼がまるまるすっぽり入ってもまだ余裕のある大きさの行李《こうり》が欲しいとねだった。

その行李を居間に運び入れてもらったユジュは箱の中にみんなから借りてきたものを敷き詰めて、そこにユジュも入った。

「ここ、ゆじゅの、おへや」

行李のなかがユジュの部屋だと主張した。

居間ならみんなが毎日絶対にやって来るし、みんなの匂いがするし、みんなの話し声も足音も聞こえるし、行李のなかは狭い空間だから安心する。

行李のなかに入って蓋をすれば、上から伸びてきた手に耳を引っ張られたり、つねられたり、耳の奥が遠くなるほど大声で怒鳴られたりしない。ここにはそんなことする人はいないけど、やっぱり安心。

「アシュは？　アシュはどうしたらいいの？　アシュは？」

「アシュは、ここ」

アシュは、時々、自分の巣穴に遊びにきてくれたらうれしい。

真っ暗闇でお星様を見せてくれたらうれしい。

アシュのお部屋からなにも持っていかなかったのは、アシュそのものがほしいから。

「じゃあアシュ入るね！」

早速アシュがいそいそと行李のなかに入った。

ちょこんと仔狼二匹が行李に入っていろんなものに埋もれている姿は得も言われぬ味がある。

ひとまず、大人たちはユジュの気持ちを否定しないために、行李をこのまま居間のど真ん中に鎮座させておくことにした。

「ユジュ、大きなお部屋も欲しくなったら教えてください」

「自分の部屋は二つでも三つでも持っていいんだからな」

これ以後、ちょくちょく行李のなかにアシュとユジュが入ったり、双子が乱入する姿がよく見かけられた。

ふわふわ仔狼のぎゅうぎゅう詰め小箱の完成だ。

「ここは、ふわふわ」

ふわふわなきもちになれる場所。

ユジュは初めて得た自分だけの宝物にふわふわと頬をゆるめた。

「いい巣穴だな」

「ああ、ユジュももちろんだが、アシュもララもジジも、この巣穴に入ると笑顔がとびきり可愛くなる」

ディリヤとユドハは、小さな巣穴が完成したことに胸を撫で下ろした。

こうしてユジュの衣食住が整っていく。

群れに馴染んでいく、その最初の一歩を踏みしめている。

これから、金と銀の違いや見た目の違い、生まれ、いろんな壁に直面するけれど、きっと大丈夫。

行李に収まる仔狼たちを見つめたユドハとディリヤは、寄り添いあい、この子たちのふわふわな場所を守っていこうと我知らずのうちに手を繋いでいた。


子供たちが寝静まった夜、ディリヤとユドハは束の間の二人の時間を楽しんでいた。明日は久しぶりに二人ともが丸一日休みだ。そう思うと、それだけで胸が弾む。


「ちょっとだけ贅沢だ」

そういってユドハが出してくれたのは、異国の珍しい酒と酒肴《しゅこう》だ。

こんな日のために用意してくれたのだろう。

物珍しい香辛料や香味料、香草の入った塩気のある焼き物と菓子、銀耳《シロキクラゲ》の和え物、薬味と呼ばれるものを使った酒肴は格別だ。ぴりりとした山椒《さんしょう》や八角《はっかく》の効いた菓子、ほのかに苦み走る肝《きも》を使った乾きもの、カラスミの燻製の炙りもの、鮑《あわび》をあっさりと煮詰めて一口大に切りそろえたもの、酒と塩で炒《いた》めた青菜と湯葉などが並ぶ。

それらにあわせるのは温めた東側の発酵酒、果実酒、酒を垂らした珈琲《コーヒー》や紅茶……。それらを小さな丸机にめいっぱい広げて、アシュの掌くらいの小さな酒器に注ぎ、すこしずつ嗜《たしな》む。

子供たちが食べられないものを味わう。

一人一つ以上あるのに、一つを二人で分け合う。赤毛と金毛のつがいは、その行為が好きだった。あれこれ食べて、うまい、アンタも食べてみろ、こっちはお前の好きな味だと思う、そう伝えあう瞬間の幸福はなにものにも代え難い。

ユドハの趣味の一つは、ディリヤに、愛しいつがいに食べ物を運ぶこと。ディリヤがおいしい顔をするとしあわせだ。

「お前の幸せそうな頬を見ていると、尻尾も心もふわふわとする」

「俺も、いま敵襲があったら、生かさず捕らえろって命令されても殺しちゃう」

ふんわり、ふわふわなきもち。

すっかり油断してしまって、手加減に失敗しそう。

こうして見つめあっているだけで、いくらでもこの時間を楽しめる。

丸机に愛らしい贅沢が宝石のように敷き詰められ、色ガラスの傘付きの壁掛け燭台《しょくだい》が手もとだけをほんのり照らしてくれる。机の下では膝と膝がこつんと触れあって、足と足が絡みあう。机に肘をつけば、鼻先の触れあう距離につがいがいて、暖かみのある蠟燭《ろうそく》の炎にゆらゆらと黄金色と赤い瞳が揺れる。二人を包むのは、酌み交わした酒の残り香と異国を彷彿《ほうふつ》とさせる淫靡な香りだ。

そこでようやくディリヤが「ああ、これは今夜の前《ぜん》哨戦《しょうせん》だ、前戯だ」と気付いて頬を朱に染めるが、その時にはもう遅く、艶めいた雰囲気にすっかり染まって高まる気持ちを抑えようがない。

ふわふわして、きもちいい。

気付けばユドハに唇を奪われていた。

きっと、今夜の主導権はユドハに奪われっぱなしになる。そんなことを頭の片隅で思いながら、心もすっかり奪われたディリヤはユドハの唇を味わった。


寝床でユドハの胸の毛に顔を埋め、素肌に触れるすべらかな毛の感触に肌を粟立たせる。

「……っ」

ユドハの爪先がディリヤの背骨を撫で下ろす。

鳥の羽の軸先でそっと背骨の形を確かめるような、繊細な触れ方だ。たった爪先一本で、ディリヤは体の内側から溢れ出てくる快楽に身を震わせ、力なく首を横に振る。

もう無理、イきたい、出したい。

動いてほしい。

腹んなかを気持ち良くしてほしい。

奥までめいっぱい突っ込まれてぐちゃぐちゃに掻き回されて、骨盤から脳天まで響くほど深く力強く抉《えぐ》られて、腰が抜けるくらい感じたい。

なのにユドハは、そのどれも与えてくれない。

ディリヤを優しく寝床に横たわらせ、背中を守るように己の体で覆い隠し、懐で包みこむ。ディリヤの腹に収めた陰茎を抜き差しせず、じっくりと馴染ませて、ディリヤの呼吸にあわせて収縮と弛緩《しかん》を繰り返す内壁のゆるやかな締めつけを味わう。

「……ユド」

「きもちいいな」

「ん……」

もっと決定的な快楽が欲しいのに、低い声でそう囁かれると頷いてしまう。

だって、これもきもちいいのは本当だから。

右を下に横臥するディリヤは、左足をユドハの太腿に引っ掛けてゆっくりと股を開き、もうちょっと奥まで挿れろと仕種でねだる。

ディリヤのおねだりを正しく理解しているユドハは白いうなじを噛んで焦らしながらも、じわじわと結合部を割り開き、深く埋めていく。

「……っは、ぁ……」

仰《の》け反らせた喉を震わせ、ディリヤは足指の先をきつく閉じ、息を吐くとともにゆるく開く。

腹の傷も陰茎も陰嚢もすべて覆うようにユドハの掌が添えられる。そんなふうに触れられると、ユドハを咥えた下腹が敏感に反応していることを悟られてしまう。ディリヤの弱いところを支える手の温かさに感じ入って、絶頂を求めて強張っていた体から力が抜けていく。

その瞬間、ユドハの掌と自分の腹の間でもみくちゃにされていた陰茎が白濁を吐き出してしまう。

それはもうディリヤの意思での射精というよりは、ユドハにかわいがられて達してしまう癖のようなもので、自分では止めることはできず、重怠さと甘い疼きの曖昧《あいまい》な心地好さに流されるままユドハの手を汚していく。

「うー……」

「かわいい狼の唸り声が聞こえる」

ディリヤの頭上でユドハが低く笑う。

もっとちゃんとすっきり出したかったのに、という唸り声だ。その不満を示すようにディリヤは頭の位置をずらして、腕枕をしているユドハの指先をがじがじと噛み、親指の付け根に牙を立てる。

腹に添えられたユドハの腕を両手で持ちあげたディリヤは、たったいま自分が出したもので濡れるそれをユドハの鼻先に持っていく。

ちょっとしか出てない、ちゃんと出したいと拗ねた顔を作れば、ユドハは躊躇《ためら》う様子すら見せず、長い舌でべろりときれいに舐めとって「見なかったことにする。今夜はもうすこし俺がお前を翻弄するのだからな」と言わんばかりに、ふふん、と得意げな顔をして、尻尾でたしたし寝床を叩き、ディリヤの腹にくるりと回す。

「…………」

……余裕ぶってんの腹立つな。

ディリヤは後ろ手でユドハの腹筋を支えに身じろぎ、腰を浮かせてゆっくりと陰茎を引き抜いた。

「ん、……ぁ」

声が漏れる。

ディリヤが自分で陰茎を抜くことはあまりないから か、腹からずるずると抜け落ちていく感覚は続くのに、いつまで経っても抜け終わらない。

まだ入ってんのかよ……。

うそだろ、どこまで入ってんだよ。

あ、やばい、きもちよくなってきた。

抜けていく時に内側こすられるの、きもちいい。

このままもう一回ケツ落として奥まで咥え込みたい。

頭のなかをやらしいことで埋め尽くしてしまい、とろけた表情を隠しもせずディリヤは長い時間をかけてようやくユドハのそれを引き抜く。

ちらりとユドハを見やれば、「さて、今夜のうちのつがいはどんなやらしいことを試すつもりだ？」と受けて立つ表情だ。

くるりと体の向きを変えたディリヤはユドハと向きあい、手始めに顎先をがぶりと噛み、首筋、鬣、胸の毛、胸筋、腹筋、臍……と鼻先で匂いを嗅ぎ、唇を落としながらずるずると下肢まで下がる。

ユドハの臍のあたりにはもう反り立つ陰茎があって、ディリヤはそれを両手と己の平たい胸を使って扱く。

先端から滲み出る先走りが二人の間で糸を引き、くちゅりと粘つく。

当然、ユドハは物足りなさそうだ。

ユドハの指は、さっきまで自分の陰茎が納まっていたディリヤの臀部に伸び、ゆるく開いた穴に四本の指を差し入れて、掻き回す。ぐちゅぐちゅと卑猥な音がひっきりなしに聞こえるたび、ディリヤはユドハに気付かれないように甘い絶頂を繰り返していた。

「……なんだ?」

ユドハがじっとディリヤを見つめている。

だらしない顔を取り繕うようにディリヤが冷静な表情を作る。

「いや、……ずいぶんとやらしくなったなぁ、と」

ユドハはしみじみとディリヤの痴態を鑑賞し、尻尾を揺らした。

愛しいつがいが、ユドハに負けじと毎晩寝床で果敢に挑んでくる。今日などは、ユドハの陰茎を己の胸や腹筋や両手を使って扱き、忙しなく胸を上下させている。

「やらしいの、きらいか?」

「きらいなものか。だいすきだ」

そして、時折、十六歳のディリヤが現れる。

やらしいのは、はしたない。ユドハはいつもどんなディリヤも愛してくれるけど、あけすけなのが好きじゃないなら、ちょっと控える。

でも、好きならもっといろんなことがしたい。

気持ち良くさせたい。

まだ恋も愛も知らない、そんなディリヤがふとした拍子に顔を覗かせる。

「やらしいのは好きだが、今夜はそれは禁止だ」

ユドハは慌ててディリヤの頭を摑んだ。

ディリヤは、ユドハの陰茎を舌と口で悦ばせようとしていた。

「なんで？」

「一回お前の腹に挿れたから」

「……？」

「舐めたり、口に含むのは、挿れる前だけだ」

「…………そうなのか？」

「そうだ」

　こういう時に、十六歳のディリヤが見え隠れして、あぶなっかしい。

　ユドハのためならなんでもしようとするから、こうして止めに入ることも多く、「俺がしっかりしなくては……」とユドハはいっそう気を引き締めていた。

　ディリヤの小さな口では狼の陰茎をすべて咥えることなど到底できないし、苦しくなっては可哀想だからと滅多に口は使わせてこなかったし、口淫《こういん》する際の留意点もその時々に応じて伝えるのみだった。

　赤毛の愛しいオスは、とてもいやらしいのに知らないことも多くて、ユドハと一緒に経験してきたことだけがすべてなのだと思うと謎の征服欲が満たされていく。満たされていくのに、際限なく増していく。ディリヤというけものは、そういう存在だ。言葉にはできない執着を抱かせる。次の執着を、もっと、もっと……ディリヤの身と心に刻みたいと狼の本能が熱く疼く。

「……口に入れたかったのに……」

「勘弁してくれ」

　拗ねるディリヤの口調が可愛くてユドハは天を仰ぐ。

　どこの世に旦那の陰茎をしゃぶりたかったのにしゃぶれなくてかなしい……と落ち込む嫁がいるだろうか。

　いまユドハの目の前にいる。

　最高。

　かわいい。

　生きててよかった。

暴走しそう。

本能の抑えがきかん。

「……でかくなった」

ユドハの陰茎が反応するのを見て、ディリヤがちょっと声を弾ませる。機嫌が直ったようで、唇でユドハの胸の毛を毟っていたのをやめてくれた。

「ディリヤ」

「ん？　ん、ぅ……っ」

大きな狼の口で、鼻も唇も顎もぜんぶ一度にぱくんと咥えられ、くちづけられる。

薄く開いた唇の隙間に狼の舌が入り込み、ディリヤが歯も顎もゆるめると舌を巻きこんでぬるりと絡む。

「ん、っ、ふ……ぅ、ン、ぅ」

鼻から甘い吐息が抜ける。

口のなかがユドハの舌でいっぱいになる。じゅわりと唾液が溢れて、飲み干すこともできず溺れそうになる。そこにユドハの唾液も混じって、狼の牙が顎の付け根あたりに触れて、ざわざわと全身が痺れていく。

ユドハの黄金色の瞳がディリヤを見つめている。目を逸らせず、見つめ返しているのに焦点が合わない。喉の奥まで舌が入ってきて、ディリヤはそれを必死になって啜る。陰茎のかわりに咥えて、しゃぶって、絡めて、注ぎ込まれる唾液が腹の底に流れ落ちる感覚に下腹をうねらせ、必死に喉を上下させる。

そのうち必死になりすぎて息が足りなくなり、ふわふわしてくる。

「ぁ、……ぷ」

喉の深くまで犯していた舌がずるりと抜かれて、ディリヤはかくんと後ろに倒れる。

ユドハがそれを掌で支えて、「ほら見たことか、狼の陰茎どころか、舌でめいっぱいではないか、本物はこれよりも苦しくなるぞ」と窘めれば、ディリヤは

「もっとできる」と口を開く。

「お前は、俺になにかされていやなことはないのか？　いまさらだが、なんでも受け入れるから心配になってくる」

「いまんとこ、ない」

呆れるユドハにディリヤが頬ずりで答えた。

それに、二人で初めてすることの時は、ユドハは必ずディリヤに確認してくれるし、戸惑いがあれば待ってくれるし、理解が追いつかなければ説明してくれる。

信頼のうえに成り立っているから、これからなにをされようとも、ユドハはディリヤを傷つけずに愛してくれると本能で分かる。

「すき」

「…………」

ユドハは両目を閉じてつがいの言葉を嚙みしめ、己の懐ですべてを明け渡してくれるその体を抱きしめた。


「……ふふ、ふわふわ」

汗ばんでて、筋肉質で、冬でも暖房いらずのディリヤの特別な狼の毛皮。

ふわふわのそれに埋もれて、ふわふわの気分だ。

「もう一度、お前のなかに入っていいか？」

「ん、おいで」

ディリヤが答えるや否や、横になって睦《むつ》みあっていた体がユドハの頭の上あたりまで持ち上げられる。

ディリヤがすこし足を開いて挿入しやすいように協力すれば、陰茎の先端がぴとりと押し当てられ、ディリヤの視線がまたユドハの顎下あたりまで下ろされる。

それだけの長さの分だけ、ディリヤのなかに沈められた。

「ぉ、……っ、ぁ、ん、ァ……、ぁー……」

発情期の狼みたいな声を出す。

腰が抜けて下肢の力がゆるむと、もっと深くまで陰茎が滑り入り、ディリヤは盛りのついた声で腹の底から嬌声を漏らし続ける。

春先の猫みたいだ。

ずっと喘いでいる。

「……っ、は、……っ」

ユドハはぜんぶ持っていかれそうな感覚に尻尾の先まで震わせ、先に射精してしまうのをかろうじて堪えた。

ディリヤは、精嚢《せいのう》を圧迫された刺激と腹の内側に収めた質量の分だけ精液を漏らし、ユドハの陰茎の付け根までしとどに濡らしている。

ぬち、にち。濡れた粘膜と粘膜が絡み合い、結合部は隙間なくみっちりと繋がり、亀頭球《きとうきゅう》まですっかり会陰の向こうに隠れてしまっている。

ユドハは犬の交尾のような体勢に変え、ディリヤの体を組み敷き、後ろから突き立てた。

「あ、ぅ、……ン、っお、ぁ、っあ」

初めは大きな声で喘いでいたディリヤも、感じ入って絶頂を迎える頃には呼吸を乱し、ぼたぼたと汗を滴らせる。

折り重なる絶頂を重ねるにつれ、その声も弱々しくなり、しまいには寝具に顔を埋めて唸るようになり、ふー、ふー……、と熱い吐息を漏らすばかりが続く。

そのうち、ユドハが突き入れる重く深い感覚に揺さぶられ、喘ぎ声にすらなっていない音をゆるく開いた唇を通して腹の底から吐き出しているだけになる。

まったく力の入っていない腰をユドハが腕力だけで摑んで支え、深く穿つ。その振動でディリヤの陰茎が股の間で揺れ、漏らし続ける潮があちこちに飛び散る。

ディリヤの腹を、己の出す種汁で膨《ふくら》ませたい。支配欲に駆られるユドハは、己の口端に牙を立ててなけなしの理性を取り戻し、ずるずると陰茎を引き抜き、デイリヤの背に吐き出す。

時には、欲に負けてディリヤの腹に種を付けてしまうが、可能なかぎりはこうして外へ出す。

ディリヤはいつもそれを不服だとごねるが、今日はもうそれを訴える余裕もないほど腰砕けになっていて、視線も虚《うつ》ろだ。

ユドハはつがいの腹に負担をかけたいわけではないから、近頃は、ディリヤを前後不覚にしてからこうして外に出すことにしていた。きっとそのうちディリヤも気付いて抗うだろうから、そうしたらまた次の手段を講じるまでだ。

すっかり吐き出してもなお硬度を失わない陰茎を手に、再びディリヤのなかへ押し入る。つがいのそこは陰茎の形に開ききったままで、なんの抵抗もなく根元まで咥え込み、うまそうに食んでくれる。

「……しまった」

ユドハは慌てて背を曲げ、ディリヤの体に覆いかぶさり、うなじあたりを牙で弄った。

尻だけ高く上げさせていたせいで、背に出した精液が背骨を辿ってうなじまで流れ、ディリヤの首を飾るロケットペンダントの金の鎖を濡らしそうになっていた。

ユドハは間一髪のところで牙に金鎖を引っ掛けて後ろ頭のほうへ移動させる。これで汚さずに済んだと安堵したところで、ついでとばかりに自分の鎖も確認すると、毛に埋もれて奥のほうに入り込み、無事だった。

「ぁ、……っン」

甘え声をディリヤが漏らす。

「…………ディリヤ？」

慌てていたせいで、ディリヤに体重をかけてしまった。寝具と二人分の体重の間に挟まれたディリヤの陰茎が圧迫されてびくびく震えている。

そのうえ、ユドハが体重を移動させせたせいで腹のなかの陰茎の当たる位置も変わってしまったらしく、ディリヤは惚けた表情でメスのように絶頂を迎えていた。

この顔がまた、かわいい。

ぐちゃぐちゃになった顔もかわいいが、なにも取り繕えなくなって、表情筋の一つすら動かせなくなって、無防備なディリヤもかわいい。

頬がふわりとゆるんでいて、薄く開いた唇からはユドハの動きにあわせて愛らしい鳴き声だけを響かせ、全身が弛緩していく。尻の奥までふわりとゆるんで、狼の陰茎にはそれがちょうど良い塩梅《あんばい》で、溺れそうなほど最高に仕上がっている。

獣欲を隠すことなく喉を鳴らしたユドハは寝台に両腕をつき、自重でディリヤを圧し潰さないように、それでいて程良い重みを与えながら圧をかけるように尻を犯し続けた。

休日のトリウィア宮の朝は平日よりも早い。

ユドハとディリヤが休みだと子供たちが知っているからだ。子供たちは、自然といつもよりもっと早く目を覚まして、今日はなにをしようとわくわくしている。

「ディリヤはおねぼうさん？」

「まだねんねん……？」

「りりゃ！」

「……りりゃ」

「ユドハが起きたからユドハで辛抱しなさい。朝ご飯だ。四人とも、そっちじゃない、ディリヤはまだ寝ているからこっちだ、ほらおいで」

寝床へ侵入しようとする二匹の仔狼を肩に担ぎ、一匹を小脇に抱え、もう一匹を尻尾でくるんと巻いて抱えて食堂へ移動させたユドハは一人で子供たちに食事を食べさせる。

全員の食事が終わって居間に移動した頃に気怠げな面差しのディリヤが起きてきて、ユドハの手を借りて床に腰を下ろす。

ユドハが溢れるほどのクッションを敷き詰めたそこにディリヤが背を預けると、そのすぐ傍では、今朝も早速ララとジジがユジュをおもちゃにし始めた。

双子は、「しめしめ、ユジュはララにしっぽを噛まれてもひっぱられても怒らないぞ」、「しめしめ、ユジュはジジに肉球でほっぺむにむにされても怒らないぞ」と言わんばかりだ。すっかりユジュをおもちゃにすることに味を占めて、いたずらっ子の気持ちが芽生えている。だが、理由があってその気持ちはいつも長続きしない。

「ふわふわ……ららちゃん、じじちゃん、ふわふわ」

ユジュはふわふわにこにこしていて、自分から双子に頬ずりする。

双子と一緒に床を転がって、腹に乗られても、尻尾を齧られても、なにをされても、「ふわふわかわいいね」と、とろけるような笑顔で抱きしめる。

すると、いたずらっ子の気持ちだったララとジジも「だめだ、ララまでふわふわにされてしまう」、「もうだめ、ジジはふわふわにされちゃった」と毒気を抜かれてしまい、ユジュの愛らしいふわふわの笑い顔に照れて、もだもだし始める。

もだもだし始めたら、自分の頭の重さを支えきれず、双子は背後に座っているアシュのほうへ頭からころんと転がってしまい、アシュの両膝に受け止めてもらう。

「あらあら、ころんしちゃったね」

アシュが、せっせと双子を起こして座り直させてあげる。

「……う！」

「う……」

双子は、また、ころん。

面白がってまたアシュのお膝に頭から転がる。

「ふふふ、ころんしちゃうのね。……あれ？　ララちゃん、どこいくの？」

ジジがアシュのお膝を占領してしまうと、ララはアシュの隣のユジュのもとへ這い寄り、ユジュに「さぁ、ララを座らせて！」という視線を向ける。

ユジュが不慣れながらもララを自分の前に座らせると、すぐさまララはユジュのお膝にころんと頭から転がって遊び始めた。

息子たちの遊ぶ様子を見守りながら、ディリヤがぼんやりしていると、ユドハがディリヤの朝食と果物を運んできた。

「ディリヤ」

「ん」

顎先を持ち上げれば、ユドハが柘榴《ざくろ》の実を食べやすいようにして口元に差し出してくれる。

ディリヤはそれを口に含み、喉を潤す。

狼の求愛給餌《きゅうじ》は甲斐甲斐しい。

ディリヤは、こうして指先一つ動かさずに腹を満たしながら、傍にやってくる息子たちを撫でたり、尻尾の毛繕いをしたりする。それ以外はクッションに凭れかかったまま微動だにしなくていい。

季節はずれの柘榴も、きっと、ユドハがディリヤのために取り寄せてくれたものだろう。

ユドハはせっせとディリヤの口に飲み物や食べ物を運びながら、ララとジジのいたずらが加速しないように尻尾で制御しつつ、アシュとユジュにも目を配る。

「……ユド」

ディリヤがユドハの尻尾の先を引っ張った。

「うん？」

「ふわふわしてて、アンタのこと好きってのが駄々漏《だだ》れんなってたらどうしよう」

ディリヤのほうへ頭を傾けるユドハの耳に、そんなことを打ち明ける。

「ディリヤ、お前はなぜそんなにもかわいいんだ。俺はもうすっかりお前に骨抜きにされているのに、そんなことを言われたら尻尾が言うことをきかん」

昨夜の余韻と寝起きのふわふわが残っているディリヤはかわいい。よく分からないことを真剣に考えて、「だいじょうぶかな？　俺がユドハのこと好きすぎてぐずぐずんなってんのバレないかな？」と照れくささうにしている。

「安心しろ、ここには俺とお前と子供たちしかいない」

「そっか、じゃあ大丈夫だ」

ふわふわの頰でユドハに寄りかかって、ユドハと手を繋ぐ。

今日のディリヤは一段とユドハとおんなじにおい。

子供たちはそれが嬉しくて、ほかの遊びをしながらも尻尾がぱたぱた揺れていた。


「ふんふん、すんすん」

ユジュの懐にアシュが顔を突っ込んで、鼻を使う。

次いで、アシュは、ディリヤ、ユドハ、ララとジジ、コウラン、エドナ、イノリメとトマリメ、ライコウとフーハク、アーロン、トリウィア宮のみんなの懐の匂いを嗅いで、またユジュに戻ってきて、こう言う。

「ふわふわのにおい、いっしょ！」

みんないっしょのにおい。

同じ群れの匂い。

ユジュもこの群れの匂いになった。

「いっしょになった？」

「うん！　いっしょ！」

「……ユジュ、うれしい」

同じ巣穴に住んで、おなじように服を着て、おなじものを食べる。おんなじ群れの匂いになるってことは、ふわふわな毎日をいっしょに過ごせているということ。

「きっと明日はもっとふわふわのにおいよ！」

「もっと！」

それはとってもすてき。

この子はディリヤさんとユドハさんちの群れの子なんだなって思ってもらえるし、自分も、ここのおうちで生きてる子って胸を張って言える。

「ユジュは、こうして生活しながら群れの輪のなかで衣食住を整えていくんですよ」

「ユジュが帰ってくるところを覚えることが大事だ」


ディリヤとユドハがユジュに教えてくれた。

群れを成している先住狼たちに迎え入れてもらうこと。これが群れに馴染むということ。馴染んでいくということ。積み重ねていく日々の生活のなかで自然といつの間にかそういうふうになっていくということ。

ユジュを守ってくれる場所があるということ。

かつて湖水地方の狼の金色とディリヤの赤が、色こそ交わらずとも、生きていくことで馴染んでいったように。トリウィア宮の狼たちの金色と、ユジュの銀色と、ディリヤの赤色。それぞれ色味は異なれども、同じ群れで生活するうちにみんなが同じ匂いになっていく。

これからは、ユジュの匂いも混じっているのが、この群れの匂いだ。

「おんなじにおい？」

「そう！　おんなじにおい！」

アシュはユジュをぎゅっと抱きしめた。

「おんなじにおい、愛しい匂いですね」

ディリヤがアシュとユジュとララとジジをぜんぶまとめて抱きしめる。

「うちの群れはふわふわがいっぱいいて、しあわせだ」

そうしたらユドハがディリヤごと抱きしめて、ふわふわをぎゅうぎゅうにする。

群れのみんなで抱きしめあって、頰ずりする。

群れのみんなが、おんなじにおい。ただそれだけのことで心がふわふわと弾み、トリウィア宮は今日も笑い声に包まれた。

おまけのふわふわ

ひそやかとおおっぴら

珍しくディリヤが一人で王都ヒラ郊外まで出向いた。書簡と小包を届ける戦狼隊の仕事だ。昼前に城を出て、夕暮れ時には仕事を終えて帰途についた。

その帰り道、街道沿いの定食屋に入った。亭主が一人で賄っているこぢんまりとした店だ。献立表や品書きもなく、作れるものならなんでも作るという方式らしい。

中途半端な時間ということもあり、客はディリヤだけだった。だが、諸外国からの観光客の往来も多い王都近郊に構えている店ゆえに、亭主は人間の姿を見るのが初めてではないらしい。赤毛には驚いた様子を見せたが、ディリヤが席につくと注文を取りに来た。

「いらっしゃい、なににする?」

「ひとまず、汁物があればそれと、肉と魚を二皿ずつ、青野菜でなにか一皿、芋料理とパンか米をお願いします。またあとで追加をお願いすると思います」

そこまで頼んでから、亭主が怪訝な顔をしていることに気付き、どうしたのかと首を傾げた。

「……一人で、食うのか?」

「はい、一人で……」

そこでディリヤは、「……そうだ、しまった、今日は一人だった」と気付く。

いつもはユドハと一緒だから、ついつい食べたいがままに大量に頼んでしまった。

「すみません、やっぱり汁物と肉とパンを一皿ずつでお願いします」

「おう、それがいい」

亭主は安堵の表情で頷き、厨房に戻っていった。

手際良く準備が始まると、鍋とお玉の触れあう心地好い音や油の弾ける音が響く。そう待たずに湯気の立つ料理が机に並べられた。野菜と肉と腹持ちの良さそうなパンの組み合わせが絶妙な定食だ。

「いただきます」

ディリヤは声をかけ、食器を手にした。


すっかり平らげて皿をきれいにしたディリヤは厨房から出てきた亭主に硬貨を支払い、会計を済ませた。

「ごちそうさまでした」

「また今度、魚や芋料理を食べにおいで」

店を出る時、亭主がディリヤに紙包みを握らせてくれた。

潰した蒸かし芋に塩胡椒と香草とバターを混ぜて丸めたものだ。道すがらの間食にどうぞ、ということらしい。すごく食い意地が張っている人間がやってきたと思われたのか、とても腹が空いていたのだと可哀想に思ってくれたのか、答えは定かではないが、ディリヤは頭を下げてそれを受け取った。


家に帰りついたのは夜空に月が登った頃で、子供たちはくぅくぅぴぃぴぃ寝息を立てていた。

トリウィア宮の暖炉の前にユドハと並んで腰を下ろしていたディリヤは、暖炉の火で温めなおした芋をユドハと半分ずつして、定食屋での出来事を話した。

「外で食う時は、アンタがいっぱい食ってくれるから、俺は自分の腹具合を気にせずに気になる料理を片っ端から注文できるし、いろんな種類をちょっとずつ食べられるし、しかもそれで腹いっぱいにできてたんだ……って思い知った」

「外食で料理が余ることはないし、お前が食えなくても俺が食うから気にせず好きなものを頼めと言っていたからな」

「知らぬ間に甘やかされていたことを思い知った」

「……気付かれてしまったか」

ユドハは口端をあげて笑い、いたずらっぽく尻尾をゆらゆらさせる。

「しかも、ウルカの定食一人前は成人狼の一人前だから圧倒的に人間の一人前よりも多い。そんなことも忘れてた」

「一緒に暮らし始めた頃は、人間、そんなに食べる量が少なくて倒れないか？　遠慮しているのではないか？　と俺も気を揉んだが、最近はお前の食事量も把握できてきたし、食べる量を見て心配するのでなく、こんなにもしっかり食べていると安心できるようになってきた」

「俺はアンタの食う量が多すぎてコイツ大丈夫かよ……って心配だったけど、その体格とこの生活を維持するにはあれぐらい必要だって理解できてきた。でもアンタは国王代理のくせに運動量と筋肉量が圧倒的にどう見ても事務仕事の狼じゃない」

「国王代理も体力勝負だ」

「俺の相手も？」

「体力勝負だな」

「じゃあ今夜も体力空っぽになってめいっぱい腹が空くくらい動け」

「……いいのか？」

「いいぞ？」

「いいんだな？」

「ああ」

「本当に？」

「本当に」

「本当に、全力でいいんだな？」

「……っ」

尻尾で内腿をなぞられて、ディリヤは息を呑む。

「うん？　返事がないな？」

「…………」

「返事が聞こえない。大きく、はっきりと、狼の耳にも届くように答えてもらわねば」

「ほんとに全力でいい。……でも、先にもう無理って言ったほうが明日は朝から晩まで相手に百回キスするってのはどうだ？」

「では、勝負だ」

「おう」

二人して舌なめずりして好戦的な眼差しで見つめあい、その場に雪崩れ込む。

月明りと暖炉の火に照らされた尻尾がゆらゆら揺れて壁に大きな模様を描く。その尻尾を撫でる手の影が鬣の豊かな狼の背に回った。


朝、アシュが目を覚ますと両親がおもしろいことをしていた。

「愛してる」

「ああ、俺も愛している」

二人で目があうたびに言いあっているのだ。

時にはディリヤが先に、時にはユドハが先に。

そして、小鳥のように、ちゅっと音を立てて唇を寄せあう。

「愛している」

「俺も愛してる」

なんでも、今日は二人ともが百回キスして愛してると言いあう日になったらしい。

「またちゅっちゅしてる……」

「してるわねぇ」

アシュの言葉に、朝食を食べに来ていたエドナが頷く。

「ねぇねぇエドナちゃん、ひゃっかいっていつもディリヤとユドハが言ってるのと同じくらいの回数かなぁ？」

「そうねぇ、いつもとそんなに変わらないわねぇ」

膝にララとジジを乗せたエドナが、アシュと同じように首を傾げる。

「愛してる、ユドハ」

「愛してるぞ、ディリヤ」

卵料理の乗った皿を渡しながら真剣な眼差しで愛を伝えあい、唇を交わす二人の瞳は楽しげな微笑みを湛《たた》えている。

結局、昨夜はどちらも「もう無理」を言わずに引き分けに終わってしまった。引き分けの場合どうするか決めていなかったので、お互いに愛してるとキスを百回ずつするということで手打ちになり、勝敗は今夜に持ち越しとなった。

ただ、勝負の最中に、「百回のキスに愛してると言うのも付け加えよう」と提案したのはどちらだったか……二人ともその記憶さえあやふやだが、キスも愛してるも何度しても幸せなので何度でも繰り返す。

「アシュが起きてから、もう三十八回もちゅっちゅしてるよ」

「……あ、いま三十九回目をしたわ。おやつ時までには終わりそうね……と思っていたけれど、この調子でいくとお昼ご飯前には終わっていそうだわ」

「えどなちゃん、アシュもえどなちゃんだいすきよ」

「エドナもアシュがだいすきよ」

アシュからエドナに、ちゅ、と鼻を寄せ、エドナもアシュに同じものを返す。

「ららちゃんとじじちゃんもだいすきよ」

アシュが弟たちにもお鼻で愛を伝えると、双子はその鼻をガジガジ噛んだ。

「ふがっ」

「あらあら、……アシュ、お鼻はご無事？」

「うん、ごぶじ」

「ララとジジもだいすきって伝えたいのよ」

「愛が過激ね」

アシュが双子に微笑むと、エドナの膝の上の双子が短い尻尾を振って愛を振りまいた。


食卓を挟んだ向こう側では、ディリヤとユドハが「俺のほうが愛してる」「いいや俺のほうがもっと愛してる」と言いあいながら「負けてたまるか」「受けてたとう」と頬を寄せて鼻を齧りあい、歯形のついた互いの鼻先に大笑いしていた。


後日談。

「いっぱい食べられる狼をつれてきました」

「こんにちは、いっぱい食べられる狼です」

「じゃあいっぱい作ろうなぁ」

とても大きな狼を連れてやって来た赤毛の人間に、定食屋の亭主は笑顔で腕を振るった。

「ごちそうさまでした」

「おいしかったです」

「またおいで」

ほんとにいっぱい食べられる狼だったなぁ。

あの人間もいっぱい食べたなぁ。

見ているこちらまで気持ち良くなる見事な食べっぷりに、亭主は清々しい気持ちで二人を見送った。

さらに後日談。

「今回はいっぱい食べられる狼とちょっと食べられる狼もつれてきました」

「こんにちは、今回もいっぱい食べられる狼です」

「あしゅです！　ちょっとだけいっぱいたべられます！」

「じゃあ今日もいろんなものを作ろうなぁ」

赤毛の人間が、今度は大きい狼のほかに小さい狼もつれてきた。

定食屋の亭主はもうなにも驚くことはなく、今日もいつもどおりに厨房に立った。

「ごちそうさまでした」

「子供用に食べやすくお気遣いくださり、ありがとうございます」

「お花のかたちをした、にんじんのおかずがおいしかったです！」

「またおいで～」

定食屋の亭主は、おっきいのも、ちゅうくらいのも、ちっちゃいのも、みんな、おなかポンポンにして帰っていく後ろ姿を笑顔で見送った。

おんみつこうどう

「抜き足、差し足、忍び足……」

昼時、トリウィア宮には気配を隠して歩くアシュがいた。

しゅっ、しゅしゅしゅ……、しゅしゅしゅしゅしゅしゅ……っ、俊敏な身のこなしで廊下の角から角へ走り、物陰に潜み、身を低くしてトリウィア宮を移動する。

尻尾を立てて警戒を密にして、きょろきょろと周囲を見渡し、誰もいないことを確認すると、そろりと静かに、それでいて足早に暗がりの一室へ入っていく。

そこは、ララとジジが昼寝をしている部屋だ。

イノリメとトマリメを含め、室内に見守り役がいないことに胸を撫で下ろしたアシュは爪先立ちになって双子の傍まで歩み寄り、よりいっそう息を潜めて寝台の端に足をかけ、慎重に寝床によじ登り、ふかふかの寝床の真ん中で寝息を立てる弟たちの近くまで四つん這いでにじり寄った。

臍を天に向けた双子は、ぽてぽての腹を規則正しく膨らませ、萎《しぼ》ませて、すよすよと眠っている。

双子の隙間に正座で座ったアシュは、おもむろに双子の腹にかけられた毛布をめくると、無防備にも腹を見せて眠る弟たちをじっと見下ろす。

次の瞬間、アシュは、まずララのおなかに鼻先をもふっと埋めた。

「…………」

顔を動かすでもなく、甘噛みするでもなく、鼻先をぐりぐりするでもなく、アシュは赤ん坊の腹に顔面を突っ伏している。

ぴよっ、とララの尻尾が動く気配を敏感に察知したアシュは息を殺してゆっくりと顔を上げ、そっと反対側を向いた。

「…………」

ひとつ深呼吸をしてから、ごく自然な動作で、なんの迷いもなく、今度はジジのおなかに顔面を突っ伏す。

弟をぎゅっと抱きしめるでもなく、頬ずりするでもなく、体重をかけて凭れかかるでもなく、アシュは正座でお辞儀をするような格好で赤ん坊の腹に顔面を埋めている。

丸みを帯びたアシュの小さな背中も規則正しく上下していて、弟の腹に突っ伏したまま深く呼吸していることが分かるが、微動だにしない。

ただただ、丘陵のごときまんまるふわふわの赤子の腹に、まんまるのふぁふぁの頭がめり込んでいるだけだ。

ジジの耳がひくんと動いたことを敏感に察知したアシュはそうっと静かに顔を上げ、弟たちが起きていないことを確認すると腹にきちんと毛布を掛けなおした。

「…………」

アシュはまるまるとした己の両手で自分の鼻のあたりを覆い、ゆっくりと吸って吐き、ふにゃふにゃのほっぺでうっとりする。

それを数回ばかり繰り返してから、静かに、静かに、時間をかけてゆっくりと双子の寝床を移動し、音をひとつも立てずに寝台を下りた。

再び左右を見渡し、出入り口にも誰の気配もないことを確かめてから、ララとジジが昼寝する部屋を足早に出て行く。

「…………」

その一部始終を目撃していた男が一人いた。

ディリヤは双子の昼寝部屋の隅にいた。アルコーヴになった小さな書斎で作り付けのソファに腰かけて本を読んでいた。

アシュが入ってきたことには気付いていたが、足音を殺している姿が可愛くて、「上手に気配を消せるようになったなぁ……」と様子を窺っていた。

アシュはディリヤにも気付かず、ひと言も発することなく、物音も立てず、弟たちの腹に埋もれて帰って行った。

本を置いたディリヤは双子のもとへ歩み寄り、アシュが突っ伏していた腹のあたりを確認する。

双子の昼寝着の腹が仔狼の鼻の形に湿り、よだれで濡れていた。鼻の形の大きさからして、紛れもなくアシュのものだ。濡れているところにディリヤも鼻先を近付けてみたが、特に気になる匂いはなく、おむつの交換が必要という感じでもなく、狼の赤ん坊特有の乳《ちち》臭《くさ》さとおいしい匂いがするだけだ。

「……?」

アシュはなにをしてたんだ?

アシュの挙動不審に首を傾げつつ、ディリヤは双子の額に唇を落とし、もうすこし昼寝を続けさせることにした。

それに、いまの一場面で、次のアシュの狩りの訓練の課題が見えた。味方の気配を察知する練習だ。仔狼は親の近くだと油断してしまうから、次はそのあたりに注意して敵味方を判別したり察知する方法を教えよう。そんなことを考えながらディリヤは読書に戻った。

「ふふふふ……」

ひと気のないところまで移動したアシュは、肩と尻尾を揺らして頬をにまにまさせた。

あかちゃんのにおい。

あまくって、おいしいにおい。

最近、ららちゃんとじじちゃんは、いっぱいうごうご動くから、ねんねんしてる時しか、おなかのいいにおいを嗅げない。

「ふふふっ」

あかちゃんおおかみ、いいにおい。

すよすよねんねんしてるから起こさないように、そっと、静かに、おとなにないしょで、お鼻をもふっとおなかに押し当て、吸って、吐いて、吸って……あぁ、いいにおい。

「あ、よだれでちゃった……」

思い出して、よだれがでちゃった。

アシュは慌てて口を拭い、左右を見渡し、誰も見ていないことを確認してから鼻先を両手で覆い、自分の鼻に残っているあかちゃんのいいにおいを反芻《はんすう》し、尻尾をぱたぱたさせた。


「アシュのおえかきちょうに、あかちゃんおおかみいいにおい、と書いてあった」

その夜、ディリヤは昼間の出来事をユドハに話して聞かせた。

「アシュもまだ赤子の狼の匂いがするが……」

「アシュもまだ乳臭いか？」

「多少な」

ユドハは頬をゆるめ、可愛い息子たちの匂いを思い出す。

「俺の鼻だとアシュはもう赤ん坊じゃなくて幼児とか子供の狼の匂いしかしないからな」

「お前からも乳臭い匂いがするぞ」

「ララとジジを抱いてるからな。それでいうと、アンタも一日中双子を抱いてる日は乳臭い」

「それもそうか」

「ところで質問なんだが、同じ部屋で家族の匂いが混ざってると狼の鼻でも部屋に誰がいるか区別がつきにくいのか？」

「大人になれば嗅ぎ分けられるようになるが、幼いうちは間違えることもあるな。今回は、アシュが単に双子の匂いを嗅ぐのに集中していて周りへの警戒がゆるみ、お前の存在に気付かなかっただけだろう」

「じゃあ、これからは匂いだけじゃなくて気配や足音や雰囲気でも察知したり区別できるように練習だな」

「耳はいいからすぐにできるはずだ。現段階で、アシュは、姉上やアーロン、身近にいる人物の足音は聞き分けられている。……ディリヤ、どうした？」

突然、その場で不良のようにガラの悪い体勢で屈みこんだディリヤがユドハの尻尾を持ち上げ、尻尾の裏側に鼻先を埋め始めたものだからユドハは尻尾をおろすにおろさせる。


だが、ディリヤの手でしっかり尻尾を摑まれていて、逃げられない。

「尻尾の裏の匂い嗅いでる」

「……はずかしい」

「そうなのか？」

「一般的には、あまりそういうところの匂いは嗅がない」

「いい匂いなのに」

「お前がどうしてもと言うなら二人きりの時だけに……」

「分かった」

ディリヤは名残惜し気に尻尾の裏から顔を出し、尻尾の一番太いところに頰を寄せる。

「なぜ唐突に尻尾の裏の匂いを嗅いだんだ？」

「体臭ってみんな違うけど、部位によっても違うだろ？」

「ああ」

「俺、アンタの尻尾の裏の匂いが好きなんだけど、よく考えたらアンタが傍にいない時にも尻尾の裏の匂いって思い出せるんだよな。鬣の匂いも、胸のところも、顎下の匂いも、耳と耳の間も、なんなら内腿の匂いも。ぜんぶちょっとずつ違うけどいい匂いで好きなんだよ。人間の俺でもアンタの匂いをこれだけ覚えられるし、どんな匂いか思い出せるんだから、嗅覚ってすごいなって思った」

ディリヤがユドハの尻尾の先に唇を落とす。

「……よく分からんが、……それでいきなり尻尾の裏を嗅ぐのか？」

「思い出したら嗅ぎたくなったから嗅いだ」

「……なるほど」

「今日も満足のいくアンタの匂いだった」

「そうか」

「すき」

「うん」

「だいすき」

「…………俺か、それとも尻尾の裏の匂いか」

「どっちも、ぜんぶ」

「…………まだ風呂にも入っていないのに」

尻尾が勝手にぱたぱたしかけたユドハは「いま尻尾が動いたらディリヤの顔に当たってしまう」と辛抱する。だが、ディリヤに「アンタの尻尾で顔面ぼふぼふされるのも好きだ」と囁かれ、「では、辛抱する必要はないのでは？」と思いなおし、尻尾でディリヤの顔をもふもふしてから抱きあげて頬ずりして、いそいそと巣穴に連れ込んだ。

アシュ、だだをこねる

「どうしても……！　どうしてもなの……！」

寝間着姿のアシュが寝室の前でだだをこねる。

尻尾をぶんぶん振るのと同時に首も横に振って、抵抗を示す。

アシュの目線に屈みこんだディリヤは、さてどうしたものかと頭を悩ませていた。

「どうしてもですか……」

「そうなの、どうしてもなの……っ」

「……そんなにどうしても譲れないんですね？」

「そうなの……！　あしゅ、この子をねんねするところに置いておきたいの！」

アシュは小さな赤い林檎をぎゅっと抱きしめる。

「それは食べ物なので寝床に置くのは推奨しません」

「すいしょう……？」

「やめときましょう」

「……やだ、りんごちゃんといっしょに寝るのぉ……」

眠いせいか、いつもより聞き分けが悪く、アシュがぐずる。

「どうして林檎と一緒に寝たいんだ？」

梃子《てこ》でも動かない息子にユドハが助け舟を出した。

「……りんごちゃん、いいにおいするから……」

「確かにその林檎はいい匂いがするな」

「あしゅ……ゆめのなかでもいいにおいをくんくんしたいの……りんごちゃんの、いいにおいのゆめが見たいの……」

「……めちゃめちゃ食いしん坊じゃん」

思わずディリヤの心の声が漏れる。

「ディリヤ、今晩だけ許してやろうじゃないか。林檎の……っ、林檎の匂いがする夢を見たいだけのようだから……」

　必死に林檎を抱きしめる我が子が可愛すぎて思わずユドハも笑みがこぼれそうになり、肩と尻尾が震えている。息子が真剣なので笑ってはならぬと辛抱しているのだ。

「狼の子供……、寝惚けて齧ったりしないか？　喉に詰まらせたりとか……」

「では、果物籠に入れて枕の上に吊るすのはどうだ？」

「それなら、まぁ……」

　仔狼の寝相や寝惚け方を知っているディリヤもユドハの提案に頷く。

「いいの？　ねんねんするところに持って行っていいの？」

「今晩だけですよ」

「だっこして寝るのではなく、果物籠に入れて、頭の上に吊るすなら、今晩だけ許可しよう」

「やったぁ！　イノリちゃん！　トマリちゃん！　くだものかごください！　りんごちゃんがねんねんするふかふかのおふとんをつくってください！」

　眠たさのあまりとろんとなっていた目が輝く。

　アシュは小さな果物籠にお人形用のクッションを敷いてもらい、そこにそっと林檎を一つ寝かせた。これで、ふかふかの寝床に寝かされた林檎入りの果物籠の完成だ。天蓋の柱に果物籠の持ち手を通して吊るすと、ゆらりと一度だけ揺れて、ふんわりあまずっぱい匂いが寝室に漂《ただよ》う。

「ふふふ……りんごちゃん……ふふふ……」

　おとなしく布団に入ったアシュはにこにこ、お鼻はくんくん、尻尾がぱたぱた、ご機嫌の笑顔で果物籠の丸い底を見つめている。

　子供用の寝台に吊るされた果物籠と、お大臣のように丁寧に扱われた林檎。リルニツクのキリーシャ姫あたりが見たら、「……それは、ウルカのまじないかなにかなの……？」と怪訝な表情をすること間違いなしだ。

アシュを寝かしつけたディリヤとユドハは寝息が深くなったことを視線で確かめあい、足音を立てずにそっと居間へ戻った。

「やっと寝てくれた、……ふぁ、ああ」

ディリヤは大きく伸びをして、そのまま欠伸もする。

「くぁ、あ……、寝ながら鼻を動かしていたな」

ディリヤの欠伸がうつったユドハも大きな口を開けて欠伸をした。

「りんごちゃん……って寝言も言ってた」

「あの調子なら、枕元に置いて眠らせると寝惚けて齧っていたかもしれん」

「そのうち、葡萄の夢が見たいとかお菓子の夢が見たいとか言いそうだ。……ふぁーぁ、あ」

「俺はお前の夢が見たい」

ユドハは隣で二度目の欠伸をするディリヤを見下ろし、口端を持ち上げる。

「夢見る暇もないくらいどろっどろに抱かせてやるよ」

「…………」

「尻尾がうるせぇ」

ディリヤはユドハの尻尾を摑んで寝室に引っ張り込んだ。

ディリヤのつくろいもの

ユドハの服はよくぼろぼろになる。

布にぷつりと小さな穴が開いた時は、仔狼の爪が突き刺さった時。同じくらいの小さな穴が二つ並んで空いた時は仔狼の牙が甘噛みの加減を間違えた時。金糸《きんし》瓜《うり》をほぐしたように表地がほつれた時は、仔狼たちが駄々を捏ねて暴れたり、じゃれてまとわりついたり、頬や額をぐりぐりと押し当てて甘えたり、甘噛みをして糸を引っ張り出した時。

幼さゆえに上手に爪をしまえなくて服に引っかけてしまうことも、おとうさんが大好きすぎて感情が昂って牙をしまうことも忘れてはぐはぐしてしまうのも日常茶飯事だ。

「ララ、ジジ、お父さんはお仕事です。離れましょう」

「やあぁぁ～～」

「や……」

ユドハから離れたくない一心でしがみつき、爪と牙を最大限に駆使するのも毎朝の恒例行事だ。

近頃などはユドハにすこしでも長くひっついていたい執念が実り、靴下や長着に隠れた双子の足の爪が自分の服の布地を突き破ることも増えてきた。

「すまん、ディリヤ」

「任せろ、アンタは先に行け」

双子を小脇に抱えたディリヤが、後ろ髪を引かれるユドハを仕事へ送り出すのもまた毎朝の恒例行事だった。

そして、毎朝の死闘にアシュが参戦すると、これもまた大変だったが笑顔も増えた。

アシュは、双子と一緒にユドハにくっつくのが三割、「ララちゃんとジジちゃんはひっつきむしさんね、おにいちゃんのところへおいで」と双子を宥めるのが二割、そのほかは一足先に学業のためコウランのもとへ向かって不在ということが多かったが、とはいえ、やはりアシュもまだ六歳、おとうさんにくっつきたい。

しかしながらもう六歳だ。

双子とは一味違うところを見せてきた。

「爪が引っかかっちゃったからね、今日はユドハと離れられないね。あしゅ、ユドハといっしょにおしごといくね」

アシュはユドハにくっついて、引っかかった爪をディリヤとユドハに見せる。アシュがまるまるした指先を動かすとユドハの服の布地が三角に持ち上がった。

それも、一本ではなく三本だ。

「…………」

ディリヤは無言でユドハの服からアシュの爪を一本ずつ丁寧に剝がした。

「あぁ、……ほぁあ……」

アシュから絶望の声が上がる。

「……大丈夫です、すべて外れました。アシュはお勉強をしてください」

「あぁぁ～……」

アシュはうちひしがれる。

ユドハの鬣に埋もれて、いやいやと首を振る。

「ディリヤ、その……、アシュもこうしてくっついていたいようだから今日くらいは一緒に王城へ……」

「今日は忙しいだろ。アンタも絆されてないで仕事へ行け」

後追いを画策して脱走しようとする双子を足の間に挟んだディリヤは、ユドハの懐からアシュを抱き上げて見送った。

そんなことがあった翌日。

「…………」

早朝、ユドハと二人で身支度を整えていたディリヤは、自分の爪でユドハの服を引っ掻いてみた。

「…………」

つがいの奇行に、またなにか考えてるんだろうな……とユドハは見守りに徹する。

「爪、引っかからなかった」

「お前の爪は尖っていないから、引っかけるにはすこし鋭さが足りないな」

「引っかかったら、今日は俺がアンタにくっついて一緒に仕事に行けるのに……」

「喜べ、護衛官殿。俺とお前は職場が一緒だ」

「……そうだった」

本気で職場が同じだということを失念していたディリヤは目を丸くして、キラキラした瞳で嬉しそうにユドハを見上げる。

「かわいい」

かわいい。

今日も我がつがい殿がかわいい。

ユドハはディリヤを抱き上げ、「では、俺から牙でも引っかけてくっつこう」と鋭い牙で護衛官服の端を牙で辿り、首筋を甘く噛んだ。

ふと、そこでユドハはディリヤの護衛官服の裏地に目を止めた。昨日までと縫い目が変わっている。

「ディリヤ、この裏地は自分で補強したのか？」

「ああ、襟芯の間に薄くて撓《しな》る素材の刃物を仕込んでみた。そのついでで補強した」

「俺や子供たちの服を繕う時とは見た目が随分と違うな」

「丈夫さ優先だ。縁飾りの下に隠した糸を一本引けば簡単に取り出せるようになってる」

「首回りが重くないか？」

「多少な。まぁ気にならない程度だ。あー……俺にもアンタみたいな爪と牙があったら便利なのに」

どんな短刀も狼の爪や牙には敵わない。

これがあればもっと戦い方の幅が広がるのに。

ディリヤはユドハの牙にがぶりと齧りつき、ちっとも歯が立たないと拗ねた顔をしてみせる。

「かわいいディリヤ、お前に鋭い牙がなくとも、鋭い勘と本能、そして用心深さがある」

ディリヤの何気ない奇行はすべてユドハを悶えさせるほどの愛らしさを伴うが、その本質はけものだ。

日頃、ディリヤがユドハの服の繕いものをするのは三匹の仔狼の仕業が大半だが、ユドハ自身が爪を引っかけてしまうこともある。そうした小さな繕いものならディリヤがするが、公務や面子《メンツ》、体裁にかかわる修復が求められる時はユドハの衣裳係やお針子が実に素晴らしい腕前を披露する。

あくまでも、ディリヤがするのは針仕事。ディリヤは、家族のために繕いものをしている時間が好きだ。時には、服だけではなく、帽子や手袋、襟巻、靴の修繕もする。穏やかで、静かで、集中してそういうことができる時間がある幸せを噛みしめている。

だが、自分のための繕いものは「頑丈であればよし」なので子供たちやユドハの縫い物に施すような芸術性や装飾性が一切排除される。

同時に、そうして身の回りの品を自分で作ったり補強したり修繕したりするのが好きなのは、自分の身の回りの装備品を他人に任せすぎず、自分で用意した装備品を整備して、整備方法を自分自身が最も把握している状況にしたいという本能の現れでもある。

次の戦に備える。

家族の防備は万全に。

防護を固める防衛本能、それは、けものの本能ゆえだ。

「繕いものは好きだ」

ディリヤの言葉のその真意は、「自分と家族を強くするものは好きだ」という意味でもある。

毛皮のない生き物が、毛繕いの代わりにすること。身繕いをすること。

それがディリヤにとっての繕いものだ。

「お前はどこまでも狼だ」

ユドハの言葉にディリヤは満足げに口端を持ち上げた。

えどなちゃんと！

「さぁアシュ、張り切って卵を八個割っていくわよ」

「まかせて！　アシュはユドハにたまごわり名人と呼ばれたおおかみよ！」

台所に立ったエドナに、ピンと尻尾を立たせて返事をしたアシュは周りの大人たちに手伝ってもらいながら順調に卵を割っていく。

「ユジュ、お砂糖はきっかり小麦粉と同じ重さだけ量れそうかしら？」

「ん、……これで、ちょっとずつ、調整して……、そしたら、はかりが、いっしょ」

ユジュもまた大人たちに手伝ってもらいながら、木匙に薄く盛った砂糖を山盛りの砂糖の上に慎重に足していき、天秤の反対側の小麦粉の重さと均等になるよう合わせている。

アシュとユジュ、二人ともおそろいの前掛けをして台所に置いた子供用の足場に並んで立っていた。今日はまずエドナが書いてくれた子供用の調理手順書を読むことからはじめ、調理器具や製菓材料を用意していき、いよいよお菓子作りが始まったところだった。

「今日は、えどなちゃんとアシュとユジュのお菓子づくりの日です。ふわふわしっとりのケーキ、ふわふわしっとりのケーキの乾燥果物入り、さくさく焼き菓子さんしゅるい、とろとろクリームをつくります」

「ふわふわしっとりのケーキは、たまご、はちこ。バターは、たまごとおんなじおもさ。こむぎこ、おさとうは、おなべにはんぶん。はかりにのせながら、よっつをぜんぶおんなじおもさにします」

「あってる？」

「あってる」

二人は互いに手順書を読み上げながら確かめあい、どちらも真剣な表情で作業に取り組んでいる。

「アシュ、ユジュ、生地はさっくり手早く混ぜ合わせるのがおいしくなるコツよ。……あら、この手順書、なにか忘れているような」

「なんだろね？」

「わすれもの……？」

アシュとユジュが同時に首を傾げる。

「なんだったかしら。アシュ、ユジュ、ご存知？　たぶん、すっぱいものだったと思うのだけど……」

「すっぱい……」

すっぱい味を想像したアシュが、顔面の真ん中に目と口をきゅっと集めて窄《すぼ》め、鼻の根元に皺を作る。

「すっぱいの……お酢……？」

調味料の棚を見上げながら、ユジュもまた自然と口のなかに溢れる唾液にすっぱい顔をする。。

「近いわ！　お酢と同じで食べられるものだったはずよ。……エドナが思い出すのを手伝ってちょうだい」

エドナが尻尾をうきうきさせた。

このあと、「しょっぱいものもちょびっとだけ必要なのよ……なんだったかしら」とアシュとユジュに考えさせながらエドナのお菓子作りは進行していく。アシュとユジュが正解すると、隠し味の柑橘果汁や塩の役割について説明していき、仔狼は「ふんふん」と頷いて、小さな指で塩をひとつまみ加えていく。

「ふしぎねぇ、おいしくなるんだねぇ」

「あまくなるの、ふしぎ」

ディリヤは、息子たちが首を傾げるたびに尻尾も斜めになる後ろ姿を見ながら竈の火を調整していた。

エドナの侍女たちは、エドナがなにかの拍子に落としてしまいそうな使用済みの器具を順番に片付けていき、次に使う器具をそっと手もとに置く。

「たくさん作るから、群れのみんなに食べてもらえるね」

「じょうずに、作れるかな……」

「大丈夫よ！　きっと成功するわ。エドナ、なんだか今日はとってもお菓子作りが成功する気がするの」

エドナがドレスの裾をからげてくるりと一回転する。

「…………」

ディリヤは、エドナがドレスのふくらみに引っかけて落としそうになった卵の入った器を空中で受け止めて調理机に置く。

「まぁ、ありがとうディリヤ！」

「いえ。エドナさん、竈の熱がもうすこしで良い頃合いになりそうです」

「たいへん、混ぜなくちゃ！」

「混ぜなくちゃ！」

「ちゃ！」

三人は、大急ぎで調理に戻る。

だがしかし、柑橘果汁を小匙で生地に加えるはずが、どぼっと入って「あら〜」「はいっちゃったねぇ」「わぁ……」とエドナとアシュとユジュで途方に暮れる。生地を混ぜ始めれば「あら〜」とエドナの胸もとに生地が飛び跳ね、乾燥果物を生地に加える手前で「おいしいわねぇ」「ふふふ、おいし」「ほっぺがリス」と三人でつまみ食いをする。生地を三等分して焼き型に流し入れれば手もとが狂って「あら〜」と嘆く間に作業机に垂れ落ち、それを修整しようとエドナが手を持ち上げれば「あら〜」「ほっぺにとんじゃったね」「きれいにする」とあちこちに飛んだ生地を舐める毛繕いが始まる。大量に投入された柑橘果汁、つまみ食いした分だけ減った乾燥果物、零れた生地の分量などを総合して生地と味の調整、焼き時間と竈に入れる配置と火加減を考えながら、ディリヤと侍女たちはお菓子作りが成功するように縁の下の力持ちを徹底し、「今日はまだ順調だ」と顔を見合わせ、一歩間違えれば大惨事になるところをディリヤと侍女たちで絶妙に丸く収めていく。

だが、油断大敵だ。このあと、焼き菓子三種類と、とろとろクリーム作りが待ち構えている。

「ほわっほわの小麦粉を、ふるふる篩《ふるい》にかけますよ〜」

「さくさく焼き菓子、しっかりこねる」

「ジャムや木の実をのせましょうね。エドナ、力持ちだから木の実だって粉砕できるのよ」

「力仕事は自分が……」

護衛に立っていたライコウがそっとエドナから木槌を受けとり、台所の隅で大きな背を丸めて木の実を割っていく。万が一、木の実を割るのに失敗して麗《うるわ》しの姫君が指を打ったり、仔狼のもとへ破片が飛んだり、国王代理殿下の宝物であるつがい殿の無防備な肌が傷つくようなことがあってはならない。

「……えどなちゃん」

「はい、ユジュ、いかがなさって？」

「ジャムは、ユジュもたべていい？　ユジュがたべても、みんなの分はある？」

「もちろんよ！　みんなの分たっぷりあるわ。それに新しい味もあるのよ。ユジュのお好きな新しい味も見つけていきましょうね」

「えどなちゃん、とろとろクリームはなにに使うの？」

「今日のお菓子と一緒にいただくお茶にのせていただくのよ。ふわふわしっとりケーキに添えるのも素敵ね」

「すてきねぇ。……あ、よだれでちゃった」

「……でちゃった」

「二人とも、こちらに顔をどうぞ」

　ディリヤは、アシュとユジュのよだれをそっと拭い、竈から漂う甘い香りに自分も喉を鳴らした。

お菓子作りは大変だが、「えどなちゃんと！」「おかしづくり！」と尻尾をぱたぱたさせる仔狼の笑顔を見れば緊張感の走るお菓子作りも楽しいものだと思うディリヤだった。

たてがみのはなし2

「……お」

風呂上がり、アシュの頭を拭いていたユドハが短く声を上げた。

「なーにー？」

「うん？　いやいや、ちょっと待て、じっとしてくれ」

もぞもぞ動くアシュを大きな乾布で包みこみ、片手で抱えると、もう片方の手でアシュの後頭部の鬣を掻き分ける。

毛先がほんのり苺色をした毛並みの奥深く、やわらかな金色の産毛《うぶげ》に埋もれて真っ赤な鬣が一本だけ生えていた。

「見つけたぞ」

「なになに？」

「ディリヤと同じ色の鬣が生えている」

「どこ？」

「後頭部だ」

「見せて見せて」

アシュは天を仰ぐように首を仰け反らせるが、頭の後ろ側を見ることはできない。

「ちょっと待ちなさい。ほら、この手鏡を持って……、そう、そのままじっとだ」

アシュを抱えて壁際の鏡台まで移動し、合わせ鏡でアシュの後頭部を映す。

「見えない……」

「もうちょっと斜め上だ」

「こう？」

「そうだ、手鏡はその位置だ」

「わかんない……」

「……産毛に埋もれているからな……こうしたら見え

るか？」

「みえない……っ」

「これならどうだ？」

「…………」

「だめか、難しいな……」

「見たい……あしゅ、たてがみ、みたい……」

「なにしてるんだ、二人して」

いつまで経っても風呂から出てこない二人を心配してディリヤが顔を覗かせた。

下穿きだけを穿いたユドハが鏡台の前に立ち、大きな布でおくるみのように巻かれたアシュが手鏡を片手にだっこされている。

不思議な光景だ。

「アシュのあかいたてがみあるの！　みて！」

アシュはユドハの腕のなかでくるりと向きを変え、ディリヤに後ろ頭を見せる。


「……赤い鬣ですか？」

「ここだ、ディリヤ。……この、耳と耳の間の真ん中をくだった後頭部の奥の短い毛に埋もれている」

「あ、みつけた」

ディリヤの目の前に、ぴょこっと短い赤色の鬣が現れた。

「あった？」

「ありました」

「アシュね、みえないの。どんなかんじ？」

「そうですね……、こんな感じです」

ディリヤは一本自分の髪を抜くとユドハの鬣に差す。

「おぉぉ〜〜……」

アシュはちいさな手をぱちぱち叩いて感動の声をあげる。

「これほど赤い鬣は初めて見た」

「俺も初めて見た」

ユドハとディリヤは顔を見合わせ、「こんな色も生えるんだな～」と感動する。

「あしゅ、あかいたてがみだいじにそだてる！」

アシュがピカピカの牙を見せて笑った。


「みて！　あかいの！」

それからしばらくの間、トリウィア宮の道行く人々に自分の後頭部を掻き分けて赤い鬣を見せながら歩くアシュの姿が目撃された。


十数年後。

「アシュちゃんっておとうさんにそっくりの金色なのに、時々、真っ赤な鬣があるよね」

「あるある」

「見つけるといいことありそうだよな」

「久しぶりに探そうぜ」

「探そう」

アシュの幼馴染たちがそう言うなりアシュの周りに立ち、鬣を掻き分け始める。

「見つかった？」

毛繕いされている猫みたいに目を細めたアシュは胡坐を掻き、みんなが探しやすいように背を丸める。

「今日は見つかんない。あ、でも、……銀色の毛がくっついてる」

ニーラが銀色のそれを爪先で抓《つま》み、アシュの前に持っていく。

「あ、ほんとだ、ユジュのだ。くっついて寝てるからよくあるんだよね」

アシュはにこにこ笑顔でユジュの銀色の毛を見つめた。

「くっついて寝てるの？」

「うん。冬は特にユジュが寒くて小さくなってるから一緒に寝てる。寝てたらいつの間にかユジュのほうからくっついてくる時もあるし。そのせいで、俺の金色の毛もユジュの髪とか尻尾にくっついてるんだよね。あ、ユジュが来た。ユジュ、ちょっとこっち来て」

「はい、どうかしましたか？」

本を手に部屋に入ってきたユジュは、アシュに手招かれるまま近寄る。

「ちょっと尻尾見せて」

「はい」

ユジュはなんの疑いもなくアシュに背を向けて尻尾を差し出す。

「……今日はあるかな。もう毛繕いしたあとだから見つからないかな……、ん？　あ、あったあった、ほら、尻尾の奥に絡んでた」

銀色の尻尾の奥から、細い銀毛に絡んだ金色のアシュの毛を見つけ出す。

幼馴染たちは、「わぁ、ほんとだ」「仲良しね」「毎日こんなに奥のほうに絡んじゃうの？」「たいへんだなぁ」と、ほのぼの会話をしている。

「寝てると尻尾と尻尾が絡んじゃうし、昼間でも、本読んでるだけで髪も鬣も固結びになったりするんだよ。なんでかすぐにくっついちゃうよね、ね、ユジュ？」

アシュと幼馴染が和やかに会話する一方、ユジュは、一人で顔面を蒼白にしたり紅潮させたりしていた。

「ユジュ、どうしたの？」

「……け」

「け？」

アシュが首を傾げる。

「決して！　やましい意味はなく……!!」

ユジュは珍しく声を張った。

まだ誰もなにも言っていないのに、ユジュは「決してふしだらな意味もやましい意味もなく同衾《どうきん》したという意味でもありません」という想いを込めて必死に弁明を始めた。

「いまさら……？　それ……？」

幼馴染の誰かが呟く。

「大丈夫、そんなに必死にならなくても。距離が近いのは知ってるから」

ニーラが、ふぅやれやれと肩で息をした。

「…………いくつになっても変わらないな」

子供たちがそんな会話をしているとは露知《つゆし》らず、仲良く毛繕いをしているのだと遠目で見ていたディリヤとユドハが、長じてもなお微笑ましい子供たちの姿に目を細めた。

後記

こんにちは、八十庭たづです。

『はなれがたいけもの』シリーズ9作目『ふわふわなほん』をお届けいたします。

『君に触れる』から2カ月での新刊で、挿画の佐々木久美子先生、装丁のウチカワデザインさん、担当編集さん、皆さまのご尽力のおかげで、めでたく発売と相成りました。

方々にお世話になって頼りまくって支えていただいて新刊を作っていただいていると身に染みて感謝する日々です。

今作含め中短編集では、トリウィア宮の一家の日常をお伝えし、日常の一コマを切り取って扉絵としてご覧いただきました。

エドナちゃんの鬣アップ最高です。だいすき。

ディリヤとアシュの湖水地方での話は、エリハとマルスィヤのことを先に読んでいただいてからでないと書けない内容で、いま満を持してずっと温めていた大量のネタを放出しています。

やっと出したよ湖水地方の村の名前。カマンダル村です。

そして、あかちゃんあしゅがディリヤの長髪三つ編み赤毛にじゃれついている頃、ユドハは戦後処理に忙殺されながらアスリフの言語を習得しアスリフの村まで雪中行軍していました。

次はエドナちゃんの春と鉄砲玉（のごとく城を飛び出して大活躍する）ディリヤのお話になるはず

です。エドナ嬢のお相手は誰だ⁉ を想像しながらお楽しみください。

はなれがたいけもの男子勢も「エドナを幸せにできる男か⁉」と眼光鋭く光らせています。

そして黒い本なのでシリアスです。

おしらせ：twitter（現：X）（@YSNWtds）にて、フェアや企画の告知、短編を載せています。

初　出

君とはじめる第一歩………書き下ろし

もうすぐ会えるね………
同人誌『はなれがたいけもの余禄1【もうすぐ会えるね】』（2021年10月刊行）掲載

おんなじにおい………書き下ろし

『おまけのふわふわ』
ひそやかとおおっぴら………SNSにて発表
おんみつこうどう………SNSにて発表
アシュ、だだをこねる………SNSにて発表
ディリヤのつくろいもの………SNSにて発表
えどなちゃんと！………書き下ろし
たてがみのはなし2………SNSにて発表

『はなれがたいけもの　ふわふわなほん』をお買い上げいただきありがとうございます。
この本を読んでのご意見、ご感想など下記住所「編集部」宛までお寄せください。

アンケート受付中
リブレ公式サイト　https://libre-inc.co.jp
TOPページの「アンケート」からお入りください。

はなれがたいけもの
ふわふわなほん

著者名　八十庭たづ
©Tazu Yasoniwa 2024

発行日　2024年10月18日　第1刷発行

発行者　是枝由美子

発行所　株式会社リブレ
〒162-0825 東京都新宿区神楽坂6-46 ローベル神楽坂ビル
電話　03-3235-7405（営業）　03-3235-0317（編集）
FAX　03-3235-0342（営業）

印刷所　株式会社光邦
装丁・本文デザイン　ウチカワデザイン

Printed in Japan
ISBN978-4-7997-6880-8